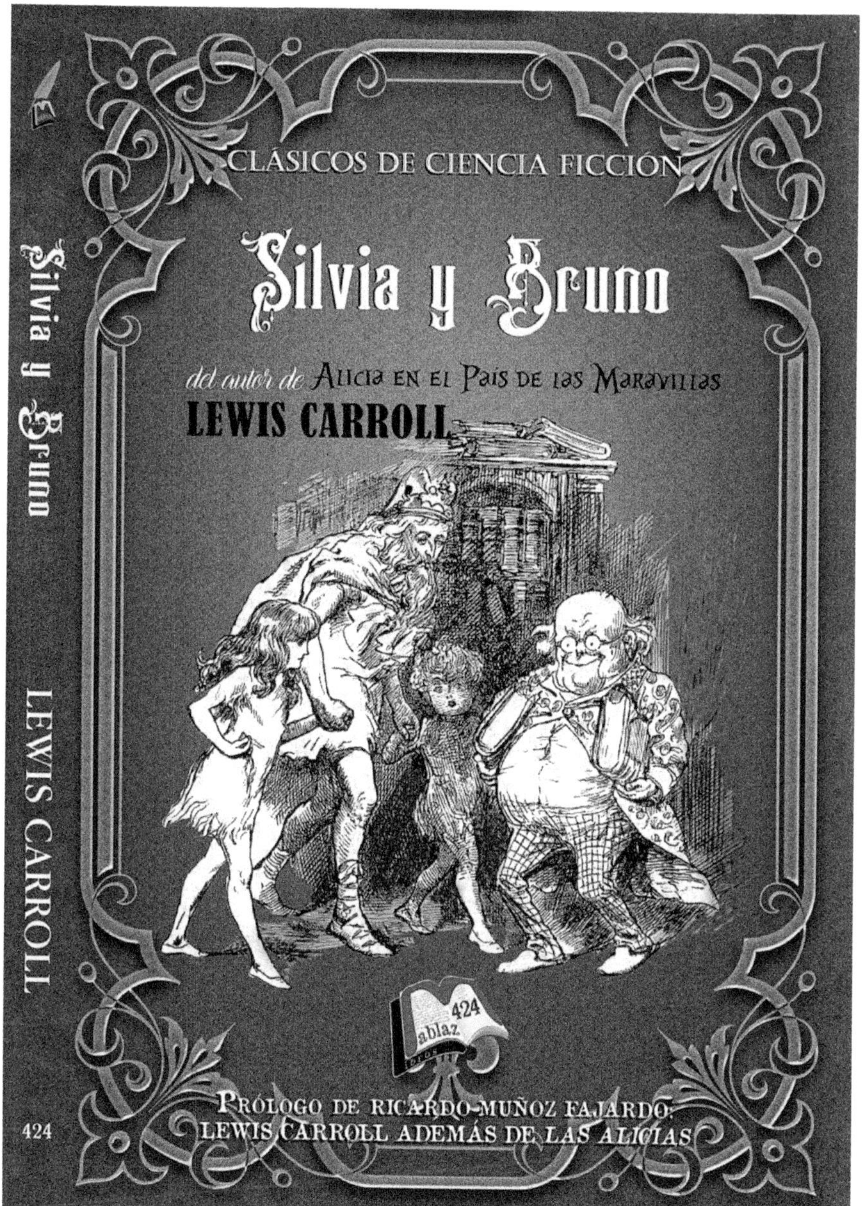

CLÁSICOS DE CIENCIA FICCIÓN

Silvia y Bruno

del autor de Alicia en el País de las Maravillas
LEWIS CARROLL

424
ablaz

PRÓLOGO DE RICARDO MUÑOZ FAJARDO:
LEWIS CARROLL ADEMÁS DE LAS ALICIAS

424

Silvia y Bruno

LEWIS CARROLL

Ciencia Ficción y Fantasía - 156

ablaz

Sonia y Bruno
Primera Edición, octubre de 2025

© Libros Mablaz, Madrid

© De esta edición, Libros Mablaz, Madrid

blogs:
Editorial Libros Mablaz
http://editoriallibrosmablazycienciaficcion.blogspot.com.es/
Ciencia ficción y fantasía en Libros Mablaz:
http://mablazlibros.blogspot.com.es/
Librería en Todocolección:
https://www.todocoleccion.net/s/catalogo?identificadorvende dor=LibrosMablaz

Diseño de cubiertas: Mari Carmen López

ISBN: 979-13-990941-9-0
Depósito Legal: M- M-21831-2025

LIBROS MABLAZ - 424

Silvia y Bruno

Lewis Carroll

Prólogo: Lewis Carrol además de las Alicias

Charles Lutwidge Dodgson, universalmente conocido por su seudónimo Lewis Carrol (1832-1898), archifamoso sobre todo por su Alicia en el país de las maravillas (1865) y algo menos pero también por su continuación, *A través del espejo y lo que Alicia encontró allí* (1871), la primera de ellas llevada al cine por Disney, lo que contribuyó a darle alcance mundial, aunque ya era bien conocida por los lectores no solo británicos, la segunda mucha más desconocida pero no menos interesante, en donde Carrol apenas repite los personajes de la primera parte y el nudo del argumento se desplaza desde una partida de cartas a una de ajedrez.

Carrol no se dedicó únicamente a escribir y es muy posible que si acabó haciéndolo fue por su pasión por el teatro. El primer campo artístico en donde destacó este autor fue en la fotografía, donde mostró su singular personalidad, marcada según algunos estudiosos de su vida por la muerte de su madre, acaecida cuando él tan solo contaba con diecinueve años.

Carrol siempre se sintió obsesionado por la belleza y su obtención, que era lo mismo que decir que imperaba sobre todo en su existencia la moralidad y sus ideales sobre lo que debía ser para él la libertad, combinada con el candor que debieron vivir Adán y Eva en el paraíso antes de cometer el pecado original, donde la visión de los cuerpos de los hombres y mujeres y el contacto con ellos se podían deber simplemente a un acto inocente.

Aunque decidió seguir la carrera religiosa, incluso fue nombrado diácono de la Iglesia anglicana, estos pensamientos sobre la belleza y su obsesiva búsqueda de esta según fue cumpliendo años hasta convertirse en una obsesión, chocó sobremanera de la moral victoriana y también con la educación religioso-anglicana de su propia familia.

Porque Carrol llegó a identificarse con preceptos sostenidos por antiguas herejías, como fue la albigense, rechazando las tesis de Calvino, llegando a creer que el pecado original no existía para sustituirlo por el concepto de «divinidad innata».

También se dijo que Carrol llegó a sufrir de epilepsia, una verdadera mácula para la sociedad victoriana en la que se desenvolvía. Estudios recientes han puesto en duda que el escritor padeciera esa enfermedad, que algunos consideran que fue mal diagnosticada.

Antes de dejar la vida personal del autor, indicaremos que su peculiar personalidad le llevó a ser considerado como un posible pedófilo. Como prueba de ello, fue su afán de fotografiar desnudas a niñas que posaban para él. Recuérdese que también a J.M. Barrie, por su relación tan personal con los hijos de la familia Llewelyn Davies, también se le acusó de lo mismo.

Vamos a la vertiente como escritor de Lewis Carrol.

Sus primeras letras consistieron en poesías y cuentos que envió a varias revistas, que sí publicaron al menos una parte de lo que remitió, que no llamaron la atención de los críticos literarios, que tampoco las pusieron mal, por lo que se puede decir que estos primeros escritos pasaron sin pena ni gloria por los círculos intelectuales de la Inglaterra de la época.

La idea de Alicia se le ocurrió por su estrecha relación con las tres hermanas Liddell, hijas del decano de la universidad donde impartía clases, que solía llevarse muchas veces de picnic u otras actividades de recreo, con una parecida obsesión que la citada de Barrie con los niños Llewelyn Davies, puesto que siempre estaba dispuesto a sacarlas de su casa, solo o en compañía de otros, el más habitual reverendo Robinson Duckworth, un amigo suyo. En una de esas excursiones, un paseo en barca por el río Támesis, Carrol empezó a contar un cuento a las crías, un bosquejo de lo que luego sería la historia completa que le dio fama. El nombre de Alicia para la protagonista lo sacó del patronímico de una de las niñas, la que más se entusiasmó el relato. Por la insistencia de ella y de Duckworth se decidió a escribir un primer manuscrito que tituló *Las aventuras subterráneas de Alicia.*

Hubieron de pasar un par de años o tres para que el autor se convenciera que habría de publicar el libro, y solo porque gustó mucho a las personas de su entorno que lo habían leído.

El editor al que se dirigió para editarlo le gustó según lo leyó y decidió publicarlo. Los títulos que se barajaron fueron *Alicia entre las hadas* y *La hora dorada de Alicia,* el definitivo fue *Las aventuras de Alicia en el país de las maravillas.*

El éxito de la novela, cuento o narración motivó que Carrol sacara la segunda parte dos años después.

Entramos ya en la obra no *aliciana* de Lewis Carrol, que fue poca pero sí que hubo.

En 1876 publicó una obra poética que es considerada también muy buen libro, una parodia titulada *La caza del Snark.*

De 1885 es la publicación de El cuento enmarañado, tan solo en parte perteneciente a la narrativa, puesto que se trata de una recopilación de diez problemas matemáticos desplegados por el autor, desarrollados a través de una trama de humor.

Silvia y Bruño vio la luz en el año 1889 y debería ser la siguiente obra de este autor que deberíamos citar, si siguiéramos un orden cronológico del transcurso de sus libros, pero como es el objeto de esta reedición vamos a dejarla para el final.

En 1890 vuelve a su personaje, Alicia, y saca *Alicia para los pequeños*, na versión corta de *Alicia en el país de las maravillas*, que, según Carrol, está dirigida a niños de cero a cinco años.

El último libro que mencionaremos no es narrativa en sí, pero se sale de uno de los campos en los que Lewis Carrol editó otras publicaciones, las matemáticas. Se trata de *Diario de un viaje a Rusia*, que se trata de lo que su título dice, un libro de viajes, valgan ambas redundancias.

Silvia y Bruno, ¿qué es? Sin duda, la otra obra mayor de Carrol.

La ficción es como dos en una. Una parte recoge una trama ambientada en la época que vive el autor en ese momento, plena de la época victoriana, casi se puede hablar de una novela social, en la que los personajes tratan sobre los temas candentes de ese tiempo, como son la religión, la filosofía y la moralidad a la que conduce la belleza buscada por el autor.

El argumento segundo se da en el mundo imaginario ya creado por él con anterioridad, el País de las Hadas, que es en realidad un cuento fantástico, de hadas, con muchas entradas absurdas y disparatadas, del tipo de *Alicia en el país de las maravillas*.

Ricardo Muñoz Fajardo

Capítulo 1: ¡Menos pan! ¡Más impuestos!

[...] y entonces la multitud prorrumpió de nuevo en vítores, y un hombre, que se encontraba más exaltado que los demás, tiró su sombrero al aire, muy alto, y gritó (según logré entender): «¡Que levante la voz quien esté a favor del subrector!». Todos lo hicieron, pero no quedaba muy claro si era por el subrector o no: algunos vociferaban «¡Pan!» y otros «¡Impuestos!», mas nadie parecía saber qué era lo que querían en realidad.

Yo era testigo de todo aquello desde la ventana abierta del salón del desayuno rectoral, mirando sobre el hombro del lord canciller, quien se había levantado como un resorte nada más iniciarse el griterío, casi como si hubiera estado esperándolo, y se había aproximado raudo a la ventana que ofrecía la mejor vista de la plaza del mercado.

—¿Qué puede significar todo esto? —repetía una y otra vez para sí, mientras, con las manos juntas a la espalda, y su toga flotando en el aire, recorría la sala de un lado a otro con largas y rápidas zancadas—. Nunca antes había oído tal clamor... ¡y a esta hora de la mañana, además! ¡Y tan unánime! ¿No le parece algo realmente sorprendente? Yo apunté, de manera discreta, que mi impresión era que pedían distintas cosas, pero el canciller no escuchó ni por un segundo mi sugerencia.

—¡Todos gritan lo mismo, se lo aseguro! —dijo; entonces, asomando mucho el cuerpo por la ventana, le susurró a un hombre que se encontraba debajo de ella, a corta distancia—: ¿Es que no puedes mantenerlos juntos? El rector llegará enseguida. ¡Dales la señal para que comiencen la marcha! —Se suponía obviamente que yo no debía oír todo aquello, pero apenas pude evitarlo, teniendo en cuenta que mi barbilla se hallaba prácticamente sobre el hombro del canciller.

La «marcha» resultó una visión muy curiosa: una procesión desordenada de hombres, en fila de a dos, echó a andar desde el extremo opuesto de la plaza, y avanzó describiendo un zigzag irregular hacia el palacio, virando con furor de un lado a otro, como un barco de vela que estuviera abriéndose camino contra un viento desfavorable, de tal modo que la cabeza de la procesión se hallaba a menudo más alejada de nosotros tras un cambio de dirección de lo que había estado al terminar el anterior.

No obstante, resultaba evidente que todo aquello estaba siendo dirigido, pues advertí que todas las miradas estaban fijas en el hombre que permanecía justo bajo la ventana, a quien el canciller no dejaba de susurrarle cosas. Este hombre sujetaba su sombrero en una mano y una banderita verde en la otra: cada vez que agitaba esta última la procesión avanzaba un poco, cuando la bajaba se alejaban ligeramente hacia uno de los lados, y cuando movía el sombrero todos prorrumpían en una ronca ovación. «¡Hurra! —gritaban, siguiendo cuidadosamente el ritmo del sombrero mientras este subía y bajaba—. ¡Hurra! ¡Abajo! ¡La! ¡Consti! ¡Tución! ¡Menos! ¡Pan! ¡Más! ¡Impuestos!».

—¡Así vale, así vale! —susurró el canciller—. Déjalos descansar un poco hasta que te lo indique. ¡Aún no ha llegado! —Mas en aquel instante las grandes puertas plegables del salón se abrieron de golpe, y se giró con un respingo de culpabilidad para recibir a su excelentísima.

Sin embargo, se trataba únicamente de Bruno, por lo que el canciller emitió un jadeo de ansiedad aliviada.

—¡Buenos días! —saludó el muchachito, dirigiéndose, de un modo más o menos general, al canciller y los camareros—. ¿Sabéis dónde está Silvia? ¡La estoy buscando!

—¡Está con el rector, según creo, æ'l! —contestó el canciller con una profunda reverencia. Resultaba, sin duda, un poco absurdo aplicar aquel tratamiento (el cual, como por supuesto habrás deducido antes de que te lo diga, no era más que «alteza real» condensado en una sílaba) a una criaturita cuyo padre era únicamente el rector de Exotilandia: aun así, uno debía mostrarse muy comprensivo con un hombre que había pasado varios años en la corte de Hadalandia, donde había aprendido el arte casi imposible de pronunciar seis sílabas como una sola.

Pero Bruno se perdió la reverencia al encontrarse ya fuera de la sala, de la que había salido corriendo mientras la gran proeza de El Monosílabo Impronunciable estaba siendo ejecutada de mañera triunfal.

En ese mismo momento, se oyó exclamar en la distancia a una voz solitaria: «¡Que hable el canciller!».

—Desde luego, amigos míos —respondió el canciller con extraordinaria presteza—. ¡Hablaré! —En aquel instante, uno de los camareros, que llevaba unos minutos atareado en preparar una mezcla de huevos con jerez de aspecto extraño, presentó esta última de forma respetuosa sobre una gran bandeja de plata. El canciller se la comió con aire altanero, se la bebió con gesto pensativo, sonrió con benevolencia al feliz camarero mientras dejaba sobre la mesa la copa vacía, e inició su discurso.

Hasta donde me alcanza la memoria, esto fue lo que dijo:

—¡Ejem, ejem, ejem! Compañeros de angustias, o más bien, angustiados compañeros... —«¡No los insulte!», susurró el hombre bajo la ventana. «¡No he dicho comadreros!», explicó el canciller—. Podéis estar seguros de que siempre compar... —«¡Eso, eso!», gritó la multitud, tan fuerte que ahogó por completo la débil y aguda voz del orador—. De que siempre compar... —repitió. «No ponga una sonrisa tan tonta al hablar», dijo el hombre bajo la ventana. «¡Le hace parecer un zoquete!». Y durante todo esto, un clamor de «¡Eso, eso!» resonaba por la plaza del mercado, como un trueno—. ¡De que siempre comparto vuestros sentimientos! —vociferó el canciller al primer instante de silencio—. ¡Pero vuestro verdadero amigo es el subrector! Día y noche cavila por vuestro mal... digo, por vuestro bien... es decir, vuestro mal... no, quiero decir vuestro bien... —«¡Déjelo ya!», gruñó el hombre bajo la ventana. «¡Menudo cacao está montando!»—. En ese momento el subrector entró al salón. Era un hombre enjuto, con una tez verde amarillenta que denotaba mezquindad y astucia; atravesó la sala con gran parsimonia, mirando receloso a su alrededor como si pensara que pudiera haber escondido un perro fiero en alguna parte.

—¡Bravo! —exclamó, dándole unas palmaditas en la espalda al canciller—. Ha hablado usted muy bien. ¡Es usted un orador nato!

—¡Oh, eso no es nada! —contestó el canciller, modesto, con la mirada gacha—. La mayoría de los oradores nacen, ya sabe.

El subrector se frotó la barbilla con gesto pensativo.

—¡Sí que es cierto! —admitió este—. Nunca lo había considerado desde esa perspectiva. Aun así, lo ha hecho muy bien. ¡Hablemos en privado! El resto de su conversación transcurrió totalmente entre susurros, de modo que, como me era imposible oír nada más, decidí ir en busca de Bruno.

Encontré al muchachito en el pasillo frente a uno de los hombres de librea, el cual se estaba dirigiendo a él casi doblado por la cintura debido a un respeto extremo, con las manos colgando por delante como las aletas de un pez.

—¡Su excelentísima —estaba diciendo aquel respetuoso hombre— se halla en su estudio, æ'l —No pronunció esto último igual de bien que el canciller.

Bruno salió trotando hacia allí, y yo creí adecuado ir tras él.

El rector, un hombre alto y digno con un rostro serio pero muy agradable, se encontraba sentado ante un escritorio, que estaba cubierto de papeles, aguantando sobre su rodilla a una de las jovencitas más encantadoras y adorables que jamás he tenido la suerte de ver. Parecía unos cuatro o cinco años mayor que Bruno, pero presentaba las mismas mejillas sonrosadas y los mismos ojos chispeantes, y una idéntica abundancia de rizos castaños. Su cara expectante y sonriente estaba levantada hacia la de su padre, y resultaba una hermosa visión contemplar el amor recíproco con que ambos rostros —uno en la primavera de la vida, el otro en las postrimerías de su otoño, se miraban mutuamente.

—No, no lo conoces —se hallaba diciendo el anciano—: sería algo imposible, ¿sabes?, lleva lejos tanto tiempo... viajando de país en país, buscando mejorar su salud, ¡más años de los que has vivido tú, pequeña Silvia! Bruno se subió entonces a su otra rodilla, y un generoso intercambio de besos, mediante un procedimiento bastante complicado, fue el resultado.

—Regresó anoche mismo —explicó el rector, una vez concluidos los besos—: ha estado viajando tan rápido como le ha sido posible, las últimas mil millas aproximadamente, para poder asistir al cumpleaños de Silvia. Pero es muy madrugador, y me figuro que estará ya en la biblioteca. Acompañadme a verlo.

Siempre es amable con los niños. Seguro que os cae bien.

—¿Ha venido también el *otdo pdofesod*? —preguntó Bruno con voz temerosa.

—Sí, llegaron juntos. El otro profesor es... bueno, es posible que él no os caiga tan bien. Es algo más «soñador», ¿sabéis? —Ojalá Silvia fuera algo más soñadora —comentó Bruno.

—¿A qué te refieres, Bruno? —dijo Silvia.

Su hermano siguió dirigiéndose a su padre.

—Dice que no puede, ¿sabes? Pero yo *cdeo* que no es que no pueda, es que no quiere.

—¡Que no puede soñar! —repitió el perplejo rector.

—Eso dice —insistió Bruno—. Cuando le digo: «¡Dejemos ya las *leciones*!», ella dice: «Oh, ¡eso ni soñadlo!».

—Siempre quiere dejar las lecciones —explicó Silvia— a los cinco minutos de haber empezado.

—¡Cinco minutos de lecciones al día! —dijo el rector—. ¡A ese ritmo no aprenderás mucho, jovencito!

—Eso es justo lo que dice Silvia —replicó

Bruno—. Dice que no quiero *apdended* mis *leciones*. Y yo le digo, una y *otda* vez, que no puedo *hacedlo*. ¿Y qué *cdees* que dice ella? Dice: «No es que no puedas, ¡es que no quieres!».

—Vayamos a ver al profesor —dijo el rector, evitando sabiamente continuar con la discusión. Los niños se bajaron de sus rodillas, cada uno de ellos agarró una mano, y el feliz trío echó a andar hacia la biblioteca, conmigo detrás. Para entonces, yo había llegado ya a la conclusión de que nadie (a excepción, durante unos breves momentos, del lord canciller) era capaz en absoluto de verme.

—¿Y qué le pasa? —preguntó Silvia, caminando de manera un poco más tranquila de lo normal, con idea de servir de ejemplo a Bruno, el cual no paraba de brincar al otro lado.

—Lo que le pasaba, aunque espero que ya esté recuperado, era lumbago, reumatismo y esa clase de cosas. Ha estado tratándose a sí mismo, ¿sabéis?: es un doctor muy sabio. De hecho, ha inventado tres nuevas enfermedades, ¡además de una nueva forma de romperse la clavícula!

—¿Y es buena? —inquirió Bruno.

—Ah, esto... no mucho —dijo el rector, cuando entrábamos ya en la biblioteca—. Y aquí está el profesor. ¡Buenos días, profesor! ¡Espero que haya descansado bien tras su viaje! Un hombre regordete y de aspecto jovial, ataviado con una toga floreada y con un libro de gran tamaño debajo de cada brazo, entró con paso presto por el extremo contrario de la sala, y empezó a cruzarla en línea recta sin reparar en los niños.

—Estoy buscando el tercer volumen —dijo—. ¿Por un casual no lo habrá visto?

—¡Es a mis hijos a quienes no está viendo usted, profesor! —exclamó el rector, agarrándolo por los hombros y dándole la vuelta para que los mirara.

El profesor se carcajeó con fuerza: después los observó atentamente a través de sus grandes anteojos, durante unos instantes, sin decir nada.

Finalmente, se dirigió a Bruno:

—Espero que hayas pasado una buena noche, hijo.

Bruno puso cara de desconcierto.

—He pasado la misma noche que usted —contestó—. ¡Sólo ha habido una desde *ayed!* Ahora fue el turno del profesor de parecer desconcertado. Se quitó los anteojos y los limpió con su pañuelo. Después volvió a mirar a los niños.

Luego se giró hacia el rector.

—¿Son pupilos de alguien? —preguntó.

—No, no lo somos —saltó Bruno, el cual creía estar perfectamente capacitado para responder aquella pregunta él mismo.

El profesor meneó la cabeza apenado.

—¿Ni siquiera a media jornada?

—¿*Pod* qué íbamos a *sedlo* a media *jodnada?* —repuso Bruno—. ¡No somos ojos!

Pero para entonces el profesor ya se había olvidado por completo de ellos, y estaba hablando nuevamente con el rector.

—Le alegrará oír —decía— que el barómetro está empezando a moverse...

—Ah, ¿y en qué dirección? —contestó el rector, añadiendo hacia los niños—: Tampoco es que me importe. Lo que pasa que él cree que afecta al tiempo.

Es un hombre maravillosamente listo, ¿sabéis? A

veces dice cosas que sólo es capaz de entender el otro profesor. ¡Y a veces dice cosas que nadie es capaz de entender! ¿Cuál es la dirección, profesor? ¿Arriba o abajo?

—¡Ninguna de las dos! —dijo el profesor, dando una suave palmada—. Se está poniendo de lado, si es que puede expresarse así.

—¿Y qué clase de tiempo produce eso? —indagó el rector—. ¡Atended, niños! ¡Vais a oír algo que vale la pena saber!

—Tiempo horizontal —señaló el profesor, y luego salió directo hacia la puerta, de tal modo que a puntísimo estuvo de pasarle por encima a Bruno, el cual logró apartarse de su camino por los pelos.

—¿Verdad que es sabio? —dijo el rector, siguiéndolo con la mirada, una llena de admiración—. Decididamente, ¡su nivel de conocimientos resulta arrollador!

—¡Pero no tenía *pod* qué *arolladme* a mí! —se quejó Bruno.

El profesor regresó enseguida: había cambiado su toga por una levita, y se había puesto un par de botas de aspecto muy extraño, que tenían unos paraguas abiertos en su parte superior.

—Pensé que os gustaría verlas —comentó—. ¡Estas son botas para el tiempo horizontal!

—¿Pero de qué sirve llevar paraguas alrededor de las rodillas? —Con lluvia normal —admitió el profesor no servirían de mucho. Pero si alguna vez lloviera en horizontal, no tendrían precio, ¿sabéis?... ¡sencillamente no tendrían precio! —Llevad al profesor al salón del desayuno, niños —pidió el rector—. Y decidles que no me esperen. He desayunado temprano, pues tengo algunos asuntos que atender. —Los niños cogieron al profesor de las manos, con tanta familiaridad como si lo conocieran desde hace años, y lo guiaron con paso ligero fuera de la sala. Yo los seguí de manera respetuosa.

Capítulo 2: *L'amie inconnue*

Al tiempo que entrábamos en el salón del desayuno, el profesor decía: «... y ha desayunado por su cuenta, temprano: así que rogó que no lo esperara, Milady. Por aquí, Milady —añadió—, ¡por aquí!». ¡Y entonces, con (a mi modo de ver) una cortesía que sobraba completamente, abrió de golpe la puerta de mi compartimento!, e hizo pasar a «¡... una joven y encantadora dama! —musité para mis adentros con cierta amargura—. Y esta es, por supuesto, la escena inicial del primer volumen. Ella es la heroína. Y yo soy uno de esos personajes secundarios que únicamente hacen acto de presencia cuando el desarrollo de su destino lo requiere, y cuya última aparición se da en el exterior de la iglesia, ¡mientras esperan para felicitar a la feliz pareja!».

—Sí, Milady, el cambio es en Fayfield —fueron las siguientes palabras que oí (¡oh, ese jefe de tren excesivamente obsequioso!)—, la próxima estación no, la siguiente. —La puerta se cerró, la dama tomó asiento en su rincón y la monótona vibración de la locomotora (que le hacía a uno sentir como si el tren fuera un monstruo gigantesco, cuya circulación pudiera percibirse) anunció que retomábamos la marcha una vez más. «La dama tiene una nariz perfectamente formada —me descubrí diciendo para mis adentros—, ojos avellana, y labios...», y en ese momento se me ocurrió que ver, con mis propios ojos, qué aspecto tenía realmente «la dama», resultaría más satisfactorio que un montón de especulaciones.

Me giré con cuidado, y... mis esperanzas se vieron completamente truncadas. El velo, que le ocultaba el rostro entero, era demasiado grueso como para poder ver nada aparte del destello de unos ojos brillantes y el vago contorno de lo que tal vez fuera una encantadora cara ovalada, pero que también podía constituir, igual y desgraciadamente, una que no lo fuera en absoluto. Cerré los ojos de nuevo, diciéndome a mí mismo: «¡... no podía presentárseme mejor ocasión para un experimento telepático! Imaginaré su rostro y luego compararé el retrato con el original».

Al principio, ningún resultado coronó mis esfuerzos, aunque «dividí mi ágil mente» por aquí y por allá, de un modo que estaba seguro habría hecho a Eneas ponerse verde de envidia: pero el ovalo vislumbrado seguía tan provocadoramente vacío como siempre; una simple elipse, como de algún diagrama matemático, sin ni siquiera los focos a los que podría habérseles asignado los papeles de nariz y boca.

De forma gradual, sin embargo, me entró la convicción de que era capaz, mediante una cierta concentración, de retirar mentalmente el velo, y obtener así un atisbo del misterioso rostro; en relación con el cual las dos preguntas «¿es bella?» y «¿es poco agraciada?» continuaban aún en suspenso, en mi mente, en un hermoso equilibrio.

El éxito fue parcial —e intermitente—, aunque sí que hubo un resultado: de vez en cuando, el velo parecía esfumarse, en un súbito destello luminoso; pero antes de que pudiera apreciar el rostro, todo se volvía oscuro nuevamente.

Con cada una de aquellas visiones fugaces, el rostro parecía tornarse más infantil e inocente y, cuando por fin logré eliminar por completo el velo con mi men-

21

te, se trataba, inconfundiblemente, ¡de la preciosa cara de la pequeña Silvia! «¡De modo que, o bien he estado soñando con Silvia —me dije— y esta es la realidad, o he estado realmente con ella, y esto es un sueño! ¡Me pregunto si no será la propia vida un sueño!».

Para ocupar el tiempo, saqué la carta que me había hecho emprender aquel repentino viaje en tren desde mi hogar en Londres a un extraño pueblo de pescadores en la costa norte, y la leí entera una vez más:

«Mi querido y viejo amigo: Estoy seguro de que reunirnos otra vez después de tantos años me supondrá un enorme placer; como seguramente lo será también para ti; y, por supuesto, me hallaré preparado para ofrecerte el beneficio de las habilidades médicas que poseo; mas, como sabes, ¡uno no debe violar la etiqueta profesional! Y tú estás ya en manos de un médico londinense de primera categoría, con el cual sería una total afectación por mi parte pretender competir. (No me cabe la menor duda de que tiene razón al afirmar que el corazón se halla afectado: todos tus síntomas apuntan en esa dirección). Hay una cosa, al menos, que ya he hecho en mi calidad de doctor: reservarte un dormitorio en la planta baja para que no tengas que subir las escaleras para nada.

Esperaré tu llegada en el último tren del viernes, según indica tu carta; y, hasta entonces, diré, como reza la vieja canción: «¡Oh, la noche del viernes! ¡Cuán lejos queda aún!».

Un abrazo, Arthur Forester P. D.:

¿Crees en el destino?

Aquella posdata me dejó profundamente desconcertado. «Es un hombre demasiado sensible —pensé para haberse vuelto un fatalista. ¿Mas qué otra cosa puede querer decir con eso?». Acto seguido, mientras doblaba la carta y la guardaba, repetí las palabras en voz alta de forma inadvertida:

—¿Crees en el destino?

La hermosa desconocida giró la cabeza enseguida ante la súbita pregunta.

—¡No, no creo! —dijo sonriendo—. ¿Y usted?

—¡No... no era mi intención hacerle esa pregunta! —tartamudeé, sorprendido por haber iniciado una conversación de un modo tan poco convencional.

La sonrisa de la dama mudó en risa: no una de burla, sino la risa de una niña feliz que se siente totalmente cómoda.

—¿Ah, no? —dijo—. ¿Entonces ha sido un caso de lo que ustedes los médicos llaman «cerebración inconsciente»?

—No soy médico —repuse—. ¿Acaso lo parezco? ¿O qué le hace pensar eso? Ella señaló el libro que yo había estado leyendo, el cual descansaba de tal modo que su título, Enfermedades cardíacas, quedaba claramente a la vista.

—No hace falta ser médico —dije yo— para interesarse por los libros de medicina. Hay otra clase de lectores que encuentran en ellos un interés aún más profundo...

—¿Se refiere a los pacientes? —me interrumpió ella, mientras una expresión de tierna compasión confería una renovada dulzura a su semblante—. Pero —añadió con el evidente deseo de evitar un tema posiblemente doloroso— uno tampoco necesita serlo para interesarse por los libros de ciencia. ¿Qué contiene mayor cantidad de conocimientos científicos, en su opinión: los libros, o las mentes? «¡Una pregunta bastante profunda para una dama!», me dije, dando por hecho, con el parecer tan natural para el hombre, que el intelecto de la mujer es esencialmente superficial.

Consideré la cuestión un momento antes de responder:

—Si se refiere a mentes vivas, no creo que sea posible decidirlo. ¡Existe tanta ciencia escrita que nadie ha leído jamás; y hay tanta ciencia pensada que aún no ha sido escrita! Mas, si se refiere a toda la raza humana, entonces pienso que ganan las mentes: todo lo registrado en los libros debe haber estado antes en la mente de alguien, ya sabe.

—¿No recuerda eso un poco a una de las reglas del álgebra? —inquinó Milady. «¡Álgebra también!», pensé yo cada vez más asombrado—. Quiero decir, si vemos los pensamientos como factores, ¿no podríamos decir que el mínimo común múltiplo de todas las mentes contiene el conocimiento de todos los libros, pero no al revés?

—¡Sin duda! —respondí, encantado con la ilustración—. ¡Y qué magnífico sería —continué ensimismado, pensando en voz alta más que hablando— que tan sólo pudiéramos aplicar esa regla a los libros! Como sabrá, para encontrar el mínimo común múltiplo, eliminamos una cantidad allí donde se presente, salvo en el término en el que se halla elevada a su potencia más alta. De manera que tendríamos que borrar todos los pensamientos escritos, a excepción de las frases en que cada uno de ellos estuviera expresado con la mayor intensidad.

Milady rio alegremente.

—¡Me temo que algunos libros quedarían reducidos a papel en blanco! —observó.

—Así es. La mayoría de las bibliotecas se verían terriblemente menguadas en volumen. ¡Pero considere tan sólo lo que ganarían en calidad!

—¿Y cuándo se hará eso? —preguntó ansiosa—. ¡Si existe posibilidad de que ocurra durante mi vida, creo que dejaré de leer, hasta ese momento!

—Bueno, quizá en otros mil años más o menos...

—¡Entonces no tiene sentido esperar! —dijo Milady—. Tomemos asiento. Uggug, cielo, ¡ven y siéntate conmigo!

—¡Donde sea excepto a mi lado! —gruñó el subrector—. ¡El golfo siempre se las arregla para tirar su café! —Adiviné en el acto (como quizá el lector haya hecho también, si, como yo, es muy rápido sacando conclusiones) que Milady era la esposa del subrector, y que Uggug (un niño gordo y feísimo, aproximadamente de la misma edad que Silvia, con la expresión de un cerdo campeón de un concurso de peso) era el hijo de ambos. Silvia y Bruno, junto con el lord canciller, completaban un grupo de siete personas.

—¿Y de verdad se daba usted un baño en piscina todas las mañanas? —preguntó el subrector, retomando al parecer una conversación con el profesor—. ¿Incluso en las pequeñas fondas para viajeros?

—¡Oh, desde luego, desde luego! —contestó el profesor con una sonrisa en su alegre semblante—. Permita que le explique. Se trata, de hecho, de un problema muy simple de hidrodinámica. (Lo cual quiere decir una combinación de agua y fuerzas). Si consideramos una piscina, y un hombre de gran fuerza (como es mi caso) que se dispone a zambullirse en ella, tenemos un ejemplo perfecto de esta ciencia. He de admitir —continuó el profesor, en tono más bajo y con la mirada gacha— que necesitamos un hombre de fuerza excepcional. Debe ser capaz de elevarse desde el suelo de un salto hasta aproximadamente el doble de su propia altura, girando en el aire a medida que asciende, para así caer de cabeza.

—¡Pero entonces necesita una pulga, no un hombre! —exclamó el subrector.

—Disculpe —dijo el profesor—. Este tipo concreto de baño no se adapta a una pulga. Supongamos —prosiguió, doblando su servilleta en un elegante festón— que esto representa lo que quizá sea la gran necesidad de nuestra era: la Piscina Portátil del Turista Activo. Uno puede referirse a ella de manera abreviada, si lo desea —añadió mirando al canciller—, mediante la sigla PPTA.

El canciller, enormemente desconcertado por ver que todo el mundo se había vuelto hacia él, acertó tan sólo a decir, en un tímido susurro:

—¡Exactamente!

—Una gran ventaja de esta piscina —retomó el profesor sus explicaciones que requiere solamente unos dos litros de agua...

—¡Yo no llamaría a eso piscina —observó su excelencia— a menos que su Turista Activo se sumerja por completo!

—Pero es que sí lo hace —contestó con suavidad el anciano—. El TA cuelga la PP de un clavo: así. Luego vacía la jarra de agua en ella; coloca la jarra vacía debajo de la bolsa; salta hacia arriba; desciende de cabeza en la bolsa; el agua se eleva a su alrededor hasta la boca de la bolsa; ¡y listo! —concluyó en tono triunfante—. ¡El TA se halla tan sumergido como si hubiera bajado a una o dos millas de profundidad en el Atlántico!

—Y se ahoga, digamos, en unos cuatro minutos...

—¡De ningún modo! —repuso el profesor con una sonrisa de orgullo—. Pasado un minuto aproximadamente, abre tranquilamente una espita en el fondo de la PP; toda el agua cae de nuevo en la jarra, ¡y listo otra vez!

—¿Pero cómo diantres va a lograr salir él de la bolsa?

—Esa, en mi opinión —dijo el profesor—, es la parte más hermosa de todo el invento. Por todo el interior de la PP, de la boca al fondo, hay anillas para los pulgares; de manera que es algo parecido a subir por unas escaleras, aunque quizá menos cómodo; y, para cuando el TA ha sacado todo el cuerpo de la bolsa, a falta de la cabeza, ha de caer necesariamente, de un modo u otro: la ley de la gravedad lo asegura. ¡Y ya está de vuelta en el suelo!

—Quizá un poco magullado, ¿no?

—Bueno, sí, un poco magullado; pero habiéndose dado su baño en piscina: eso es lo importante.

—¡Maravilloso! ¡Resulta casi imposible de creer! —musitó el subrector. El profesor lo tomó como un cumplido, e hizo una inclinación con una sonrisa agradecida.

—¡Es totalmente imposible de creer! —añadió Milady, con la intención, sin duda, de hacer un cumplido aún mayor. El profesor se inclinó, pero esta vez no sonrió.

—Puedo asegurarle —dijo en actitud seria que, siempre y cuando estuviera montada, usaba la piscina todas las mañanas. Yo desde luego pedía que la montaran, de eso estoy convencido; mi única duda es si el hombre terminó de hacerlo alguna vez. Es difícil de recordar, después de tantos años... En ese momento la puerta, de manera muy lenta y chirríante, empezó a abrirse, y Silvia y Bruno se levantaron de un brinco de sus asientos y corrieron al encuentro de aquellos familiares pasos.

Capítulo 3: Regalos de cumpleaños

—¡Es mi hermano! —exclamó el subrector, en un susurro de alarma—. ¡Suéltalo, date prisa!

La solicitud iba claramente dirigida al lord canciller, quien al instante respondió, con voz aguda y monocorde, como un niño que recitara el alfabeto:

—Como iba diciendo, su excelencia, este movimiento portentoso...

—¡Has comenzado demasiado pronto! —interrumpió el otro, apenas capaz de mantener su voz en un susurro, tal era su excitación—. Es imposible que te haya oído. ¡Empieza otra vez!

—¡Como iba diciendo —salmodió el obediente lord canciller—, este movimiento portentoso ha adquirido ya las dimensiones de una revolución!

—¿Y cuáles son las dimensiones de una revolución? —La voz era afable y sosegada, y el rostro del alto y digno anciano, que acababa de entrar en la sala, llevando a Silvia de la mano, y con Bruno montado en actitud triunfante sobre su hombro, era demasiado noble y gentil para haber asustado a un hombre menos culpable: pero el lord canciller se puso pálido en el acto, y apenas pudo articular las palabras:

—¿Las dimensiones, ex... excelentísima? ¡M-m-me parece que no le comprendo!

—¡Pues el largo, el ancho y el grosor, si lo prefieres dicho así! —Y el anciano sonrió medio desdeñoso.

El lord canciller recuperó la compostura con gran esfuerzo, y señaló la ventana abierta.

—Si su excelentísima se detiene un momento a

escuchar los gritos del exasperado populacho... —«¡Del exasperado populacho!», repitió el subrector en voz más alta, dado que el lord canciller, en el estado de terror absoluto en que se encontraba, había bajado la suya hasta casi un susurro comprenderá qué es lo que demandan.

Y en ese instante la sala se vio invadida por un clamor áspero y confuso, en el que las únicas palabras audibles eran: «¡Menos... pan! ¡Más... impuestos!».

El anciano estalló en carcajadas.

—¿Pero qué...? —empezó a decir, pero el canciller no le oyó.

—¡Debe de ser un error! —farfulló, acercándose a toda prisa a la ventana, desde la que regresó enseguida con aire aliviado—. ¡Escuche ahora! — exclamó, manteniendo una mano en alto para mayor efecto. Y esta vez las palabras se oyeron con absoluta claridad, y con la precisión del tictac de un reloj: «¡Más... pan! ¡Menos... impuestos!».

—¡Más pan! —repitió el rector con asombro—. ¡Pero si la nueva panadería del Estado abrió hace sólo una semana, y di órdenes de vender el pan a precio de coste mientras dure la actual carestía! ¿Qué más pueden esperar que haga? —¡La panadería está cerrada, æ'I! — dijo el canciller, más alto y claro de lo que había hablado hasta el momento. Lo había envalentonado el saber que a ese respecto, al menos, disponía de pruebas: entregó entonces al rector unos cuantos edictos que se encontraban preparados, junto con algunos libros abiertos de contabilidad, sobre una mesa auxiliar.

—¡Sí, sí, ya veo! —murmuró el rector, mientras los ojeaba con indiferencia—. ¡Una orden revocada por mi hermano, pero firmada supuestamente por mí! ¡Una práctica bastante artera! ¡Está bien! —añadió en tono más alto—. Llevan mi firma, de modo que los tomo como míos. Pero ¿qué quieren decir con «menos impuestos»? ¿Cómo pueden bajar más? ¡Abolí el último de ellos hace un mes!

—¡Ha sido restablecido, æ'l, y por propia orden de su æ'l —dicho lo cual, presentó otros edictos para que los examinara.

El rector, al tiempo que echaba un vistazo a los papeles, hizo lo propio una o dos veces hacia el subrector, el cual había tomado asiento frente a uno de los libros de contabilidad abiertos, y se encontraba completamente absorto haciendo cuentas; pero el rector se limitó a repetir:

—Está bien. Acepto que son míos.

—Y dicen —continuó el canciller avergonzado, pareciendo más un ladrón convicto que un funcionario de Estado que un cambio de Gobierno, mediante la eliminación del subrector... quiero decir —se apresuró en añadir, al ver la expresión perpleja del rector—, la eliminación del cargo de subrector, y la concesión al actual titular del derecho a actuar como vice rector siempre que el rector se halle ausente... aplacaría todo este fraguado descontento. Digo... —añadió, mirando un papel que sostenía en su mano—... todo este fragoso descontento.

—Quince años —terció una voz profunda pero sumamente áspera lleva mi esposo ejerciendo de subrector. ¡Es demasiado! ¡Un tiempo excesivo! —Milady era en todo momento una criatura enorme; pero cuando fruncía el ceño y cruzaba los brazos, como ahora, parecía más gigantesca que nunca, y le hacía a uno tratar de

—¡Oh, muchísimo, Milady, sin duda! —respondió a toda prisa el profesor, frotándose de forma inconsciente la oreja, mientras algún recuerdo doloroso parecía estar pasándole por la cabeza—. Su magnificencia me produjo un fuerte impacto, ¡se lo aseguro!

—¡Es un chiquillo encantador! —exclamó Milady—. ¡Incluso sus ronquidos resultan más musicales que los de los demás muchachos! En tal caso, pareció pensar el profesor, los ronquidos de los demás muchachos deben de ser algo demasiado horrible para poder soportarlo: pero era un hombre cauto, de modo que no dijo nada.

—¡Y es tan listo! —prosiguió Milady—. Nadie disfrutará más de su charla... por cierto, ¿ha fijado ya la hora de la misma? Nunca ha dado una, ya sabe, y prometió hacerlo hace años, antes de que usted...

—Sí, sí, Milady, ¡lo sé! Puede que el martes que viene... o el siguiente...

—Estupendo —dijo Milady, de manera cortés—. Dejará que el otro profesor dé también una charla, por supuesto.

—Creo que no, Milady —repuso el profesor con cierta vacilación—. Verá, siempre se pone de espaldas al público. No resulta ningún problema para recitar, pero para dar una charla...

—Tiene toda la razón —asintió Milady—. Y, ahora que caigo, apenas habrá tiempo para más de una charla. Y la velada saldrá mucho mejor si comenzamos con un banquete, y un baile de disfraces...

—¡Desde luego que sí! —exclamó el profesor, entusiasmado.

—Yo iré de saltamontes —siguió diciendo tranquilamente Milady—. ¿De qué irá usted, profesor? El profesor sonrió lánguidamente.

—Yo iré de... ¡deprisa, Milady, lo antes que pueda!

—No debe entrar antes de que las puertas se abran —advirtió Milady.

—Me sería imposible hacerlo —dijo el profesor—. Discúlpeme un momento. Dado que es el cumpleaños de Silvia, me gustaría... —Se marchó de allí a toda prisa antes de terminar la frase.

Bruno empezó a hurgar en sus bolsillos, con gesto más y más triste por momentos; después se metió el dedo pulgar en la boca, y se quedó pensando durante un instante; luego abandonó la sala sin hacer ruido.

Apenas acababa de hacerlo cuando el profesor volvió, completamente sin aliento.

—¡Te deseo numerosos y felices regresos de este día, mi querida niña! —dijo a continuación, dirigiéndose a la jovencita sonriente que había corrido a su encuentro —. Permite que te haga un regalo de cumpleaños. Es un alfiletero de segunda mano, querida. ¡Sólo costó cuatro peniques y medio!

—¡Gracias, es precioso! —Y Silvia recompensó al anciano con un efusivo beso.

—¡Y los alfileres me los dieron gratis! —añadió el profesor con gran regocijo—. ¡Quince, y sólo uno torcido!

—¡Ese lo convertiré en un anzuelo! —dijo Silvia—. Para pescar a Bruno con él, ¡cuando huya de sus lecciones!

—¡No te imaginas cuál es mi regalo! —dijo Uggug, que había cogido la fuente de la mantequilla de la mesa y se había colocado a su espalda, con una expresión maliciosa en el rostro.

—No, no me lo imagino —contestó Silvia sin levantar la vista. Seguía examinando el alfiletero del profesor.

—¡Es este! —gritó el granuja, exultante, mientras vaciaba la fuente sobre la cabeza de la niña, y luego, con una gran sonrisa de placer ante su propio ingenio, miró a su alrededor a la espera de aplausos.

Silvia se fue poniendo colorada, a medida que se limpiaba la mantequilla del vestido; pero mantuvo los labios muy apretados y se alejó hasta la ventana, donde se quedó mirando al exterior, intentando tranquilizarse.

El triunfo de Uggug fue uno muy breve: el subrector había regresado, justo a tiempo de ser testigo de la trastada de su querido hijo, y un instante después un sopapo hábilmente propinado transformó la sonrisa gozosa en un aullido de dolor.

—¡Cariñito! —gritó su madre, rodeándolo con sus rechonchos brazos—. ¿Te has llevado un bofetón por nada? ¡Mi cosita bonita!

—¡No es por nada! —gruñó el enfadado padre—. ¿Es usted consciente, señora, de que soy yo el que paga las facturas de la casa, de una suma anual fija? ¡La pérdida de toda esa mantequilla desperdiciada recae sobre mí! ¿Me oye, señora?

—¡Cierre el pico, caballero! —Milady habló en voz muy baja, casi en un susurro.

Pero había algo en su mirada que lo hizo callar.

—¿Es que no ves que se trataba únicamente de una broma? ¡Y de una muy ingeniosa, además! ¡Tan sólo quería decirle que su amor por ella enternece su corazón como si estuviese hecho de mantequilla! ¡Y, en vez de alegrarse por el cumplido, esa cría rencorosa se ha ido enfurruñada!

El subrector era muy hábil cambiando de tema. Cruzó la sala hasta la ventana.

—Querida —dijo—, ¿es un cerdo eso que veo ahí abajo, hociqueando entre tus flores?

—¡Un cerdo! —chilló Milady, corriendo como loca hasta la ventana, y casi apartando de un empujón a su marido, en sus ansias por mirar ella misma—. ¿De quién es? ¿Cómo ha entrado? ¿Adónde ha ido ese jardinero chiflado?

En ese momento Bruno entró de nuevo en la sala, y pasando por delante de Uggug (el cual estaba lloriqueando con todas sus fuerzas, con la esperanza de que alguien le hiciera caso) como si estuviera totalmente acostumbrado a ese tipo de cosas, corrió hasta Silvia y la rodeó con sus brazos.

—¡He ido a mi *admario* de juguetes —dijo con expresión muy apenada— para *ved* si había algo que pudiera *degaladte*! ¡Y no hay nada! ¡Están todos *dotes*, todos! ¡Y no me queda dinero para *compdadte* un *degalo* de cumpleaños, así que sólo puedo *dadte* esto! —«Esto» fue un abrazo y un beso muy sentidos.

—¡Oh, gracias, cariño! —exclamó Silvia—. ¡Tu regalo es el que más me gusta de todos! —mas, si así era, ¿por qué se lo devolvió con tanta rapidez?

Su excelencia se giró y acarició las cabezas de ambos niños con sus largas y finas manos.

—¡Ahora marchaos, bonitos! —dijo—. Tenemos asuntos que discutir.

Silvia y Bruno se fueron cogidos de la mano pero,

al llegar a la puerta, Silvia volvió otra vez y se acercó tímidamente a Uggug.

—No me importa lo de la mantequilla —dijo—, y... ¡y siento que te haya hecho daño! —Intentó que el pequeño rufián y ella se dieran la mano; pero Uggug se limitó a lloriquear con más fuerza y no quiso hacer las paces. Silvia se marchó de la sala dejando escapar un suspiro.

El subrector clavó una mirada furiosa en su lagrimeante hijo.

—¡Sal de aquí, jovenzuelo! —ordenó, tan alto como se atrevió.

Su mujer seguía asomada a la ventana, sin dejar de repetir:

—¡No veo a ese cerdo! ¿Dónde está?

—Se ha movido a la derecha... ahora un poco a la izquierda —indicó el subrector, quien se encontraba no obstante de espaldas a la ventana, gesticulando hacia el lord canciller, señalando a Uggug y la puerta con múltiples y hábiles movimientos de cabeza y guiños.

El canciller entendió finalmente lo que le estaba diciendo y, tras cruzar la habitación, agarró al absorbente niño por la oreja; un instante después Uggug y él se encontraban fuera de la sala, y la puerta cerrada tras ellos; pero no antes de que un penetrante alarido resonara por todas partes y alcanzara los oídos de la cariñosa madre.

—¿Qué es ese espantoso ruido? —preguntó de manera impetuosa, girándose hacia su sobresaltado marido.

—Una hiena... o algo así —replicó el subrector, mirando al techo con aire indiferente, como si fuera allí

36

donde se las encontrara habitualmente—. Pasemos al trabajo, querida. Aquí llega el rector. —Acto seguido recogió del suelo un pedazo extraviado de papel escrito a mano, en el que alcancé a leer únicamente las palabras: «... tras cuya debida celebración de elecciones los mencionados Sibimet y su esposa Tabikat pueden a su voluntad asumir imperial...», antes de estrujarlo en su mano, con expresión delatora.

Capítulo 4: Una hábil conspiración

El rector entró en ese momento, y a escasos pasos detrás de él venía el lord canciller, con el color un poco subido, falto de aliento y colocándose la peluca, la cual parecían haberle quitado parcialmente de la cabeza de un tirón.

—¿Pero dónde está mi precioso niño? —inquirió Milady, mientras los cuatro tomaban asiento en la pequeña mesa auxiliar destinada a libros de contabilidad, legajos y facturas.

—Se fue hace unos instantes, con el lord canciller —explicó sucintamente el subrector.

—¡Ah! —contestó Milady, sonriendo con gentileza hacia este alto funcionario—. ¡Su señoría sí que sabe cómo ganarse a los niños! ¡Dudo que nadie pudiera tener de la oreja a mi querido Uggug tan deprisa como lo ha hecho usted! — Para tratarse de una mujer tan rematadamente estúpida, los comentarios de Milady estaban curiosamente llenos de significado: significados de los que ella misma era del todo inconsciente.

El canciller hizo una reverencia, pero con un aire de gran incomodidad.

—Creo que el rector se disponía a hablar —señaló, claramente ansioso por cambiar de tema.

Pero no iba a conseguir frenar a Milady.

—Es un chico inteligente —continuó con entusiasmo ¡pero necesita a un hombre como su señoría para abrirse!—. El canciller se mordió el labio y guardó silencio. Obviamente, temía que, por estúpida que pareciera, Milady comprendiese lo que había dicho esta vez, y estuviera riéndose de él. Pero podría haberse ahorrado todas sus preocupaciones: fuesen cuales fuesen los significados accidentales de sus palabras, nunca iban con segundas.

—¡Todo está resuelto! —anunció el rector, sin perder el tiempo en preliminares —. La subrectoría ha sido suprimida, y mi hermano designado para actuar como vicerrector siempre que me halle ausente. De modo que, como voy a estar de viaje en el extranjero durante una temporada, asumirá sus nuevas funciones de inmediato.

—¿Entonces de veras habrá, después de todo, óbice? —inquirió Milady.

—¡Así lo espero! —contestó el rector sonriente.

Milady pareció alegrarse mucho, y trató de aplaudir, pero si hemos de atender al ruido producido, tanto habría dado hacer chocar dos colchones de plumas entre sí.

—Cuando sea mi esposo óbice —dijo—, ¡será como si tuviésemos cien de ellos!

—¡Eso, eso! —exclamó el subrector.

—¡Pareces pensar que —observó Milady— el que tu esposa diga la verdad es algo notable!

—¡No, no lo es en absoluto! —Corrió a explicar su marido—. ¡Tú nunca dices nada notable, amor mío! — Milady sonrió en aprobación de la opinión de su esposo, y continuó—: ¿Soy entonces yo *obicerrectora*?

—Si decides emplear ese título... —asintió el rector—, pero el tratamiento apropiado será «excelencia». Y confío en que «sus excelencias» respetarán el acuerdo que he preparado. La disposición que más me preocupa es la siguiente —desenrolló un pergamino de gran tamaño y leyó en voz alta—: «Ítem: que trataremos con amabilidad a los pobres». El canciller lo redactó por mí —añadió, mirando al alto funcionario—. Supongo que la palabra «ítem» tiene un profundo significado legal, ¿no?

—¡Indudablemente! —contestó el canciller, vocalizando lo mejor que pudo mientras sujetaba una pluma con los labios. Estaba enrollando y desenrollando con nerviosismo varios otros pergaminos, y apartándolos para dejar sitio al que el rector acababa de pasarle—. Estos son simples borradores —explicó—: y, en cuanto agregue las correcciones finales... —dijo, revolviendo con gran escándalo los distintos rollos— un punto y coma o dos que he omitido por accidente... —aquí saltó a toda velocidad, pluma en mano, de una parte a otra del pergamino, extendiendo hojas de papel secante sobre sus correcciones— todo estará listo para firmar.

—¿No habría que leerlo antes en alto? —inquirió Milady.

—¡No hace falta, no hace falta! —exclamaron al mismo tiempo el subrector y el canciller, con febril entusiasmo.

—En absoluto —convino el rector en tono suave—. Tu esposo y yo lo hemos revisado juntos. Establece que él ejercerá la total autoridad de rector, y que podrá disponer de la renta anual adscrita al cargo, hasta mi regreso o, de no producirse, hasta que Bruno alcance la mayoría de edad; y que entonces deberá ceder, a Bruno o a mí según sea el caso, la rectoría, la renta no gastada y el contenido del Tesoro, el cual ha de conservarse, intacto, bajo su cuidado.

Durante todo aquel rato el subrector se dedicó, con la ayuda del canciller, a cambiar los papeles de un lado a otro, y a señalar al rector el lugar donde había de firmar. Después firmó él mismo, y Milady y el canciller añadieron sus nombres como testigos.

—Las despedidas, mejores cuanto más cortas —dijo el rector—. Todo está listo para mi viaje. Mis hijos están esperando abajo para decirme adiós. —Besó de forma solemne a Milady, estrechó las manos de su hermano y del canciller, y se fue de la sala.

Los tres aguardaron en silencio hasta que el sonido de unas ruedas anunció que el rector se encontraba ya lo suficientemente lejos; entonces, para mi sorpresa, empezaron a carcajearse de manera incontrolable.

—¡Qué gran ardid, oh, qué gran ardid! —exclamó el canciller. Tras lo cual el vicerrector y él unieron sus manos y se pusieron a dar grandes brincos por la sala.

Milady era demasiado digna para brincar, pero emitió una risa parecida al relincho de un caballo, y agitó su pañuelo sobre su cabeza: estaba claro para su muy limitado entendimiento que se había hecho algo muy inteligente, pero aún no sabía el qué.

—Dijiste que me lo contarías todo cuando se fuera el rector —señaló, tan pronto como logró hacerse oír.

—¡Y así será, Tabi! —contestó su esposo con afabilidad mientras retiraba el papel secante y mostraba los dos pergaminos que descansaban uno al lado del otro—. Este es el que leyó pero no firmó, ¡y este el que firmó pero no leyó! Ya has visto que estaba todo tapado, salvo el espacio donde había que firmar...

—¡Sí, sí! —interrumpió entusiasmada Milady, y empezó a comparar los dos acuerdos—: «Ítem: que ejercerá la autoridad de rector, en ausencia de este». ¡Oh!, eso ha sido cambiado a «que será gobernador vitalicio absoluto, con el título de emperador, si es elegido por el pueblo para tal cargo». ¿¡Qué!? ¿Eres emperador, cielo?

—Aún no, querida —contestó el vicerrector—. Por el momento, no basta con enseñar este papel. Todo a su debido tiempo.

Milady asintió con la cabeza, y siguió leyendo:

—«Ítem: que trataremos con amabilidad a los pobres». ¡Eso se ha omitido por completo!

—¡Pues claro! —dijo su esposo—. ¡No vamos a preocuparnos por los miserables!

—Estupendo —contestó Milady, con gran énfasis, y retomó de nuevo la lectura —: «Ítem: que el contenido del Tesoro sea conservado intacto». ¡Caramba, eso se ha cambiado a «estará a la absoluta disposición del vicerrector»! ¡Oh, Sibi, qué truco más astuto! ¡Sólo imagínatelo: todas las joyas! ¿Puedo ir a ponérmelas directamente?

—Esto... todavía no, amorcito —repuso de manera incómoda su esposo—. Entiende que la opinión pública aún no está del todo lista para ello.

Debemos ir con tiento. Por supuesto tendremos el carruaje para nosotros de inmediato. Y yo tomaré el título de emperador tan pronto como podamos celebrar elecciones. Pero será difícil que toleren que usemos las joyas mientras sepan que el rector sigue vivo. Debemos extender el rumor de que ha muerto.

Una pequeña conspiración...

—¡Una conspiración! —gritó contentísima la dama, dando palmas—. ¡Qué sorpresa, me encantan las conspiraciones! ¡Con lo interesantes que son!

El vicerrector y el canciller intercambiaron unos guiños.

42

—¡Que conspire todo lo que quiera! —susurró el astuto canciller—. ¡No hará ningún daño!

—¿Y la conspiración cuándo...?

—¡Chsss! —la cortó a toda prisa su marido al abrirse la puerta, por la cual entraron Silvia y Bruno, entrelazados en un tierno abrazo, este último sollozando convulsivamente, con el rostro hundido en el hombro de su hermana, y ella más seria y callada, pero con ríos de lágrimas deslizándose por sus mejillas.

—¡No debéis llorar así! —dijo el vicerrector con severidad, mas sin causar efecto en los llorosos niños—. ¡Anímalos un poco! —le indicó a Milady.

—¡Bizcocho! —murmuró para sí Milady con gran decisión, cruzó la sala y abrió un armario, del cual regresó enseguida con dos trozos de bizcocho con pasas—. ¡Comed, y no lloréis! —fueron sus escuetas y sencillas órdenes, y los pobres niños se sentaron uno junto al otro, pero no parecían tener ganas de comer.

La puerta se abrió por segunda vez, o más bien la empujaron violentamente, en esta ocasión, cuando Uggug irrumpió como loco en la sala, gritando:

—¡Ya está aquí otra vez ese viejo pordiosero!

—No debe dársele comida... —empezó a decir el vicerrector, pero el canciller lo interrumpió:

—No se preocupe —dijo, en voz baja—: los criados ya han recibido órdenes.

—Está justo aquí abajo —señaló Uggug, que se había acercado a la ventana y estaba mirando al patio.

—¿Dónde, cielito? —dijo su cariñosa madre, arrojando sus brazos en torno al cuello del pequeño monstruito. Todos nosotros (excepto Silvia y Bruno, que no prestaban atención a lo que ocurría) la seguimos a la ventana. El viejo pordiosero levantó la vista hacia nosotros con ojos hambrientos.

—¡Sólo un mendrugo, alteza! —rogó. Era un anciano de rasgos apuestos, pero daba la triste impresión de estar enfermo y exhausto—. ¡Un mendrugo es lo que imploro! —repitió—. ¡Un simple mendrugo y un poco de agua!

—¡Aquí tienes agua, bébetela! —bramó Uggug, vertiendo una jarra de agua sobre la cabeza del viejo.

—¡Bien hecho, hijo! —gritó el vicerrector—. ¡Así es como hay que tratar a esa gente, para que aprenda!

—¡Qué niño más listo! —convino la vicerrectora—. ¿Verdad que es muy alegre?

—¡Que lo muelan a palos! —voceó el vicerrector, mientras el viejo pordiosero sacudía el agua de su capa raída y volvía a levantar la vista en actitud sumisa.

—¡Que le apliquen un atizador al rojo! —volvió a coincidir Milady.

Posiblemente no hubiera a mano ningún atizador al rojo vivo, pero pasados unos momentos hicieron su aparición unos cuantos palos y unos rostros amenazadores que rodearon al pobre y viejo vagabundo, el cual, con silenciosa dignidad, les hizo señas para que no se acercaran.

—No hace falta que rompáis mis viejos huesos —dijo—. Me voy. ¡Ni un simple mendrugo!

—¡*Pobde, pobde* anciano! —exclamó una vocecilla a mi lado, medio ahogada en sollozos. Bruno estaba en la ventana, intentando arrojar por ella su trozo de bizcocho con pasas, pero Silvia lo detuvo.

—¡Le voy a *dad* mi *bicicocho*! —gritó Bruno, luchando con vehemencia por liberarse de los brazos de su hermana.

—¡Sí, sí, cariño! —le suplicó Silvia con delicadeza—. ¡Pero no lo tires por la ventana! Ya se ha ido, ¿no lo ves? Vayamos a buscarlo. —Y Silvia se lo llevó fuera de la sala sin que ningún otro de los presentes se diera cuenta, pues estaban totalmente absortos mirando al viejo pordiosero.

Los conspiradores volvieron a sus asientos y retomaron su conversación en voz baja para que Uggug, que seguía aún en la ventana, no los oyera.

—Por cierto, el viejo acuerdo decía algo sobre que Bruno heredaría la rectoría —recordó Milady—. ¿Cómo queda eso en el nuevo?

El canciller soltó una risita.

—Exactamente igual, palabra por palabra —dijo—, con una salvedad, Milady. En vez de «Bruno», me he tomado la libertad de poner... —bajó la voz hasta un susurro— ¡de poner «Uggug», ya sabe!

—¡Uggug, cómo no! —exclamé, en un arranque de indignación que no pude seguir conteniendo. Pronunciar incluso aquella única palabra me resultó un esfuerzo titánico; mas, una vez proferido aquel grito, todo esfuerzo cesó de inmediato: la escena entera desapareció barrida por una ráfaga de viento y me vi incorporado en mi asiento, con la mirada fija en la joven dama del rincón opuesto del vagón, la cual se había levantado el velo del rostro, y me observaba con una expresión de divertida sorpresa.

Capítulo 5: El palacio de un pordiosero

Estaba seguro de haber dicho algo al despertar: el grito ronco y ahogado resonaba aún en mis oídos, incluso en caso de que la expresión de sobresalto de mi compañera de viaje no fuera prueba suficiente, pero ¿qué podía decir yo a modo de disculpa?

—Espero no haberla asustado —tartamudeé finalmente—. No tengo ni idea de qué he dicho. Estaba soñando.

—Ha dicho: «¡Uggug, cómo no!» —respondió la joven dama, con labios trémulos que se arqueaban con voluntad propia para formar una sonrisa, pese a todos los esfuerzos de ella por parecer seria—. Al menos, no lo dijo, ¡lo gritó!

—Lo lamento mucho —fue todo lo que pude decir, sintiéndome muy arrepentido e impotente. «¡Tiene los ojos de Silvia!», pensé para mis adentros, medio dudando si, incluso ahora, me encontraba realmente despierto. «Y esa dulce expresión de inocente asombro es también totalmente propia de ella.

Pero Silvia no posee ese gesto resuelto y sereno en los labios, ni esa expresión distante de tristeza soñadora, como de alguien que ha sufrido un profundo pesar, hace largo tiempo...». Y la avalancha de divagaciones a punto estuvo de impedirme oír las siguientes palabras de la dama.

—Si hubiera tenido una novela de terror en las manos —continuó ella—, algo sobre fantasmas o dinamita, o asesinatos a medianoche, resultaría comprensible: esas historias no valen el chelín que cuestan a menos que le causen a uno pesadillas. Pero a decir verdad, refiriéndose únicamente a un tratado de medicina, sabe usted... —Y echó una mirada, con un lindo y desdeñoso encogimiento de hombros, al libro con el que me había quedado dormido.

Su simpatía, y total naturalidad, me dejó desconcertado durante unos instantes, aunque no había en la chiquilla (pues aparentaba ser, prácticamente, una chiquilla: imaginé que apenas habría cumplido los veinte años) ni el más leve dejo de insolencia, o descaro; era por completo la inocente franqueza de un visitante angelical, no familiarizado aún con las costumbres terrenales y los convencionalismos (o, si se prefiere, la barbarie) de la sociedad. «No obstante —cavilé—, en otros diez años, Silvia tendrá su aspecto, y hablará como ella».

—¿Entonces los fantasmas no le preocupan —me atreví a plantear—, a menos que sean verdaderamente aterradores?

—En efecto —asintió la dama—. Los fantasmas de tren corrientes... quiero decir, los fantasmas de la literatura de trenes corriente, son algo lamentable. Me siento inclinada a decir, con Alexander Selkirk: «¡Su mansedumbre resulta pasmosa!». Y nunca llevan a cabo ningún asesinato a medianoche. ¡No podrían «revolcarse en sangre» para salvar sus vidas! —«Revolcarse en sangre» es una frase muy expresiva, ciertamente. Me pregunto si es aplicable a cualquier fluido.

—Creo que no —contestó enseguida la dama, como si ya hubiera reflexionado sobre ello, hacía largo tiempo—. Ha de ser algo espeso. Por ejemplo, podría revolcarse en salsa de pan. Esta, al ser blanca, resultaría más apropiada para un fantasma, ¡suponiendo que quisiera revolcarse!

47

—¿Aparece algún fantasma realmente terrorífico en ese libro? —apunté.

—¿Cómo lo ha sabido? —exclamó con una franqueza de lo más cautivadora, y colocó el libro en mis manos. Lo abrí ansioso, con una excitación nada molesta (similar a la que despierta una buena historia de fantasmas) ante la «asombrosa» coincidencia de que hubiera adivinado tan inesperadamente el objeto de sus estudios.

Era un libro de cocina doméstica, abierto por el artículo «Salsa de pan».

Le devolví el libro, con expresión, supongo, algo perpleja, mientras la dama reía alegremente ante mi desconcierto.

—Es mucho más emocionante que algunos fantasmas modernos, ¡se lo aseguro! Encontré un fantasma el mes pasado... no hablo de un fantasma real en... en el mundo sobrenatural, sino en una revista. Era un fantasma absolutamente insulso. ¡No habría asustado ni a un ratón! ¡Ni siquiera se trataba de un fantasma al que uno le ofrecería una silla para sentarse!

«¡Ser un septuagenario, calvo y con anteojos tiene sus ventajas después de todo! —me dije—. En vez de un joven tímido y una doncella, intercambiando monosílabos con voz entrecortada entre terribles silencios, nos encontramos aquí con un anciano y una chiquilla, totalmente a sus anchas, ¡charlando como si se conociesen desde hace años!».

—¿Cree usted entonces —proseguí en voz alta— que en ocasiones deberíamos pedirle a un fantasma que se sentase? ¿Acaso poseemos autoridad alguna para ello? En Shakespeare, por ejemplo... ahí aparecen muchos...

¿hace Shakespeare alguna vez la acotación: «Cede una silla al fantasma»? La dama adoptó una expresión intrigada y pensativa durante un instante: luego hizo un ademán de aplauso.

—¡Sí, así es! —gritó—. Le hace decir a Hamlet: «¡Descansa, descansa, espíritu turbado!».

—Y con eso, imagino, ¿se refiere a una butaca? —A una mecedora americana, creo...

—¡Estación de Fayfield, Milady, cambio de tren a Elveston! —anunció el jefe de tren, abriendo de golpe la puerta del vagón: y pronto nos encontramos, rodeados por todo nuestro equipaje, en el andén.

El alojamiento proporcionado a los pasajeros que esperaban en aquella estación de empalme resultaba claramente inadecuado: un único banco de madera, diseñado al parecer como asiento sólo para tres personas; e incluso este ya se encontraba ocupado en parte por un hombre muy mayor, con blusa de obrero, que se hallaba sentado, con los hombros encorvados, la cabeza gacha y las manos aferradas a la cabeza de su bastón a modo de almohada para ese rostro arrugado y su gesto de paciente fatiga.

—¡Vamos, fuera de aquí! —abordó con rudeza el jefe de estación al pobre anciano—. ¡Lárgate, y deja sitio a tus mejores! ¡Por aquí, Milady! —añadió en un tono completamente diferente—. Si la señora quiere sentarse, el tren llegará en pocos minutos. —El servilismo de su comportamiento se debía, sin duda, a la dirección que podía leerse en el montón de equipaje, que anunciaba que su dueña era «*lady* Muriel Orme, pasajera a Elveston, vía estación de Fayfield».

Mientras observaba al anciano levantarse con lentitud y alejarse renqueando por el andén unos cuantos pasos, acudieron a mis labios los versos: De su lecho el monje se levantó, con esfuerzo alzó sus rígidos miembros; cien años teñían de albo color su barba liviana y finos cabellos.

Pero la dama apenas se percató del pequeño incidente. Tras una mirada al «desterrado», que permanecía apoyado de manera temblorosa sobre su bastón, se giró hacia mí.

—¡Esto no es una mecedora americana, ni mucho menos! Mas permita —dijo desplazándose un poco de su sitio, para hacer un hueco para mí a su lado—, permita que le diga, en palabras de Hamlet: «¡Descanse, descanse...» —calló entre risas argentinas.

—«¡... espíritu turbado!» —terminé la frase por ella—. Sí, ¡resulta una exacta descripción del viajero de ferrocarril! Y aquí hay un ejemplo de ello —añadí, cuando el pequeñísimo tren local se detuvo junto al andén, y los mozos empezaron a ir y venir afanosamente, abriendo las puertas de los vagones: uno de ellos ayudó al pobre anciano a subirse a un vagón de tercera clase, en tanto otro nos conducía con modales excesivamente obsequiosos a la dama y a mí a uno de primera.

Ella se detuvo un momento, antes de seguirlo, para observar los progresos del otro pasajero:

—¡Pobre anciano! —dijo—. ¡Qué débil y enfermo parece! Fue vergonzoso dejar que lo echaran de ese modo. Lo siento mucho... —Caí en la cuenta en ese momento de que aquellas palabras no iban dirigidas a mí, sino que ella estaba pensando en voz alta, sin darse cuenta. Me aparté unos pasos y esperé a que subiera al vagón, donde retomé la conversación.

—Shakespeare debió de viajar en tren, aunque fuera únicamente en sueños: «espíritu turbado» es una frase realmente acertada.

—«Turbado» en referencia, sin duda —se reincorporó ella a la charla—, a los sensacionales libritos que suelen leerse principalmente en los trenes. El vapor, cuando menos, ¡ha servido para generar un tipo completamente nuevo de literatura inglesa!

—Sin duda —repetí yo—. El verdadero origen de todos nuestros libros de medicina... y de cocina...

—¡No, no! —interrumpió ella de manera jovial—. ¡No hablaba de nuestra literatura! Nosotros somos bastante atípicos. Pero las emocionantes novelitas románticas, en las que el asesinato aparece en la página quince, y la boda en la cuarenta, se deben con seguridad al vapor, ¿no le parece?

—Y cuando viajemos por medio de la electricidad, si me permite desarrollar su teoría, tendremos folletos en vez de libritos, y el asesinato y la boda se producirán en la misma página.

—¡Un desarrollo digno de Darwin! —exclamó la dama con entusiasmo—. Sólo que usted invierte su teoría. En vez de convertir un ratón en un elefante, ¡usted haría lo contrario! —Mas entonces nos metimos en un túnel, y yo me retrepé en mi asiento y cerré los ojos por un momento, tratando de recordar algunos de los incidentes de mi reciente sueño.

«Creí ver...», musité soñoliento, y entonces la frase insistió en conjugarse por sí sola, y pasó a «creíste ver... creyó ver...» y a la sazón se transformó en una canción: Creyó ver un elefante que alto un pífano tocaba; mas luego advirtió que era, de su esposa, una carta.

«Por fin me doy cuenta —dijo—: ¡esta vida es bien amarga!».

¡Y menudo personaje disparatado cantaba tales disparates! Parecía tratarse de un jardinero; aunque uno loco, sin duda, por el modo en que blandía su rastrillo; más loco, por cómo, de tanto en tanto, rompía a bailar con frenesí; ¡más loco que nadie, por el alarido con el que profirió los últimos versos de la estrofa! Hasta cierto punto estaba describiéndose a sí mismo, pues tenía los pies de un elefante: pero el resto de él era piel y hueso; y las briznas de paja suelta que le sobresalían por todas partes parecían indicar que en un principio llevaba esta metida bajo la ropa, y que prácticamente toda ella se le había salido ya.

Silvia y Bruno esperaron pacientemente hasta el final de la primera estrofa.

Entonces Silvia se aproximó sola (dado que a Bruno le había entrado una repentina vergüenza) y se presentó tímidamente diciendo:

—Disculpe, ¡me llamo Silvia!

—¿Y quién es esa otra cosa? —preguntó el jardinero.

—¿Qué cosa? —dijo Silvia, girándose—. Oh, ese es Bruno. Es mi hermano.

—¿Era tu hermano ayer? —inquirió el jardinero ansiosamente.

—¡Pues claro! —exclamó Bruno, que se había acercado poquito a poco, y al que no le gustaba nada que se hablara de él sin tomar parte en la conversación.

—¡Ah, bien! —dijo el jardinero con una especie de gruñido—. Aquí las cosas cambian así. ¡Cada vez que miro se ha transformado por fuerza en algo distinto! Pero a pesar de ello, ¡hago mi tarea! Me levanto a las cinco con el canto del gallo...

—Yo en su *lugad* —dijo Bruno— no me levantaría tan *tempdano*. ¡Es casi tan malo como *sed* el *pdopio* gallo! —añadió en voz baja hacia Silvia.

—Pero no deberías remolonear por la mañana, Bruno —replicó su hermana—. ¡Recuerda que pájaro durmiente, tarde hincha el vientre!

—¡Pues que lo haga el gallo, si quiere! —señaló Bruno bostezando ligeramente—. A mí no me gustan nada los gusanos. ¡*Siempde* me quedo en la cama hasta que el gallo se los ha comido todos!

—¡Qué cara tienes para contarme un cuento como ese! —exclamó el jardinero.

A lo cual Bruno contestó sabiamente:

—No hace falta *tened cara* para *contad* un cuento: sólo boca.

Silvia cambió discretamente de tema:

—¿Y ha plantado usted todas estas flores? —preguntó—. ¡Qué jardín más bonito ha creado! ¿Sabe qué?: ¡me gustaría vivir aquí siempre!

—En las noches de invierno... —empezó a decir el jardinero.

—¡Pero casi me olvido de a qué veníamos! —interrumpió Silvia—. ¿Podría, por favor, dejarnos salir al camino? Hay un pobre y viejo pordiosero que acaba de irse y que está muy hambriento; Bruno quiere darle su bizcocho, ¿sabe usted?

—¡Me debo a mi puesto de jardinero! —farfulló este, mientras sacaba una llave de su bolsillo y comenzaba a abrir una puerta en la tapia del jardín.

—¿Y cuánto debe? —quiso saber Bruno inocentemente.

Pero el jardinero se limitó a sonreír.

—¡Es un secreto! —contestó—. ¡Procurad volver pronto! —dijo a voces hacia los niños, cuando estos hubieron salido al camino. Tuve el tiempo justo para seguirlos a través de la puerta, antes de que la volviera a cerrar.

Avanzamos apresuradamente por el camino, y al poco vimos al viejo pordiosero, alrededor de un cuarto de milla por delante de nosotros, momento en que los niños echaron a correr para alcanzarlo. Se deslizaban ligeros y veloces sobre el suelo, y yo era incapaz de comprender en lo más mínimo cómo podía yo mantener su ritmo con tanta facilidad. Mas el problema sin resolver no me preocupaba tanto como podría haber sido el caso en otro momento, habiendo tantas otras cosas que demandaban mi atención.

El viejo pordiosero debía de estar muy sordo, ya que hizo caso totalmente omiso a los vehementes gritos de Bruno, y continuó andando con gran esfuerzo y agotamiento, sin detenerse ni un instante hasta que los niños se colocaron delante de él y le ofrecieron el trozo de bizcocho. El pobre chiquillo estaba completamente sofocado, y sólo pudo articular la palabra: «¡Bicicocho!», no con la sombría decisión con la que la había pronunciado su excelencia de forma tan reciente, sino con una encantadora timidez infantil, levantando la vista hacia el rostro del anciano con ojos que amaban «al ratón como al león».

El anciano le quitó el bizcocho de las manos y lo devoró ansiosamente, como habría hecho una hambrienta bestia salvaje, mas no correspondió a su pequeño benefactor con ninguna palabra de agradecimiento; únicamente gruñó: «¡Más, más!», y clavó una mirada feroz en los niños, que se asustaron un poco.

—¡No hay más! —dijo Silvia con lágrimas en los ojos—. Yo me he comido el mío. Fue vergonzoso dejar que lo echaran de ese modo. Lo siento mucho... No escuché el resto de la frase, pues mis pensamientos habían regresado, con gran sorpresa, a *lady* Muriel Orme, quien había pronunciado hacía nada aquellas mismas palabras de Silvia; así es, y con la misma voz de esta, ¡y con sus ojos amables y suplicantes!

—¡Seguidme! —fueron las siguientes palabras que oí, mientras el anciano movía una mano, con una elegancia majestuosa que no se correspondía con sus harapientas ropas, sobre un arbusto que se hallaba al borde del camino, el cual comenzó en el acto a hundirse en la tierra. En otro momento habría dudado de lo que veían mis ojos, o por lo menos sentido cierto asombro; pero, en aquella extraña escena, todo mi ser parecía absorbido por una intensa curiosidad respecto a qué sucedería después.

Cuando el arbusto desapareció por completo de nuestra vista, se reveló una escalera de mármol que descendía en la negrura. El anciano abrió la marcha, y nosotros lo seguimos expectantes.

La escalera estaba tan oscura, al principio, que únicamente me era posible ver las siluetas de los niños mientras, cogidos de la mano, bajaban a tientas en pos de su guía, pero cada vez fue habiendo más y más luz, un extraño resplandor argénteo, que parecía darse en el aire, ya que no había lámparas a la vista, y, cuando por fin llegamos a una zona de suelo llano, la sala en la que nos encontramos estaba iluminada casi como a plena luz del día.

Era octogonal, con un esbelto pilar en cada ángulo, alrededor de los cuales había enroscadas colgaduras de seda. Las paredes entre los pilares estaban totalmente cubiertas, hasta una altura de unos dos metros, con enredaderas, de las que pendían gran número de frutas maduras y flores brillantes, que prácticamente tapaban las hojas. En otro lugar, tal vez, me habría maravillado ver frutas y flores creciendo juntas; allí, mi mayor asombro era que jamás había contemplado antes frutas o flores como aquellas. Por encima de ellas, cada muro albergaba una vidriera circular, y rematando todo había una cúpula que parecía estar cubierta por entero de joyas.

Con asombro escasamente menor, me giré hacia un lado y a otro, tratando de averiguar cómo habíamos logrado entrar en la sala, pues no había ninguna puerta y todas las paredes se hallaban cubiertas por las preciosas y tupidas enredaderas.

—¡Aquí estamos a salvo, queridos míos! —dijo el anciano, poniendo una mano sobre el hombro de Silvia, y agachándose para darle un beso. Silvia se apartó presurosa, con aire ofendido, pero un momento después, exclamando con alegría «¡Pero si es padre!», se había lanzado a sus brazos.

—¡Padre, padre! —repitió Bruno, y, mientras los felices niños recibían abrazos y besos, yo no pude hacer otra cosa que frotarme los ojos y decir: «¿Adónde han ido los harapos?», pues el anciano estaba vestido ahora con ropajes reales que centelleaban con joyas y bordados de oro, y llevaba ceñida en torno a la cabeza una corona del mismo metal precioso.

Capítulo 6: El guardapelo mágico

—¿Dónde estamos, padre? —susurró Silvia, abrazando con fuerza el cuello del anciano, y con su mejilla sonrosada apretada afectuosamente contra la de él.

—En Elfolandia, cariño. Es una de las provincias de Hadalandia.

—Pero yo creía que Elfolandia estaba lejísimos de Exotilandia, ¡y hemos recorrido una distancia ridícula!

—Vinisteis por el Camino Real, cielo. Sólo aquellos de sangre real pueden viajar por él, pero tú lo eres desde que me nombraron rey de Elfolandia, lo cual fue hace casi un mes. Enviaron dos embajadores para asegurarse de que su invitación, para ser su nuevo soberano, me llegara. Uno era un príncipe, de modo que pudo venir por el Camino Real, y hacerlo sin que nadie salvo yo lo viera; el otro era un barón, así que tuvo que viajar por el camino normal, y me imagino que aún no ha llegado.

—¿Entonces cuánto hemos viajado? —inquirió Silvia.

—Sólo unas mil millas, cielo, desde que el jardinero os abrió la puerta.

—¡Mil millas! —repitió Bruno—. ¿Puedo *comedme* una?

—¿Comerte una milla, pequeño granuja?

—No —corrigió Bruno—. Me defiero a si puedo comedme una de esas *fdutas*.

—Sí, hijo —asintió el padre—; entonces descubrirás cómo es el placer: el placer que todos ansiamos con tanta locura, ¡y disfrutamos con tanto pesar! Bruno corrió entusiasmado a la pared y cogió una fruta cuya forma era similar a la de un plátano, pero que tenía el color de una fresa.

Se la comió con una sonrisa de felicidad que fue decayendo gradualmente, hasta convertirse, cuando se la hubo terminado, en un rostro verdaderamente apático.

—¡No sabe a nada! —se quejó—. ¡No notaba nada en la boca! Es un... ¿cómo era esa *palabda* tan difícil, Silvia?

—Era un *flizz* —contestó Silvia muy seria—. ¿Son todas así, padre?

—Lo son para vosotros, cariño, porque no pertenecéis a Elfolandia, todavía. Pero para mí son reales.

Bruno puso cara de extrañeza.

—¡*Pdobaré* con *otdo* tipo *Aefdutas*! —dijo, y se bajó de la rodilla del rey con un saltito—. Hay algunas a *dayas* muy bonitas, ¡como un *adcoiris*! —Se alejó a la carrera.

El rey feérico y Silvia conversaron mientras tanto, pero en un tono tan bajo que me era imposible captar las palabras; de modo que fui tras Bruno, el cual se hallaba cogiendo y comiendo otros tipos de fruta, con la vana esperanza de encontrar alguna con sabor. Yo mismo intenté coger unas cuantas, pero era como tratar de asir el aire, así que me rendí al poco tiempo y regresé junto a Silvia.

—Míralo bien, cariño —estaba diciendo el anciano—, y dime si te gusta.

—¡Es realmente precioso! —exclamó Silvia con gran alegría—. ¡Bruno, ven a ver! —Lo sostuvo en alto, para que él pudiera verlo al trasluz: un guardapelo en forma de corazón, tallado aparentemente a partir de una única gema, de un vivo color azul, con una fina cadenita de oro unida a él.

—Es muy bonito —comentó Bruno en tono más serio, y empezó a deletrear unas palabras que tenía inscritas.

»Todos... *querán*... a... Silvia —logró por fin descifrar—. ¡Es *ciedto*! —gritó, abrazándose con fuerza al cuello de su hermana—. ¡Todo el mundo quiere a Silvia!

—Pero nadie más que nosotros, ¿no es cierto, Bruno? —dijo el viejo rey, tomando el guardapelo—. Ahora, Silvia, mira esto. —Y le mostró, sobre la palma de su mano, un guardapelo de un intenso color carmesí, con la misma forma que el azul y, como este último, unido a una delicada cadenita de oro.

—¡Menuda preciosidad! —exclamó Silvia, juntando las manos extasiada—. ¡Mira, Bruno!

—¡Y este también tiene unas *palabdas*! —señaló Bruno—. Silvia... *querá*... a...todos.

—Ahora ves la diferencia —dijo el anciano—: colores y palabras diferentes.

Escoge uno de ellos, tesoro. Te daré el que más te guste.

Silvia susurró las palabras, varias veces, con una sonrisa pensativa, y entonces tomó su decisión.

—Es muy agradable que te quieran —apuntó—, ¡pero más aún querer a otras personas! ¿Puedo quedarme el rojo, padre?

El anciano no respondió, pero pude ver que sus ojos se llenaban de lágrimas cuando bajó la cabeza y apretó sus labios contra la frente de Silvia en un largo y cariñoso beso.

Después abrió la cadenita y enseñó a su hija a ponérsela alrededor del cuello, y a esconderla bajo el de su vestido.

—Debes guardarlo —dijo en voz baja—, ¿entiendes?, y no dejar que otros lo vean. ¿Te acordarás de cómo se usa?

—Sí, me acordaré —aseguró Silvia.

—Y ahora, queridos míos, es hora de que regreséis, u os echarán en falta, ¡y entonces ese pobre jardinero se meterá en problemas! Me asaltó nuevamente una sensación de desconcierto respecto a cómo íbamos a lograr regresar —pues daba por sentado que adonde quiera que fueran los niños, yo los acompañaría—, pero por sus mentes no pareció pasar ni la más mínima sombra de duda, mientras abrazaban y besaban a su padre, susurrando, una y otra vez: «¡Adiós, querido padre!». Y entonces, de forma veloz y repentina, la oscuridad de la medianoche pareció caer sobre nosotros, y a través de ella resonó de manera estridente una extraña y alocada canción: Creyó ver a la repisa un búfalo encaramado: mas luego advirtió que era sobrina de su cuñado.

«¡Si no te largas ya dijo— la poli vendrá volando!».

—¡Ese era yo! —añadió el jardinero, mirándonos a través de la puerta entreabierta, mientras aguardábamos en el camino—. ¡Y es lo que habría hecho, tan seguro como que las patatas no son rábanos, si ella no se hubiera largado! Pero yo siempre he querido a mis allegados más que a nadie.

—¿Quiénes son tus allegados? —preguntó Bruno.

—¡Pues sea quien sea el que ha llegado, por supuesto! —respondió el jardinero—. Ya podéis pasar, si queréis.

Abrió la puerta de manera enérgica tras sus palabras y salimos un poco deslumbrados y aturdidos (al menos yo me sentí así) por la brusca transición de la penumbra del vagón de tren al intensamente iluminado andén de la estación de Elveston.

Un lacayo, vestido con una bonita librea, se acercó a nosotros y saludó respetuosamente con un toque de su sombrero.

—El coche está aquí, Milady —dijo, haciéndose cargo del chal y los pequeños bártulos que portaba *lady* Muriel, y esta, tras estrecharme la mano y desearme «¡Buenas noches!» con una agradable sonrisa, lo siguió.

Fue con una sensación de cierto vacío y soledad que me dirigí al furgón del que estaban sacando el equipaje, y, tras dar instrucciones de que mandaran mis cajas detrás de mí, me encaminé hacia la vivienda de Arthur, y la sensación de soledad no tardó en desaparecer ante la calurosa bienvenida que me brindó mi viejo amigo y la confortable calidez y la alegre luz de la salita de estar a la que me hizo pasar.

—Pequeña, como ves, pero más que suficiente para los dos. Siéntate en el sillón, viejo amigo, ¡y deja que te eche otro vistazo! Pues, ciertamente, ¡sí se te ve un poco abatido! —dijo, y adoptó un solemne aire profesional—. *Prescribo ozono, quantum sufficit*, disipación social, *fiant pilulae quam plurimae*: ¡tómense, en banquetes, tres veces al día!

—¡Pero doctor! —protesté—. ¡La alta sociedad no «recibe» tres veces al día! —¡Eso es lo que usted se cree! —contestó alegremente el joven médico—. En casa, tenis sobre hierba, tres de la tarde. En casa, piscolabis, cinco de la tarde. En casa, música (en Elveston no se invita a cenar), ocho de la tarde. Carruajes a las diez.

¡Ahí lo tiene! Parecía muy agradable, hube de admitir.

—Y ya conozco a algunas damas locales —añadí—. Una de ellas venía en mi mismo vagón.

—¿Cómo era? Tal vez pueda identificarla.

—Se llamaba *lady* Muriel Orme. En cuanto a cómo era... bueno, muy hermosa, en mi opinión. ¿La conoces?

—Sí... la conozco. —Y el serio doctor se ruborizó ligeramente al añadir—: Sí, coincido contigo. Es realmente hermosa.

—¡Casi me enamoro perdidamente de ella! —proseguí con picardía—. Hablamos...

—¡Cena algo! —interrumpió Arthur con aire de alivio, cuando la criada entró con la bandeja. Y resistió firmemente todos mis intentos de volver al tema de *lady* Muriel hasta que la tarde prácticamente se hubo agotado.

Entonces, cuando nos hallábamos sentados contemplando el fuego y la conversación derivaba en silencio, realizó una apresurada confesión.

—No tenía intención de contarte nada sobre ella —dijo (sin dar ningún nombre, ¡como si no hubiera más que una «ella» en el mundo!)— hasta que la hubieras visto algo más y te hubieras formado una opinión propia; pero de algún modo me lo sonsacaste. Y no le dicho una palabra de esto a nadie más. ¡Pero a ti sí puedo confiarte un secreto, viejo amigo! ¡Así es! Lo que supongo dijiste en broma, ¡es cierto en mi caso!

—¡No fue nada más que eso, créeme! —dije con sinceridad—. ¡Cielo santo, hombre, si le triplico la edad!

Pero si es tu elegida, entonces no me cabe duda de que no hay persona más buena...

—... ni dulce —continuó Arthur—, ni pura, ni abnegada, ni sincera, ni... —y calló bruscamente, como si no pudiera confiar en sí mismo para seguir hablando sobre una cuestión tan sagrada y preciosa. Sobrevino el silencio: y yo me recosté en mi sillón, adormilado, con la cabeza llena de radiantes y hermosas escenas de Arthur y su amada, y de toda la paz y la felicidad que les estaban reservadas.

Me los imaginé paseando juntos, tranquila y amorosamente, bajo un dosel de árboles, en un precioso jardín de su propiedad, y recibiendo la bienvenida de su fiel jardinero, a su vuelta de alguna breve excursión.

Parecía bastante natural que este último se sintiera desbordado de gozo ante el regreso de un señor y una señora tan encantadores —¡y qué aspecto más extrañamente infantil tenían! Podría haberlos confundido con Silvia y Bruno—; ¡pero menos natural que lo expresara con bailes tan alocados y canciones tan delirantes! Creyó ver una serpiente que en griego lo interrogaba; mas luego advirtió que era un jueves de otra semana.

«¡Lo que sí lamento —dijo es que ahora ya no habla!».

... y menos natural que nada que el vicerrector y Milady se encontraran a mi lado, hablando acerca de una carta abierta que el profesor, quien aguardaba en actitud dócil a pocos metros, acababa de entregarle.

—Si no fuera por esos dos mocosos —lo oí murmurar, mientras observaba de manera fiera a Silvia y Bruno, los cuales se encontraban escuchando educadamente la canción del jardinero no habría problema alguno.

—Oigamos otra vez esa parte de la carta —dijo Milady. Y el vicerrector leyó en alto—: «... y por ello le rogamos gentilmente que acepte la corona, para la cual ha sido elegido de manera unánime por el Consejo de Elfolandia; y que permita que su hijo Bruno (cuya bondad, inteligencia y belleza han llegado a nuestros oídos) sea considerado príncipe heredero».

—¿Y cuál es el problema? —preguntó Milady.

—¿Pero es que no lo ves? El embajador que trajo esto está esperando en palacio y verá con seguridad a Silvia y a Bruno, y entonces, cuando vea a Uggug, y recuerde todo eso de «bondad, inteligencia y belleza», está claro que...

—¿Y dónde es posible encontrar un muchacho mejor que Uggug? —interrumpió Milady indignada—. ¿O uno más listo, o encantador?

A todo lo cual el vicerrector respondió simplemente:

—¡No seas tonta, y deja de decir sandeces! Nuestra única oportunidad es que no vea a esos dos mocosos. Si eres capaz de lograrlo, puedes dejarme el resto a mí. Yo le haré creer que Uggug es un dechado de inteligencia y todo eso.

—Está claro que tenemos que cambiarle el nombre por el de Bruno, ¿no? —aventuró Milady.

El vicerrector se frotó la barbilla.

—¡Hum! ¡No! —dijo cavilante—. No serviría. El niño es tan rematadamente idiota que jamás aprendería a contestar a él.

—¡Cómo que idiota! —gritó Milady—. ¡No es más idiota que yo!

—Tienes razón, querida —contestó en tono sedante el vicerrector—. ¡Desde luego que no! Milady se quedó contenta.

—Vayamos a recibir al embajador —dijo, y llamó con un gesto al profesor—. ¿En qué sala está esperando? —demandó.

—En la biblioteca, señora.

—¿Y cómo ha dicho usted que se llamaba? —preguntó el vicerrector.

El profesor consultó una tarjeta que sostenía en la mano.

—Su adiposidad el barón Doppelgeist.

—¿Por qué se presenta con un nombre tan raro? —dijo Milady.

—Le fue imposible cambiárselo durante el viaje —respondió mansamente el profesor— porque venía cargado.

—Ve tú a recibirlo —le indicó Milady al vicerrector— y yo me ocuparé de los niños.

Capítulo 7: La embajada del barón

Empecé a seguir al vicerrector pero, tras pensarlo mejor, fui en pos de Milady, pues sentía curiosidad por ver cómo se las iba a arreglar para mantener a los niños fuera de la vista.

La encontré con la mano de Silvia cogida en una de las suyas, mientras con la otra le acariciaba el cabello a Bruno de un modo de lo más tierno y maternal: ambos niños parecían desconcertados y un poco asustados.

—Queridos míos —estaba diciendo—, ¡he estado planeando una cosita que os va a gustar! El profesor os acompañará a dar un largo paseo por el bosque esta hermosa tarde: ¡llevaréis una cesta con comida y haréis un pequeño picnic junto al río! Bruno dio un brinco y aplaudió.

—¡Qué *chuli*! —gritó—. ¿*Veddad*, Silvia?

Esta, que seguía aún con cara de cierta sorpresa, levantó los labios para dar un beso.

—Muchas gracias —dijo de corazón.

Milady volvió la cabeza para ocultar la amplia sonrisa triunfante que se extendió de un lado a otro de su enorme faz, como una onda en un lago.

—¡Pequeños bobos! —murmuró para sí, mientras se dirigía con paso resuelto al palacio. Yo la seguí al interior.

—Efectivamente, excelencia —estaba diciendo el barón cuando entramos en la biblioteca—. Toda la infantería se hallaba bajo mi mando. —Se giró, y fue debidamente presentado a Milady.

—¿Un héroe bélico? —dijo esta. El rechoncho hombrecito puso una sonrisilla tonta.

—Bueno, así es —respondió, agachando modestamente la mirada—. Mis ancestros fueron todos célebres por su genio militar.

Milady sonrió gentilmente.

—Se trata a menudo de algo hereditario —comentó—; igual que el amor por la repostería.

El barón pareció ofenderse ligeramente, y el vicerrector cambió de tema de manera sutil.

—La cena estará pronto lista —dijo—. ¿Me concede el honor de acompañar a su adiposidad a la habitación de invitados?

—¡Desde luego, desde luego! —asintió con entusiasmo el barón—. ¡Nunca se debe hacer esperar a la cena! —Dicho lo cual, salió de la sala casi al trote siguiendo al vicerrector.

Regresó tan rápido que este último apenas tuvo tiempo de explicarle a Milady que su comentario acerca de «el amor por la repostería» había sido...

—... desafortunado. Tendrías que haber visto a la legua —añadió— que estaba dándose aires de importancia. ¡Genio militar, sí, claro! ¡Bah!

—¿Está lista ya la cena? —inquirió el barón, entrando con paso presto en la sala.

—En escasos minutos —repuso el vicerrector—. Entretanto, demos una vuelta por el jardín. Me estaba usted contando —prosiguió, mientras el trío salía del palacio — algo acerca de una gran batalla en la que usted se encontraba al mando de la infantería... —Cierto —asintió el barón—. El enemigo, como iba diciendo, nos superaba ampliamente en número, pero yo marché con mis hombres directamente al corazón de... ¿qué es eso? —exclamó el héroe bélico en tono agitado, colocándose detrás del vicerrector, cuando una extraña criatura se lanzó como loca hacia ellos, blandiendo una pala.

—Sólo es el jardinero —respondió el vicerrector en tono alentador—. Es totalmente inofensivo, se lo aseguro. ¡Escuche, está cantando! Es su pasatiempo favorito.

Y una vez más volvieron a oírse aquellas agudas notas discordantes: Creyó ver bajar de un bus a un empleado de banca; mas luego advirtió que era un hipopótamo: «¡Hala! Si a cenar viniese —dijo— ¡no dejaría migaja!».

Tiró la pala y empezó a bailar de manera desenfrenada, chasqueando los dedos, y repitiendo, una y otra vez: ¡No dejaría migaja! ¡No dejaría migaja! El barón pareció de nuevo ligeramente ofendido, pero el vicerrector se apresuró a explicar que la canción no se refería a él, y que, de hecho, no tenía ningún sentido.

—No ha querido decir nada con ella, ¿verdad que no? —Se dirigía al jardinero, que había terminado su canción y permanecía en equilibrio a la pata coja, mirándolos con la boca abierta.

—Nunca quiero decir nada —contestó el jardinero, y en aquel momento apareció por suerte Uggug, y le dio un nuevo giro a la conversación.

—Permítame presentarle a mi hijo —dijo el vicerrector; añadiendo, en un susurro —, ¡uno de los muchachos más sobresalientes y listos que jamás ha habido! Trataré de que le demuestre parte de su inteligencia. Sabe todo lo que los demás muchachos desconocen, y en tiro con arco, pesca, pintura y música, sus dotes son... pero júzguelo usted mismo. ¿Ve aquella diana de allí? Va a dispararle una flecha. Querido muchacho —dijo a continuación en voz alta—, a su adiposidad le complacería verte disparar. ¡Traed el arco y las flechas de su alteza!

Uggug puso una cara de gran enfurruñamiento cuando le entregaron el arco y la flecha, y se preparó para el disparo. Nada más salir volando el proyectil, el vicerrector propinó un fuerte pisotón en la punta del pie al barón, que profirió un grito de dolor.

—¡Diez mil perdones! —exclamó el vicerrector—. Di un paso atrás por la emoción. ¡Mire! ¡Ha dado en el blanco!

El barón clavó una mirada atónita.

—¡Sostenía el arco con tamaña torpeza que parecía imposible! —musitó.

Pero no cabía ninguna duda: allí estaba la flecha, ¡justo en el centro de la diana!

—El lago está ahí al lado —dijo a continuación el vicerrector—. ¡Traed la caña de pescar de su alteza! —Y Uggug sujetó la caña de malísima gana, y dejó colgando la mosca sobre el agua.

—¡Tiene un escarabajo en el brazo! —chilló Milady, pellizcando el brazo del pobre barón más fuerte que si diez langostas se lo hubieran atenazado a la vez con sus pinzas—. Esa variedad es venenosa —explicó—. ¡Pero qué lástima! ¡Se ha perdido cómo sacaba el pez del agua! Un enorme bacalao muerto yacía en la orilla, con el anzuelo en la boca.

—Siempre había creído —comentó el barón entre titubeos— que los bacalaos eran peces de agua salada.

—No en este país —señaló el vicerrector—. ¿Vamos adentro? Hágale alguna pregunta a mi hijo de camino... ¡sobre cualquier tema que guste! —Y el malhumorado muchacho recibió un violento empujón al frente para que caminara al lado del barón.

—Podría decirme su alteza —empezó cautelosamente el barón— ¿cuál sería el total de siete por nueve?

—¡Tuerza a la izquierda! —chilló el vicerrector, adelantándose con aspereza para indicar el camino, de forma tan brusca que chocó con su desafortunado invitado, el cual cayó pesadamente de bruces al suelo.

—¡Cuánto lo lamento! —exclamó Milady, mientras su esposo y ella lo ayudaban a ponerse de nuevo en pie—. ¡Mi hijo se disponía a decir «sesenta y tres» cuando se ha caído!

El barón no dijo nada: estaba cubierto de polvo y parecía muy dolorido, tanto física como emocionalmente. No obstante, una vez que lo llevaron adentro, y tras darle un buen cepillado, las cosas tomaron mejor cariz.

La cena se sirvió a su debida hora, y cada nuevo plato parecía acrecentar el buen humor del barón, mas todos los esfuerzos para que expresase su opinión sobre la inteligencia de Uggug fueron vanos, hasta que el interesante muchacho abandonó la sala, y se le vio por la ventana abierta rondando el jardín con un cestillo, el cual estaba llenando de ranas.

—¡Cómo le gusta la historia natural a mi cariñito! —dijo la madre de su adorado hijo—. ¡Ahora díganos, barón, qué opina de él!

—Para ser totalmente franco —dijo el cauto barón—, me gustaría disponer de unas pocas pruebas más. Creo que mencionó sus dotes para la...

—¿Música? —terminó la frase el vicerrector—. ¡Oh, es sencillamente un prodigio! Tocará el piano para usted. —Se acercó a la ventana—. Ug... quiero decir, ¡muchacho! Ven un segundo, ¡y trae al maestro de música contigo! Para pasarle las páginas de la partitura —agregó como explicación.

Como Uggug ya había llenado su cesto de ranas,

no puso objeción alguna, y al poco se presentó en la sala, seguido de un hombrecillo de aspecto intratable, que preguntó al vicerrector:

—¿Qué música *fa a quegueg*?

—La sonata que su alteza toca tan deliciosamente —dijo el vicerrector.

—*Tsu altesa* no tiene... —empezó a decir el maestro de música, pero fue bruscamente interrumpido por el vicerrector.

—¡Silencio, señor! Vaya a pasarle las hojas de la partitura a su alteza. Querida —a la vicerrectora—, ¿le mostrarás qué hacer? Y mientras tanto, barón, yo le enseñaré un mapa sumamente interesante que tenemos... ¡de Exotilandia, Hadalandia y ese tipo de cosas!

Para cuando Milady regresó de explicarle las cosas al maestro de música, el mapa había sido colgado, y el barón se encontraba ya bastante desconcertado por el hábito del vicerrector de señalar un lugar mientras decía a voces el nombre de otro.

El que Milady se uniera, y se pusiese a señalar otros lugares y a gritar otros nombres, sólo empeoró la situación, y el barón finalmente, desesperado, se puso a señalar lugares por sí mismo, y preguntó de manera apocada:

—¿Es esa gran mancha amarilla Hadalandia?

—Sí, así es —dijo el vicerrector—, y quizá podrías dejarle caer sutilmente —le susurró a Milady— que emprenda el viaje de vuelta mañana. ¡Come como un tiburón! ¡Que yo lo mencionara resultaría escasamente apropiado!

Su esposa captó la idea, y al momento empezó a soltar indirectas de lo más sutiles y delicadas.

—¡Pero mire qué corta es la vuelta a Hadalandia!

71

¡Si saliera mañana por la mañana, llegaría allí en poco más de una semana! El barón puso cara de incredulidad.

—Venir me ha llevado un mes entero —dijo.

—¡Pero se tarda mucho menos en regresar, ¿sabe?

El barón miró en busca de apoyo al vicerrector, quien se mostró inmediatamente de acuerdo con su esposa.

—Puede volver cinco veces en el tiempo que le llevó venir una sola... ¡si sale mañana por la mañana!

Mientras ocurría todo aquello, la sonata resonaba por la sala. El barón no pudo evitar admitir para sí que la interpretación estaba siendo magnífica, pero sus intentos de captar el más mínimo atisbo del joven músico fueron inútiles.

Cada vez que estaba a punto de lograr verlo, el vicerrector o su esposa se colocaban inevitablemente en medio, señalando algún nuevo punto del mapa, y ensordeciéndolo con algún nuevo nombre.

Finalmente se dio por vencido, deseó buenas noches de forma apresurada y abandonó la sala, al tiempo que su anfitrión y anfitriona intercambiaban miradas victoriosas.

—¡Qué habilidad! —gritó el vicerrector—. ¡Qué plan más astuto! ¿Pero qué significa todo ese jaleo de pasos en las escaleras? —Entreabrió la puerta, miró afuera y añadió en tono de consternación—: ¡Están bajando las cajas del barón!

—¿Y a qué viene ese estruendo de ruedas? —gritó Milady, y echó un vistazo por entre las cortinas de la ventana—. ¡El carruaje del barón está aquí! —gimió.

En aquel momento la puerta se abrió: un rostro gordo y furioso se asomó por ella; una voz, ronca por la ira, bramó:

—¡Mi habitación está llena de ranas; me marcho!
—La puerta volvió a cerrarse.

Y la noble composición seguía todavía sonando en la sala, pero era la magistral ejecución de Arthur la que originaba los ecos y me conmovía la misma alma con la delicada música de la inmortal Sonata Pathétique; y no fue hasta que hubo expirado la última nota que el cansado pero feliz viajero fue capaz de pronunciar las palabras «¡Buenas noches!» e ir en busca de su muy necesitada almohada.

Capítulo 8: Un paseo en león

El día siguiente transcurrió de manera fugaz y bastante agradable; dediqué parte en instalarme en mi nuevo alojamiento y parte en pasear por el vecindario, bajo la guía de Arthur, e intentar formarme una idea general de Elveston y sus habitantes. Al dar las cinco, Arthur propuso —esta vez sin vergüenza alguna— que lo acompañara hasta el hall a fin de que pudiera conocer al conde de Ainslie, quien lo había alquilado para pasar la estación, y me reencontrara con su hija *lady* Muriel.

Mi primera impresión del distinguido y digno pero aun así amistoso anciano fue del todo favorable, y la genuina satisfacción visible en el rostro de su hija, cuando me recibió con las palabras «¡este sí que es un placer inesperado!», resultó un verdadero consuelo para cualquier remanente de vanidad personal que los fracasos y decepciones de muchos y largos años, y la lucha constante con un mundo cruel, hubieran dejado en mí.

Advertí, no obstante, y lo hice con agrado, indicios de un sentimiento que iba mucho más allá de un mero aprecio cordial en su encuentro con Arthur —aunque esto sucedía, según colegí, prácticamente a diario—, y la conversación que mantuvieron, en la que el conde y yo participamos sólo de manera ocasional, tuvo lugar con una comodidad y una espontaneidad difícil de encontrar salvo entre amigos que han mantenido una relación muy larga, y, dado que sabía que no se habían conocido por un periodo mayor que el verano que estaba rondando ya el otoño, no me cupo duda de que el «Amor», y sólo él, podía ser la explicación del fenómeno.

—¡Qué conveniente sería —comentó entre risas

lady Muriel, a propósito de mi insistencia en ahorrarle la molestia de llevar una taza de té al conde, quien se encontraba en la otra punta de la habitación— que las tazas de té no pesaran nada! ¡Puede que entonces se les permitiera a las damas, sólo a veces, transportarlas en trayectos cortos! —No resulta difícil imaginar una situación —dijo Arthur— en la que las cosas necesariamente no tendrían peso, en relación unas con otras, aun manteniendo cada una de ellas su peso usual, si se la considerase de manera aislada.

—¡Qué terrible paradoja! —exclamó el conde—. Díganos cómo sería posible.

Nunca lo adivinaremos.

—Bien, imagine esta casa, tal cual, situada a unos cuantos miles de millones de millas por encima de un planeta, y con ninguna otra cosa lo bastante cerca como para perturbarla; no hay duda de que cae hacia el planeta, ¿cierto? El conde asintió con la cabeza.

—Desde luego... aunque tardaría varios siglos en hacerlo.

—¿Y habría té de las cinco mientras tanto? —dijo *lady* Muriel.

—Eso y otras cosas —señaló Arthur—. Los ocupantes vivirían sus vidas, crecerían y morirían, ¡y la casa seguiría cayendo, cayendo, cayendo! Pero en cuanto al peso relativo de las cosas: nada puede ser pesado, ya saben, salvo si intenta caer, y algo se lo impide. ¿Están todos de acuerdo? Todos lo estábamos.

—Entonces, si cojo este libro y lo sostengo con el brazo extendido, está claro que siento su peso. Está tratando de caer y yo se lo impido. Y, si lo suelto, cae al suelo. Pero si estuviéramos todos cayendo a la vez, no podría tratar de caer más rápido, ¿comprenden?, ya que, si lo suelto, ¿qué otra cosa podría hacer sino caer? Y, como mi mano estaría cayendo también, a la misma velocidad, nunca la abandonaría, pues eso supondría adelantarla en la carrera. ¡Y jamás podría rebasar el suelo, también en caída!

—Lo entiendo con claridad —dijo *lady* Muriel—, ¡pero resulta mareante pensar en cosas así! ¿Cómo puede obligarnos a ello?

—Hay una idea más curiosa todavía —me atreví a decir—. Supongamos un cordel atado a la casa, desde abajo, y del que tira alguien en el planeta.

Entonces, por supuesto, la propia casa va más deprisa que su ritmo natural de caída, pero los muebles, junto con nuestros nobles cuerpos, seguirían cayendo a su antigua velocidad, ¡por lo que se quedarían atrás!

—Subiríamos hasta el techo, prácticamente —apuntó el conde—. Lo cual acarrearía de manera inevitable una conmoción cerebral.

—Para evitar eso —dijo Arthur—, habría que fijar los muebles al suelo, y atarnos nosotros a ellos. Entonces el té de las cinco podría tener lugar tranquilamente.

—¡Con un pequeño inconveniente! —interrumpió *lady* Muriel de modo alegre—. Tendríamos que agarrar las tazas para que bajaran con nosotros, pero ¿qué hay del té?

—Me había olvidado del té —confesó Arthur—. Eso, sin duda, subiría hasta el techo... ¡a no ser que decidiera bebérselo en mitad de la ascensión!

—Lo cual, me parece, ¡resulta suficientemente absurdo por un rato! —dijo el conde—. ¿Qué noticias nos trae este caballero del gran mundo londinense?

Aquello me metió en la conversación, la cual adquirió entonces un tono más convencional. No mucho después, Arthur dio la señal para nuestra partida, y en el frescor de la tarde fuimos paseando hasta la playa, disfrutando del silencio, roto únicamente por el murmullo del mar y la distante música de una canción de pescadores, casi tan lejana como nuestra última y agradable charla.

Nos sentamos entre las rocas, junto a una pequeña charca, tan rica en vida animal, vegetal y *zoófita* —o sea cual sea la palabra adecuada— que me quedé absorto en su contemplación, y, cuando Arthur sugirió regresar a nuestro domicilio, le rogué que me dejara allí un poco más para observar y meditar a solas.

La canción de los pescadores se escuchaba cada vez más cerca y clara, a medida que su barca se aproximaba a la playa, y habría bajado para verlos descargar su flete de pescado si el microcosmos a mis pies no hubiera excitado aún más mi curiosidad.

Un viejo cangrejo, que no cesaba de moverse frenéticamente de un lado a otro de la charca, me tenía particularmente fascinado: existía una cierta vacuidad en sus ojos fijos y una violencia sin sentido en su comportamiento que recordaba, de manera irresistible, al jardinero que se había hecho amigo de Silvia y Bruno; mientras lo miraba, llegaron a mis oídos las notas con que concluía la melodía de su alocada canción.

El silencio que se produjo a continuación se vio roto por la dulce voz de Silvia:

—¿Podría dejarnos salir al camino, por favor?

—¡¿Qué?! ¿Para ir otra vez tras ese viejo pordiosero? —gritó el jardinero, que se puso a cantar:

> Creyó ver un gran canguro
> que molía en molinillo:
> mas luego advirtió
> que era un tónico en comprimidos.
> «Si lo tomara —saltó—
> ¡me pondría muy malito!».

—No queremos que se tome nada —explicó Silvia—. No tiene hambre. Pero queremos ir a verlo. Así que, ¿sería tan amable de...?

—¡Pues claro! —respondió de inmediato el jardinero—. Yo siempre soy amable.

Nunca soy desagradable con nadie. ¡Ya está! —Y abrió la puerta de un tirón, dejándonos salir al polvoriento y amplio camino.

No tardamos en encontrar el arbusto que se había hundido en la tierra de forma tan misteriosa, y allí Silvia extrajo el guardapelo mágico de su escondite, le dio la vuelta en su mano con aire pensativo y finalmente se dirigió a Bruno con un cierto tono de impotencia:

—¿Qué era lo que teníamos que hacer con él, Bruno? ¡Se me ha olvidado por completo!

—¡Bésalo! —era la invariable receta de Bruno en casos de duda y dificultad.

Silvia lo besó, pero no dio ningún resultado.

—*Fdótalo* al *devés* —fue su siguiente sugerencia.

—¿Al revés cómo? —inquirió Silvia de manera muy lógica. El plan obvio era intentarlo de las dos maneras.

Frotarlo de izquierda a derecha no produjo ningún efecto visible.

De derecha a izquierda...

—¡Oh, para, Silvia! —gritó Bruno repentinamente alarmado—. ¿Qué es lo que pasa?

Esto se debía a que varios árboles, en la ladera de la colina vecina, estaban subiendo lentamente por ella, en solemne procesión, al tiempo que un apacible arroyuelo, que había estado fluyendo a nuestros pies un momento antes, formando pequeñas ondas, comenzó a crecer, a espumar, a silbar y a burbujear, de un modo verdaderamente alarmante.

—¡*Fdótalo* de *otda* manera! —chilló Bruno—. ¡*Pdueba* de *ariba* abajo! ¡*Core!*

Fue una feliz idea. Frotarlo de arriba a abajo surtió efecto, y el paisaje, que había estado mostrando signos de enajenación mental en diversas direcciones, regresó a su estado normal de sobriedad; a excepción de un ratoncillo de color pardoamarillento, que seguía correteando como loco por el camino, en una y otra dirección, meneando enérgicamente la cola como un pequeño león.

—Sigámoslo —dijo Silvia, y esta resultó ser también una idea acertada.

El ratón se puso en el acto a trotar con un paso ceremonioso, cuyo ritmo podíamos seguir sin dificultad. El único fenómeno que me produjo un cierto desasosiego fue el rápido aumento de tamaño de la pequeña criatura que estábamos siguiendo, que se parecía más y más a un verdadero león a cada momento que pasaba.

Pronto la transformación se hubo completado, y un noble león aguardaba pacientemente a que lo alcanzáramos. Ningún miedo pareció pasar por la mente de los niños, que le dieron suaves palmadas y lo acariciaron como si se tratase de un poni de las islas Shetland.

—¡Ayúdame a *subid* —gritó Bruno. Y un momento después Silvia lo levantó hasta el ancho lomo de la mansa bestia, y ella se sentó detrás de él, de lado. Bruno llenó ambas manos de melena y simuló guiar a aquel nuevo tipo de corcel—. ¡*Are*! —aquello pareció bastar a modo de indicación verbal: el león inició al instante un medio galope tranquilo y pronto nos vimos en el corazón del bosque. Y digo «nos vimos», pues tengo la seguridad de que yo los acompañaba, aunque me siento totalmente incapaz de explicar cómo me las arreglé para mantener el ritmo de un león a dicho aire. Pero ciertamente yo era parte del grupo cuando nos topamos con un viejo pordiosero que estaba cortando leña, y a cuyos pies el león hizo una profunda reverencia, momento en el cual los niños desmontaron y se lanzaron a los brazos de su padre.

—¡De mal en peor! —dijo el anciano para sí en tono caviloso cuando los niños hubieron terminado su relato, algo confuso, de la visita del embajador, construido sin duda a partir del rumor general, pues ellos no lo habían visto en persona—. ¡De mal en peor! Ese es su destino. Lo veo, pero no puedo alterarlo. El egoísmo de un hombre mezquino y artero, de una mujer ambiciosa y necia, de un niño lleno de rencor y falto de amor... todos llevan en una dirección: ¡de mal en peor! Y vosotros, queridos míos, debéis sufrirlo por algún tiempo, me temo. Empero cuando las cosas estén peor que nunca, podéis acudir a mí. Es poco lo que puedo hacer de momento...

Tras recoger un puñado de polvo y tirarlo al aire, pronunció lenta y solemnemente unas palabras que asemejaban ser un encantamiento, mientras los niños observaban en un silencio atemorizado:

Que el engaño, el rencor, la ambición
duerman en la noche de la razón,
¡hasta que la flaqueza sea fuerza;
las tinieblas, fulgor;
y todo mal se invierta!

La nube de polvo se extendió por el aire, como si estuviera viva, adoptando formas curiosas que cambiaban sin cesar.

—¡Está *fodmando letdas*! ¡Y *palabdas*! —susurró Bruno, agarrándose, un poco asustado, a Silvia—. ¡Pero no consigo leedlas! ¡Hazlo tú, Silvia!

—Lo intentaré —contestó Silvia con gravedad—. Espera un momento... si tan sólo pudiera distinguir esa palabra...

—¡Me pondría muy malito! —aulló una voz disonante en nuestros oídos.

«Si lo tomara —saltó—¡me pondría muy malito!».

Capítulo 9: Un bufón y un oso

Así es, nos encontrábamos en el jardín una vez más, y, para escapar de aquella horrible voz discorde, corrimos a entrar en palacio, y nos vimos en la biblioteca; Uggug estaba lloriqueando, el profesor de pie a su lado con aire desconcertado, y Milady, abrazada al cuello de su hijo, repetía, una y otra y otra vez:

—¿... y le han puesto unas lecciones muy difíciles? ¡Ay, mi cielito!

—¿A qué se debe todo este jaleo? —demandó el vicerrector con enfado, entrando con paso resuelto en la sala—. ¿Y quién ha colocado el perchero ahí? —Dicho lo cual colgó su sombrero sobre Bruno, quien se encontraba en medio de la sala, demasiado pasmado por el súbito cambio de escenario como para hacer intento alguno de quitárselo pese a que le resbaló hasta los hombros, lo que le confirió un aspecto similar al de una pequeña vela con un gran apagador encima.

El profesor explicó apaciblemente que su alteza había tenido el refinado gusto de decir que no tomaría sus lecciones.

—¡Atiende a tus lecciones ahora mismo, jovenzuelo! —rugió el vicerrector—. ¡Y toma esto! —Y un resonante sopapo mandó al desafortunado profesor dando tumbos por la sala.

—¡A la dama de la corte apelo! —balbuceó el pobre anciano, mientras caía, medio desmayado, a los pies de Milady.

—¿Que le corte el pelo? ¡No faltaba más! —contestó ella, lo levantó hasta una silla y le colocó un antimacasar alrededor del cuello—. ¿Dónde están las tijeras?

El vicerrector, entretanto, había logrado agarrar a Uggug, y lo fustigaba con su paraguas.

—¿Quién ha dejado este clavo suelto en el suelo? —vociferó—. ¡Yo digo que hay que clavarlo! ¡Hay que clavarlo! —Uggug recibió un golpe tras otro, entre doloridas contorsiones, hasta que cayó berreando al suelo.

Después su padre se volvió hacia la escena del «corte de pelo» que estaba siendo representada, y empezó a carcajearse.

—¡Perdón, querida, no puedo evitarlo! —dijo tan pronto como pudo hablar—. ¡Mira que eres burra! ¡Dame un beso, Tabi!

Y lanzó sus brazos en torno al cuello del aterrorizado profesor, el cual profirió un alarido, pero me fue imposible ver si recibió el beso amenazado o no, pues Bruno, que para entonces ya se había librado de su apagavelas, salió corriendo precipitadamente de la sala, seguido por Silvia; y yo tenía tanto miedo de ser dejado a solas entre todas aquellas locas criaturas que los seguí a toda prisa.

—¡Debemos ir con padre! —jadeó Silvia, mientras atravesaban el jardín a la carrera—. ¡Estoy segura de que las cosas están peor que nunca! ¡Pediré al jardinero que nos deje salir otra vez!

—¡Pero no podemos *haced* todo el camino a pie! —se quejó Bruno de manera lastimera—. ¡Ojalá *teniéramos* un carnaje, como el de tío!

Y se oyó la familiar voz, estridente y exaltada: Creyó ver junto a su cama un carruaje (a la espera), mas luego advirtió, no obstante, que era un oso sin cabeza.

«¡Pobre! —dijo—. ¡Criaturita! ¡Está esperando la cena!».

—¡No, no puedo dejaros salir de nuevo! —dijo, antes de que los niños tuvieran oportunidad de hablar—. ¡El vicerrector me echó un buen rapapolvo la última vez! ¡Así que largo! —Y, dándoles la espalda, empezó a cavar de manera frenética en mitad del paseo de gravilla, sin parar de cantar:

«¡Pobre! —dijo—. ¡Criaturita! ¡Está esperando la cena!», pero en un tono más musical que los ensordecedores alaridos con los que había empezado.

La música se escuchaba con mayor intensidad y sonoridad por momentos; otras voces masculinas se unieron al estribillo, y al poco oí el golpe fuerte y sordo que indicaba que la barca había alcanzado la playa, y el áspero rechinar de los guijarros cuando los hombres la arrastraron tierra adentro. Yo desperté de mis ensoñaciones, y, tras echarles una mano en tirar de su barca, permanecí allí un rato más para verlos descargar un buen surtido de los duramente ganados «tesoros de las profundidades».

Cuando por fin llegué a nuestro domicilio me sentía cansado y soñoliento, y bastante contento de instalarme de nuevo en el sillón, al tiempo que Arthur se dirigía hospitalariamente a su armario para servirme un poco de bizcocho y vino, sin los cuales, declaró, no podía, como médico, permitir que me fuera a la cama.

¡Y cómo chirriaba la puerta de aquel armario! Estaba claro que no podía ser Arthur quien lo abría y cerraba a cada segundo, se movía sin descanso de acá para allá, ¡y murmuraba como en un soliloquio de una reina de tragedia! No, era una voz femenina. También la figura —parcialmente oculta por la puerta del armario— era femenina, enorme e iba ataviada con un vestido holgado. ¿Podría tratarse de la dueña de la casa? La puerta se abrió, y un extraño hombre entró en la habitación.

—¿Qué está haciendo esa mema? —dijo para sí, deteniéndose un instante, aterrado, en el umbral.

La dama, a la que se había referido de manera tan ruda, era su esposa. Esta había abierto uno de los armarios y se encontraba de espaldas a él, alisando una hoja de papel de estraza sobre uno de los estantes, y susurrando para ella misma: «¡Así, así! ¡Qué habilidad! ¡Qué plan más astuto!».

Su amante esposo se acercó sigilosamente por detrás de ella y le dio un golpecito en la cabeza.

—¡Te pillé! —le gritó a la oreja, en actitud juguetona—. Nunca vuelvas a decir que no pillo ningún chiste.

Milady se retorció las manos.

—¡Descubierta! —gimió—. Pero todavía... ¡no, es uno de los nuestros! ¡No cuentes nada, oh, esposo! ¡Aún no es el momento!

—¿Contar el qué? —replicó este último con irritación, cogiendo la hoja de papel de estraza—. ¿Qué escondes aquí, esposa mía? ¡Insisto en saberlo!

Milady bajó la mirada, y habló con una vocecilla minúscula.

—¡No te rías, Benjamín! —rogó—. Es... es... ¿no lo entiendes? ¡Es una daga!

—¿Y para qué la quieres? —dijo con sorna su excelencia—. ¡Sólo tenemos que hacer que la gente crea que está muerto! ¡No tenemos que matarlo de verdad! ¡Además, está hecha de hojalata! —gruñó, doblando desdeñosamente la hoja con el pulgar—. Bien, señora, sea buena y explíquese. Primero, ¿por qué me llamas

Benjamín?

—¡Es parte de la conspiración, amor! Uno debe tener un alias, ¿sabes?...

—¡Oh, así que un alias! ¡Vaya! Y segundo, ¿con qué objeto compraste esta daga? Venga, ¡nada de evasivas! ¡No puedes engañarme!

—Lo compré con... con el ob...objeto... —tartamudeó la conspiradora cazada, tratando de poner la expresión asesina que había estado ensayando frente al espejo—. Con...

—¡Con qué objeto, señora!

—¡Pues con dieciocho peniques, ya que necesitas saberlo, querido! Con ese objeto lo compré, por mi...

—¡No me sueltes ahora «por mi honor te lo juro»! —refunfuñó el otro conspirador—. ¡Con eso no llega ni para la mitad de lo que cuesta!

—Por mi cumpleaños —concluyó Milady en un humilde susurro—. Uno debe tener una daga, ¿sabes? Es parte de la...

—¡Oh, no hables tú de conspiraciones! —la cortó violentamente su esposo, tirando la daga al interior del armario—. Sabes tanto de dirigir una conspiración como una gallina. Lo primero que hay que hacer es conseguir un disfraz. ¡Mira esto! Y con comprensible orgullo se ciñó el gorro y los cascabeles, y el resto del disfraz de bufón, le guiñó un ojo a su esposa y preguntó con ironía: —¿Doy el pego o no?

Los ojos de Milady brillaron con absoluto entusiasmo conspirativo.

—¡Totalmente! —exclamó, dando palmadas—. ¡Tienes todo el aspecto de un payaso!

El «payaso» sonrió con recelo. No estaba completamente seguro de si aquello era un halago o no.

—¿Quieres decir un bufón? Sí, esa era mi intención. ¿A que no te imaginas cuál es tu disfraz? —Y procedió a deshacer el paquete, mientras la dama lo observaba extasiada.

—¡Oh, qué maravilla! —gritó, cuando el disfraz estuvo por fin extendido—. ¡Un disfraz espléndido! ¡De mujer esquimal!

—¡Cómo que de esquimal! —bramó el otro—. Toma, póntelo, y mírate en el espejo. ¿Pero es que no ves que es un oso? —El vicerrector calló de repente, al oírse una áspera voz que aullaba: «Mas luego advirtió, no obstante, que era un oso sin cabeza».

Pero se trataba únicamente del jardinero, que estaba cantando bajo la ventana abierta. El vicerrector se acercó de puntillas a la ventana y la cerró sin hacer ruido, antes de atreverse a seguir hablando.

—Sí, querida, un oso: ¡pero espero que no sin cabeza! Tú eres el oso, y yo el cuidador. Y si alguien nos reconoce, ¡será sólo porque tiene una vista muy aguda!

—Tendré que practicar un poco la forma de andar —dijo Milady, mirando a través de la boca del oso—: ya sabes que al principio es imposible no comportarse un poco como un humano. Y por supuesto dirás: «¡Arriba, Bruin!», ¿a que sí?

—¡Por supuesto que sí! —contestó el cuidador, agarrando la cadena que colgaba del collar del oso con una mano, mientras con la otra hacía restallar un pequeño látigo—. Ahora da una vuelta a la habitación bailando un poco. Muy bien, querida, muy bien. ¡Arriba, Bruin! ¡Arriba te digo!

Uggug, que acababa de entrar en la habitación, logró oír estas últimas palabras proferidas a voces por su padre, y se encontraba ahora con los brazos extendidos y los ojos y la boca abiertos de par en par: la viva imagen de la estupefacción.

—¡Santo cielo! —fue todo lo que pudo decir, casi sin aliento.

El cuidador fingió estar ajustándole el collar al oso, lo cual le dio la oportunidad de susurrar, sin que Uggug lo oyera:

—¡Me temo que es culpa mía! Olvidé por completo cerrar la puerta. ¡Si lo descubre, arruinará el complot! Sigue con la farsa uno o dos minutos más. ¡Muéstrate fiero! —Entonces, mientras aparentaba estar tirando de él con todas sus fuerzas, dejó que «el animal» avanzara hada el asustado muchacho; Milady, con un aplomo admirable, siguió gruñendo de un modo que ella creía sin duda daba impresión de ferocidad, aunque en realidad se parecía más al ronroneo de un gato, y Uggug salió huyendo de la habitación tan deprisa que tropezó con la alfombra, y se le oyó caer fuera con pesadez; un accidente al que ni siquiera su madre amantísima prestó atención, en el calor del momento.

El vicerrector cerró la puerta con cerrojo.

—¡Basta de disfraces! —jadeó—. No hay un instante que perder. Está claro que traerá al profesor, y a él, sabes, ¡no podremos engañarlo! —Un minuto después los disfraces se hallaban escondidos en el armario, la puerta abierta y los dos conspiradores sentados amorosamente uno al lado del otro en el sofá, hablando con aire muy serio sobre un libro que el vicerrector había cogido a toda prisa de la mesa, y que resultó ser el callejero de la capital de Exotilandia.

La puerta se abrió, de manera muy lenta y cautelosa, y el profesor atisbó el interior de la habitación, mientras la estúpida cara de Uggug asomaba justo a su espalda.

—¡Qué hermosa distribución! —estaba diciendo el vicerrector con entusiasmo—. Como ves, preciosa mía, hay quince casas en la calle Verde antes de torcer por la calle Oeste.

—¡Quince casas! ¿Es eso posible? —contestó Milady—. ¡Pensaba que eran catorce! —Y tan concentrados estaban ambos en aquella interesante cuestión, que ninguno de los dos levantó siquiera la vista hasta que el profesor, llevando a Uggug de la mano, estuvo prácticamente frente a ellos.

Milady fue la primera en percatarse de su acercamiento.

—¡Pero si está aquí el profesor! —exclamó en un tono sumamente apático —. ¡Y también mi tesoro! ¿Habéis terminado con las lecciones?

—¡Ha ocurrido algo extraño! —comenzó a decir el profesor con voz trémula—. Su exaltada obesidad —este era uno de los muchos títulos de Uggug— me cuenta que acaba de ver, en esta misma habitación, ¡un oso bailarín y un bufón de la corte!

El vicerrector y su esposa se sacudieron entre convincentes risas.

—¡En esta habitación no, querido! —dijo la cariñosa madre—. Llevamos una hora o más aquí sentados, leyendo... —dijo, en referencia al libro en su regazo—. leyendo el... el callejero.

—¡Deja que te tome el pulso, hijo mío! —solicitó el preocupado padre—. Ahora saca la lengua. ¡Ah, lo que pensaba! Tiene un poco de fiebre, profesor, y ha sufrido una pesadilla. Métalo en la cama inmediatamente y

89

dele un jarabe que le baje la temperatura.

—¡No lo *soñao*! —protestó su exaltada obesidad, mientras el profesor lo conducía afuera.

—¡Eso es un error de gramática, señor! —señaló su padre con cierta severidad—. Sea tan amable de ocuparse de esa pequeña cuestión, profesor, tan pronto como haya atajado la fiebre. ¡Y, por cierto, profesor! —Este dejó a su distinguido pupilo en la puerta y regresó de manera dócil—. Corre el rumor de que la gente quiere elegir un... a decir verdad, un... entiende lo que quiero decir, un...

—¡No será otro profesor! —exclamó horrorizado el pobre anciano.

—¡No! ¡Claro que no! —se apresuró a explicar el vicerrector—. ¡Un emperador, nada más! ¿Entiende?

—¡Un emperador! —gritó el atónito profesor, sujetándose la cabeza con las manos, como si pensara que fuera a hacérsele añicos de la impresión—. Y el rector, ¿qué...?

—¡Lo más probable es que el rector sea el nuevo emperador! —declaró Milady—. ¿Dónde íbamos a encontrar uno mejor? A no ser que, tal vez... —añadió mirando a su esposo.

—¡Claro, dónde! —respondió con vehemencia el profesor, sin captar en absoluto la insinuación.

El vicerrector retomó el hilo de su discurso.

—El motivo por el que lo he mencionado, profesor, era pedirle que tuviera la amabilidad de presidir las elecciones. Como entenderá, ello conferiría respetabilidad al asunto para que no hubiera sospechas de nada turbio...

—¡Me temo que no puedo, excelencia! —balbuceó el anciano—. ¿Y si el rector...?

90

—¡Cierto, cierto! —interrumpió el vicerrector—. Su posición, como profesor de la corte, no lo vuelve oportuno, lo admito. ¡Pues nada! Entonces las elecciones se llevarán a cabo sin su intervención.

—¡Mejor sin mi intervención que con ella! —murmuró el profesor con aire desconcertado, como si apenas supiese lo que estaba diciendo—. ¿Creo recordar que lo que dijo su alteza fue cama y un jarabe contra la fiebre? —Y regresó con paso errático, como si estuviese soñando despierto, junto a Uggug, que lo esperaba con cara enfurruñada.

Los seguí fuera de la habitación, y por el pasillo, mientras el profesor murmuraba para sí, sin cesar, como si ello ayudara a su débil memoria: «C, C, C: Cama, jarabe Contra la fiebre, Corregir gramática», hasta que, al doblar una esquina, se encontró con Silvia y Bruno de un modo tan repentino que el sobresaltado profesor soltó a su gordo pupilo, el cual puso al instante pies en polvorosa.

Capítulo 10: El otro profesor

—¡Lo estábamos buscando! —gritó Silvia en tono de gran alivio—. ¡No se imagina lo mucho que lo necesitamos!

—¿Qué sucede, queridos niños? —preguntó el profesor sonriéndoles de oreja a oreja, una expresión muy distinta de cualquiera que Uggug llegara a verle jamás.

—Queremos que hable con el jardinero por nosotros —dijo Silvia, mientras Bruno y ella cogían al anciano de las manos y lo conducían al salón.

—¡Es *siempde* tan *desagadable!* —añadió Bruno lastimeramente—. Ahora que *padde* ya no está, todos lo son con *nosotdos.* ¡El león se *podtó* mucho *mejod!*

—Pero tenéis que hacer el favor de aclararme —contestó el profesor con gesto de preocupación— cuál es el león, y cuál el jardinero. Es sumamente importante no confundir dos animales así uno con otro. Y en su caso, es muy probable que ocurra, dado que ambos tienen boca, ¿sabéis?...

—¿*Siempde* confunde unos animales con *otdos?* —preguntó Bruno.

—Bastante a menudo, me temo —confesó con franqueza el profesor—. Por ejemplo, están la conejera y el reloj del salón —señaló—. Uno los confunde un poco... porque los dos tienen puertas, como sabéis. Ayer mismo, ¿os lo podéis creer?, metí unas lechugas en el reloj, ¡y traté de dar cuerda al conejo!

—¿Y el conejo *madchaba,* después de *habedle* dado *cuedda?* —inquirió Bruno.

El profesor se llevó las manos a la cabeza, y gimió:

—¿Que si marchaba? ¡Me parece que sí! ¡De hecho, se ha marchado! Y a dónde... ¡eso es lo que no puedo averiguar! Lo he intentado todo... me he leído entero el artículo «Conejo» en la enciclopedia... ¡Pase!

—Soy sólo el sastre, señor, con su pequeña factura —dijo una voz suave al otro lado de la puerta.

—Ah, bien, me ocuparé enseguida de este asunto con él —apuntó el profesor hacia los niños—, si no os importa esperar un minuto. ¿Cuánto es, este año, buen hombre? —El sastre había entrado en la habitación mientras hablaba.

—Bueno, verá, la cifra lleva doblándose muchos años —respondió el sastre, de forma un poco desabrida— y creo que me gustaría que me pagara ya. ¡Son dos mil libras!

—¡Oh, eso no es nada! —observó el profesor con despreocupación, hurgando en su bolsillo, como si siempre llevara por lo menos dicha cantidad consigo—. ¿Pero no preferiría esperar un añito más y que pasen a ser cuatro mil? ¡Piense tan sólo en lo rico que sería! ¡Podría ser rey, si quisiera!

—No sé si querría ser rey —dijo el hombre, pensativo—. ¡Pero desde luego parece un buen montón de dinero! Está bien, creo que esperaré...

—¡Claro que sí! —asintió el profesor—. Veo que es usted muy sensato. ¡Que tenga un buen día!

—¿Tendrá algún día que pagarle esas cuatro mil libras? —preguntó Silvia cuando la puerta se cerró tras el acreedor.

—¡Nunca, mi niña! —contestó enfáticamente el profesor—. Seguirá doblándola, hasta que muera. ¡Entenderéis que siempre merece la pena esperar un año más para conseguir el doble de dinero! Y ahora, ¿qué os gustaría hacer, amiguitos míos? ¿Os parece bien que os lleve a ver al otro profesor? Es una ocasión excelente para una visita —dijo para sí, echando un vistazo a su reloj—: normalmente se toma un breve descanso, de catorce minutos y medio, sobre esta hora.

Bruno dio un rápido rodeo hasta Silvia, que se encontraba al otro lado del profesor, y le cogió la mano.

—*Cdeo* que nos gustaría *id* —dijo con recelo—, pero *pod favod*, vayamos todos juntos. Es mejod *sed pdudentes*, ¿sabe?

—¡Ahora hablas como Silvia! —exclamó el profesor.

—Lo sé —contestó Bruno muy humildemente—. Olvidé *pod* completo que no era ella. ¡Es que he pensado que podía sed una *pedsona peligdosa*!

El profesor rio alegremente.

—¡Oh, es totalmente inofensivo! —dijo—. No muerde. Sencillamente, es un poco... un poco «soñador», ¿sabéis? —Agarró la otra mano de Bruno y llevó a los niños por un largo pasillo en el que yo nunca antes había reparado, lo cual tampoco resultaba en absoluto sorprendente: iba descubriendo a cada momento nuevas habitaciones y corredores en aquel misterioso palacio, y con escasa frecuencia lograba encontrar de nuevo los ya visitados.

Poco antes de llegar al final del pasillo, el profesor se detuvo.

—Esta es la habitación —dijo, señalando la pared maciza.

—¡No podemos *pasad pod* ahí! —exclamó Bruno.

Silvia guardó silencio hasta que hubo examinado atentamente si el muro se abría por alguna parte. Entonces se echó a reír de manera jovial.

—¡Nos estás gastando una broma, anciano encantador! —dijo—. ¡Aquí no hay ninguna puerta!

—La habitación no tiene puertas —explicó el profesor—. Tendremos que entrar por la ventana.

De modo que fuimos hasta el jardín y no tardamos en hallar la ventana de la habitación del otro profesor. Era una ventana en la planta baja, y se encontraba invitadoramente abierta; el profesor aupó primero a los dos niños para que entraran, y después él y yo trepamos al alféizar para seguirlos.

El otro profesor estaba sentado frente a una mesa, con un gran libro abierto delante, sobre el cual tenía la frente apoyada; abrazaba el libro con ambos brazos, y roncaba con fuerza.

—Lee así, por lo general —comentó el profesor—, cuando el libro es muy interesante, ¡y entonces a veces cuesta mucho conseguir que atienda! Aquella parecía ser una de esas ocasiones difíciles; el profesor lo levantó, una o dos veces, y lo zarandeó violentamente, pero siempre retornaba a su libro en cuanto se lo soltaba, y mostraba con su pesada respiración que el libro seguía siendo tan interesante como siempre.

—¡Qué ensimismado está! —exclamó el profesor—. ¡Debe de haber llegado a una parte del libro interesantísima! —Y descargó una buena lluvia de golpes sobre la espalda del otro profesor, mientras gritaba sin parar—: ¡Eh! ¡Eh! —Luego le dijo a Bruno—: ¿No es asombroso que esté tan abstraído?

—Si siempde está tan *dodmido* —observó Bruno—, ¡no me *extdaña*!

—¿Pero qué vamos a hacer? —dijo el profesor—. Como veis, ¡el libro lo tiene totalmente absorbido!

—¿Y si *ciera* el *libdo*? —sugirió Bruno.

—¡Eso es! —exclamó el profesor, encantado—. ¡Eso servirá, no hay duda! —Y cerró el libro con tanta brusquedad que pilló con fuerza la nariz del otro profesor entre las hojas.

Este se levantó al instante y llevó el libro al fondo de la habitación, donde lo devolvió a su sitio en la librería.

—He estado leyendo dieciocho horas y tres cuartos —dijo—, y ahora me tomaré un descanso de catorce minutos y medio. ¿La charla está lista?

—Prácticamente —contestó de manera humilde el profesor—. Le pediré consejo en uno o dos puntos... habrá unas cuantas dificultades de poca importancia...

—Y dijo usted que habría un banquete, si no recuerdo mal.

—¡Oh, sí! El banquete tendrá lugar antes, por supuesto. La gente nunca disfruta de la ciencia abstracta, ya sabe, cuando le ruge el estómago. Y también está el baile de disfraces. ¡Oh, será de lo más entretenido!

—¿En qué momento será el baile? —preguntó el otro profesor.

—En mi opinión debería celebrarse al principio del banquete... viene muy bien para que la gente rompa el hielo, ya sabe.

—Sí, ese es el orden correcto. Primero el conocer; luego el comer; y después el placer... ¡pues estoy seguro de que cualquier charla que imparta será un placer para nosotros! —dijo el otro profesor, el cual no había dejado de darnos la espalda en ningún momento, ocupado como estaba en sacar los libros, uno por uno, y colocarlos cabeza abajo. Un caballete, que sostenía una pizarra, se hallaba cerca de él, y, cada vez que le daba la vuelta a un libro, hacía una marca en el encerado con un trozo de tiza.

—Y respecto al cuento del cerdo, que tan amablemente ha prometido narrarnos... —prosiguió el profesor, frotándose la barbilla con gesto pensativo—: Creo que lo mejor sería que lo hiciera al final del banquete; así la gente podría escucharlo con tranquilidad.

—¿Le parece que lo haga cantando? —preguntó el otro profesor, con una sonrisa de deleite.

—Si es capaz... —respondió prudentemente el profesor.

—Deje que lo intente —dijo el otro profesor, sentándose al pianoforte—. Supongamos, por ejemplo, que comienza en la bemol —añadió, tocando la nota en cuestión—. ¡La, la, la! Creo que estoy dentro de la octava. —Volvió a tocar la nota y apeló a Bruno, que se encontraba a su lado—: ¿La he cantado como es debido, hijo?

—No, no lo ha hecho —respondió Bruno con gran decisión—. La ha cantado como bebido.

—El cantar una sola nota suele producir ese efecto —dijo el otro profesor con un suspiro—. Dejad que pruebe con una estrofa entera: Había una vez un cerdo sentado a solas junto a una fuente rota, que día y noche se lamentaba; a un corazón de piedra habría conmovido verlo retorcerse las pezuñas y soltar gemidos porque era incapaz de saltar.

—¿Diría que era una melodía, profesor? —le preguntó a este, cuando hubo acabado.

El profesor caviló durante unos instantes.

—Bueno —dijo finalmente—, algunas de las notas

97

son iguales entre sí... y otras diferentes... pero difícilmente llamaría yo a eso «melodía».

—Deje que lo intente un poco yo solo —pidió el otro profesor. Y se puso a tocar notas aquí y allá, y a tararear para sí mismo con la boca cerrada, produciendo un sonido parecido al de una moscarda enfadada.

—¿Qué os parece su forma de cantar? —preguntó el profesor a los niños en voz baja.

—No es muy bonita —dijo Silvia, vacilante.

—¡Es muy feísima! —contestó Bruno, sin vacilación alguna.

—Los extremos son siempre malos —comentó el profesor, con gran seriedad—. Por ejemplo, la sobriedad es algo muy bueno, cuando se practica con moderación: pero incluso esta, cuando se lleva al extremo, tiene desventajas.

«¿Qué desventajas?» fue la cuestión que me vino a la cabeza; y, como de costumbre, Bruno la formuló por mí:

—¿Qué *debe en cajas?*

—Esta es una de ellas —continuó el profesor—: cuando un hombre está achispado (ese es un extremo, sabéis), ve una sola cosa como si fueran dos. Pero cuando está extremadamente sobrio (ese es el otro extremo), ve dos cosas como si fueran una sola. En ambos casos, se trata de algo igual de inconveniente.

—¿Qué significa «inconveniente»? —susurró Bruno a Silvia.

—La diferencia entre «conveniente» e «inconveniente» se ilustra mejor por medio de un ejemplo —dijo el otro profesor, que había oído la pregunta—. Si sencillamente piensas en cualquier poema que contenga las dos palabras... como...

El profesor se tapó las orejas con las manos y adoptó una expresión consternada.

—Si se le deja empezar un poema —informó a Silvia—, ¡no parará de recitar! ¡Nunca lo hace!

—¿Alguna vez se ha puesto a recitar un poema y nunca ha parado? —indagó Silvia.

—En tres ocasiones —dijo el profesor.

Bruno se puso de puntillas hasta que sus labios estuvieron a la altura del oído de Silvia.

—¿Y qué paso con esos *tdes* poemas? —susurró—. ¿Los está *deciendo* ahora?

—¡Calla! —le instó Silvia—. ¡El otro profesor está hablando! —Seré muy breve —musitó el otro profesor, mirando al suelo con voz melancólica, lo cual contrastaba de manera extraña con su expresión, pues había olvidado dejar de sonreír. («Al menos, no era exactamente una sonrisa —como diría Silvia más tarde—; daba la impresión de que su boca tenía esa forma»).

—Adelante, entonces —dijo el profesor—. Lo que tiene que ser, será.

—¡Recuerda eso! —le susurró Silvia a Bruno—. Es una regla muy buena para las veces en que te haces daño.

—¡Y también para cuando hago *duido*! —contestó el descarado jovenzuelo—. ¡Así que *decuéddelo* usted también, señorita!

—¿A qué te refieres? —dijo Silvia, tratando de poner cara de reproche, algo que nunca se le daba demasiado bien.

—¿No me has dicho veces y veces —explicó Bruno—: «¡No tiene que *habed* tanto *duido*, *Bduno*!», y yo te he dicho: «¡Sí que tiene!». ¡No hay ninguna *degla* que diga que no tiene! ¡Pero tú nunca me *cdees*!

—¡Como si alguien pudiera creerte, pillastre, más que pillastre! —le soltó Silvia.

Sus palabras fueron bastante severas, pero soy de la opinión de que, cuando uno desea realmente despertar en el criminal una conciencia de su culpabilidad, no debería pronunciar la frase con los labios muy cerca de su mejilla, dado que concluirla con un beso, por muy accidental que sea, debilita terriblemente el efecto.

Capítulo 11: Pedro y Pablo

—Como iba diciendo —prosiguió el otro profesor—, si tan sólo piensas en cualquier poema que contenga las palabras, como por ejemplo:

Pedro es pobre —dijo el noble Pablo,
 mas su amigo fiel siempre yo he sido;
y, aunque mis medios son escasos,
ya que dar no, prestar me permito.
¡Qué pocos, salvo por interés,
ayudan al que lo necesita!
¡Pero a Pedro yo le prestaré,
pues sensible soy, cincuenta libras!».
¡Cuán inmenso fue el gozo de Pedro
al ver a su amigo tan solidario!
¡Con qué alegría firmó el acuerdo
por el cual quedaría endeudado!
Y dijo Pablo: «No está de más
que fijemos del retorno el día.
Siguiendo un buen consejo,
será de mayo el cuarto, al mediodía».
«¡Pero si ya es abril! Día uno,
si no me equivoco —dijo Pedro—.
Cinco semanas se irán al punto:
¡apenas duran un pestañeo!
Dame, para montar una empresa y
especular, al menos un año».
«Es imposible cambiar la fecha.
Ha de pagarse el cuatro de mayo».
«¡Qué remedio! —suspiró el deudor—.
Me marcho: abóname el importe.
Ganaré una libra honesta o dos

con una sociedad por acciones».
«Si parezco insensible, lo siento:
Te haré el préstamo, naturalmente;
mas, por unas semanas, encuentro
que no será... en fin, conveniente».
Cada semana, Pedro volvía,
para marcharse apesadumbrado;
la respuesta siempre era la misma:
«Hoy no te puedo dar lo que hablamos».
Y pasaron las lluvias de abril
—cinco semanas, prácticamente—
y aún Pablo replicaba así:
«Por el momento, ¡no es conveniente!».
Llegó el cuatro, y Pablo, puntual,
se presentó allí con un letrado.
«Creí mejor venir a tu hogar,
y dejar ya todo esto zanjado».
¡Qué desesperación la de Pedro!
Mechones se arrancaba frenético,
y muy pronto sus rubios cabellos
formaron en el suelo gran séquito.
El letrado quieto lo observaba
con lástima medio contenida:
una lágrima en su ojo temblaba;
su mano el acuerdo sostenía.
Pero cuando al fin la profesión de nuevo
en su corazón se impuso,
dijo: «La Ley no tiene señor;
si no pagas seguirá su curso».
Y habló Pablo: «¡Cómo me arrepiento
de mi visita aquel día aciago!
¡Considera lo que haces, Pedro!
¡No serás más rico al estar calvo!

¿Crees que arrancándote los rizos
lograrás que mengüen tus problemas?
Frena esta violencia, te lo pido:
¡pues sólo más disgusto me creas!».
«Nunca a sabiendas infligiría
en tan buen corazón —Pedro dijo—
innecesario dolor o herida.
Mas, ¿por qué tan estricto, "amigo"?
Por muy legal que a lo mejor sea
pagar un préstamo inexistente,
¡yo creo que resulta un sistema
en extremo grado inconveniente!»
¡Tanta nobleza en mi alma no existe
como en la de algunos de estos tiempos!
—Pablo se sonrojó, pues humilde
era, y bajó la vista al suelo—.
¡La deuda me dejará pelado
y me atribulará para siempre!».
«¡No, no, Pedrito! —repuso Pablo—.
¡No te quejes así de tu suerte!»
No te falta en casa el alimento;
eres respetado en todo el mundo,
y en la barbería, según creo,
rizas tus patillas a menudo.
Aunque la nobleza nunca alcances
 —te quedarás corto, ni lo intentes—,
la vía honesta tienes delante
¡aunque sea muy inconveniente!».
«Cierto es —dijo Pedro—, vivo estoy;
el mundo todavía me admira,
y una vez a la semana voy
a rizar y aceitar mis patillas.
Pero un activo insignificante

e ingresos nulos son mi presente:
abusar del capital, ya sabes,
¡es en cualquier caso inconveniente!».
«¡Pero paga! —exclamó su amigo—.
Mi buen Pedrito, ¡paga tus deudas!
¿Qué importa si al completo tu "activo"
resulta devorado por ellas?
Ya tardas una hora en pagar;
aunque ser generoso procuro.
Me irrita, pero bueno, ¡da igual!
¡NO TE APLICARÉ INTERÉS NINGUNO!»
«¡Cuánta bondad! —gritó el pobre Pedro—.
Empero ¡deberé mi alfiler
de corbata, mi piano, mi cerdo
e incluso mi peluca vender!».
Al poco todo aquello echó alas,
y, con cada vuelo, diariamente,
él se veía (y suspiraba)
en situación menos conveniente.
Pasaron semanas, meses, años:
Pedro quedó hecho un saco de huesos.
Y una vez hasta rogó, llorando:
«¿Te acuerdas, Pablo, de aquel dinero...?».
El cual contestó: «¡Te prestaré,
cuando pueda, todos mis ahorros!
¡Ah, Pedro, qué dicha obra en tu haber!
¡Decir que te envidio es decir poco!»
Estoy engordando, como ves,
y mi salud no es del todo buena.
Ya no siento el júbilo de ayer
al oír la llamada a la cena.
Pero tu figura es leve y fina,
y retozas igual que un muchacho:

¡el rancho es una diaria alegría
para apetitos así, tan sanos!».
«De veras que sé —Pedro repuso—
en qué feliz estado me veo.
Mas podría prescindir con gusto
de parte de esos lujos que tengo.
Lo que tú llamas sano apetito
supone del hambre mordedura.
Y, cuando no hay qué llevarse al pico,
¡el toque a fagina es cruel tortura!»
Ni un espantapájaros querría este
abrigo, o botas así.
¡Ah, Pablo, cinco míseras libras
harían otro hombre de mí!».
«Pedrito, me llena de sorpresa
escucharte hablar en ese tono.
¡Temo que no eres consciente apenas
de tus muchos motivos de gozo!»
No corres riesgo de criar manteca;
resultas pintoresco en harapos;
te salvas de sufrir las jaquecas
que el dinero trae bajo el brazo.
Y tienes tiempo de cultivar
el contento, virtud muy decente,
en pro de lo cual tu estado actual
¡te será de lo más conveniente!».
«Aunque penetrar —contestó Pedro—
tus hondos pensamientos no pueda,
no obstante, en tu carácter encuentro
alguna pequeña inconsistencia.
Tomártelo pareces con calma
cuando una promesa has de cumplir;

pero ¡ay, si de cobrar se trata!;
¡persona tan puntual jamás vi!».
Su amigo: «Toda cautela es poca
en lo que concierne a soltar "plata";
para los cobros, como bien notas,
soy la puntualidad encarnada.
Uno ha de reclamar lo que es suyo;
mas, al prestar dinero a la gente,
¡se le debe permitir —propugno—
escoger ocasión conveniente!».
Un cierto día, mientras roía
Pedro un mendrugo —su dieta usual—,
se presentó Pablo de visita
y estrechó su mano con afán.
«Tus frugales costumbres conozco:
como herir tu orgullo no quisiera
por entrar con extraños curiosos,
¡he dejado a mi abogado fuera!»
Bien recuerdas, no me cabe duda,
con qué desdén todos te miraban
cuando empezó a irse tu fortuna.
¡Yo nunca te puse mala cara!
Y cuando tus pocas posesiones
perdiste y te viste marginado,
no he de recordarte cómo entonces
de ti me apiadé cual un hermano».
Así pues, te ofrecí mi consejo
rebosante de sabiduría,
a cambio de nada, aunque es cierto
¡que haber cobrado por él podría!
Pero me abstengo de mencionar
mis buenas acciones: larga estela.

Ya que alardear, como sabrás,
es una cosa que odio de veras».
¡Qué extensa parece ser la lista
de todos los favores que he hecho,
desde aquellos vagos, mozos días,
al préstamo de abril el primero!
El cual secó mis escasos fondos,
aunque de ello no hubieses sospecha;
pero tengo un corazón de oro.
¡Y VOY A PRESTARTE OTRAS CINCUENTA!».
«No será así —Pedro contestó,
lágrimas de gratitud llorando—.
Nadie recuerda, mejor que yo,
tus servicios en años pasados;
y he de admitir que esta nueva oferta
es generosísimo presente.
Con todo, hacer uso de ella
¡no me parece muy conveniente!».

—... enseguida veréis la diferencia entre «conveniente» e «inconveniente». Ahora la entendéis del todo,
¿a que sí? —añadió, mirando con gesto amable a Bruno,
el cual se encontraba sentado, junto a Silvia, en el suelo.

—Sí —dijo Bruno, en voz muy baja. Una respuesta tan sucinta era algo muy inusual, tratándose de él,
pero en aquel momento me pareció verlo un tanto agotado.

De hecho, se subió al regazo de Silvia mientras
hablaba, y apoyó la cabeza en su hombro—. ¡Cuántos
vedsos tenía el poema! —susurró.

Capítulo 12: Un jardinero con dotes musicales

El otro profesor observó a Bruno con cierta preocupación.

—La criaturita debería irse a la cama de una vez —dijo con aire autoritario.

—¿Por qué de una vez? —preguntó el profesor.

—Porque no puede irse de dos veces —respondió el otro profesor.

El profesor aplaudió con suavidad.

—¿No es asombroso? —le dijo a Silvia—. Nadie más habría dado con la razón tan rápido. ¡Pues claro que no puede irse de dos veces! Que lo partieran por la mitad le dolería.

Aquel comentario despertó a Bruno, súbita y completamente.

—No quiero que me *padtan* —dijo con rotundidad.

—Se ve muy bien en un diagrama —apuntó el otro profesor—. Podría mostrártelo enseguida, pero hay que sacarle un poco de punta a la tiza.

—¡Tenga cuidado! —exclamó Silvia con preocupación, pues el otro profesor se había puesto a afilarla de un modo bastante torpe—. ¡Si sujeta así el cuchillo, se rebanará el dedo!

—¿Si se lo *codta*, me lo *poderío, dad*, pod *favod?* —agregó Bruno con gesto pensativo.

—Es algo así —dijo el otro profesor, dibujando aprisa una larga línea sobre la pizarra, y escribiendo las letras «A» y «B» en los dos extremos, y una «C» en el medio—: deja que te lo explique. Si hubiera que partir un AB en dos por el centro o C anotado...

—Se ahogaría —dictó Bruno con seguridad.

El otro profesor emitió un grito ahogado.

—¿Qué se ahogaría? —

¡Pues el pajarito, qué va a *sed*! —respondió Bruno—. ¡Y los dos pedazos se hundirían en el *centdo* del océano!

El profesor intervino entonces, pues el otro profesor se encontraba claramente demasiado desconcertado como para continuar con su diagrama.

—Cuando antes dije que le dolería, me refería únicamente a la acción de los nervios...

Al otro profesor no tardó en iluminársele el rostro.

—La acción de los nervios —empezó a decir con entusiasmo— es curiosamente lenta en algunas personas. Una vez, ¡tuve un amigo que tardaba años y años en sentir una quemadura hecha con un atizador al rojo!

—¿Y si simplemente se le pellizcaba? —inquirió Silvia.

—Entonces tardaría mucho más en sentirlo, naturalmente. De hecho, dudo que el hombre llegara a hacerlo jamás. Quizá sus nietos sí.

—No me gustaría *sed* nieto de un abuelo al que *habieran* pellizcado, ¿y usted, *hombde señod*? —susurró Bruno—. ¡*Podería llegadle* justo cuando quisiera *estad* contento!

Admití que aquello resultaría incómodo, tomando como algo completamente normal que de pronto le fuese posible verme.

—¿Pero es que acaso no quieres estar siempre contento, Bruno?

—No siempde —dijo Bruno con aire pensativo—. A veces, cuando estoy demasiado contento, quiero *estad* un poquito *tdiste*. Entonces se lo cuento a Silvia, ¿sabe?, y ella me pone algunas leciones. Y todo se *aregla*.

—Siento que no te gusten las lecciones —dije yo—. Deberías hacer como Silvia.

¡Ella siempre está ocupada a lo largo del día!

—¡Yo también! —señaló Bruno.

—¡No, no! —lo corrigió Silvia—. ¡Tú estás ocupado a lo corto del día!

—¿Y cuál es la diferencia? —preguntó Bruno—. Hombde *señod*, ¿no es el día tan *codto* como *ladgo*? Quiero *decid*, ¿no dura *siempde* lo mismo?

Dado que nunca había considerado la cuestión desde ese punto de vista, sugerí que lo mejor era que le preguntaran al profesor, y al instante salieron corriendo para solicitar la ayuda de su anciano amigo. El profesor paró de limpiar sus anteojos para pensar sobre aquello.

—Queridos míos —respondió tras unos momentos—, el día es igual de largo que cualquier cosa que dure lo mismo que él. —Y regresó a su interminable tarea de limpieza.

Los niños volvieron, con paso lento y cavilante, para comunicar su respuesta.

—¿A que es sabio? —preguntó Silvia en un reverente susurro—. Si yo fuera así de sabia, me dolería la cabeza el día entero, ¡estoy segura!

—Parecéis estar hablando con alguien... que no está ahí —observó el profesor, girándose hacia los niños—. ¿Quién es?

Bruno puso cara de extrañeza.

—¡Yo nunca hablo con nadie cuando no está aquí! —respondió—. No es de buena educación. ¡Uno debería *siempde esperad* a que llegue antes de *hablad* con él!

El profesor miró con inquietud en mi dirección, y dio la impresión de estar atravesándome una y otra vez con la mirada sin verme.

—¿Con quién habláis entonces? —dijo—. Aquí no hay nadie, ¿sabéis?, excepto el otro profesor... ¡que tampoco está aquí! —agregó frenético, dando vueltas y vueltas sobre sí mismo como una perinola—. ¡Niños! ¡Ayudadme a buscarlo! ¡Rápido! ¡Se ha perdido otra vez!

Los niños se pusieron en pie al momento.

—¿Dónde buscamos? —preguntó Silvia.

—¡En cualquier parte! —gritó el nervioso profesor—. ¡Pero hacedlo deprisa! —Y empezó a moverse por la habitación apresuradamente, de un lado a otro, levantando las sillas y sacudiéndolas.

Bruno cogió un librito muy pequeño de la librería, y lo abrió y sacudió imitando al profesor.

—Aquí no está —dijo.

—¡Ahí no puede estar, Bruno! —señaló Silvia con indignación.

—¡Pues claro que no! —contestó su hermano—. ¡Si estuviera aquí, se *habdía* caído del *libdo* al *sacudidlo!*

—¿Ha llegado a perderse en alguna ocasión anterior? —inquirió Silvia, levantando una esquina de la alfombra frente a la chimenea y echando un vistazo debajo.

—Lo hizo una vez —explicó el profesor—: se perdió en un bosque...

—¿Es que no era capaz de *encontdadse* otda vez? —preguntó Bruno—. ¿*Pod* qué no *gditó?* Está claro que se *habdía* oído a sí mismo, *podque* no podía *andad* muy lejos, ¿sabéis?

—Probemos a llamarlo a voces —propuso el profesor.

—¿Y qué gritamos? —dijo Silvia.

—Pensándolo bien, no lo hagáis —contestó el

profesor—. El vicerrector podría oíros. ¡Se está volviendo terriblemente estricto!

Aquello recordó a los pobres niños todos los problemas que les habían hecho acudir a su viejo amigo. Bruno se sentó en el suelo y comenzó a llorar.

—¡Es tan *cduel!* —sollozó—. ¡Y deja que Uggug me quite todos mis juguetes! ¡Y la comida es una *podquedía!*

—¿Qué has tenido hoy para cenar? —preguntó el profesor.

—Un *tdocito* de *cuedvo muedto* —fue la amarga contestación de Bruno.

—Quiere decir pastel de grajo —explicó Silvia.

—Era un *cuedvo muedto* —insistió Bruno—. Había un pudin de manzana... pero Uggug se lo comió entero... ¡y para mí sólo quedó un pedazo de masa! Y pedí una naranja... ¡y no me la dieron! —El pobre niño hundió el rostro en el regazo de Silvia, que tomó el relevo de la conversación, mientras le acariciaba continua y suavemente el pelo a su hermano:

—¡Todo es cierto, querido profesor! ¡Tratan de un modo horrible a mi precioso Bruno! Y conmigo tampoco se portan bien —añadió en un tono más bajo, como si eso fuera algo mucho menos importante.

El profesor sacó un gran pañuelo de seda roja y se enjugó las lágrimas.

—¡Ojalá fuera capaz de ayudaros, queridos niños! —dijo—. Pero ¿qué puedo hacer yo?

—Conocemos el camino a Hadalandia, a donde ha ido padre, bastante bien —expuso Silvia—; ojalá el jardinero nos dejara salir.

—¿No quiere abriros la puerta? —indagó el profesor.

—A nosotros no —dijo Silvia—, pero estoy segura de que sí lo haría para usted. ¡Venga y pídaselo, querido profesor!

—¡Iré ahora mismo! —anunció el profesor.

Bruno se incorporó y se secó los ojos.

—¿No le parece una *pedsona* amable, *hombde señod?*

—Desde luego que sí —dije yo. Pero el profesor no se percató de mi comentario.

Se había puesto un bonito gorro con una larga borla, y se encontraba eligiendo uno de los bastones del otro profesor de una bastonera en una esquina de la habitación.

—Empuñar un sólido bastón hace que la gente se vuelva respetuosa —decía para sí mismo—. ¡Venid, queridos niños! —Y todos salimos juntos al jardín.

—Me dirigiré a él, lo primero —explicó el profesor mientras caminábamos—, haciendo unos cuantos comentarios chistosos sobre el tiempo. Después le preguntaré por el otro profesor. Esto tendrá una doble ventaja. En primer lugar, iniciará la conversación (no se puede beber una botella de vino sin abrirla antes); y en segundo lugar, si ha visto al otro profesor, daremos así con él, y, de no ser así, seguiremos sin encontrarlo.

De camino, pasamos por delante de la diana a la que habían hecho disparar a Uggug durante la visita del embajador.

—¡Mirad! —exclamó el profesor, señalando un agujero en el centro de la diana—. Su obesidad imperial hizo un solo disparo, ¡y pasó justo por aquí!

Bruno examinó atentamente el agujero.

—No *pudió* pasad pod ahí —me susurró—. ¡Está

demasiado *goddo*!

No tuvimos ningún tipo de problema para encontrar al jardinero. Pese a hallarse detrás de unos árboles que lo ocultaban a nuestra vista, aquella áspera voz suya sirvió para guiarnos hasta él; y, al acercarnos, la letra de su canción se volvió cada vez más audible y clara: creyó ver volando en torno a la lámpara un albatros: mas luego advirtió que era un sello postal barato.

«Mejor vete a casa —dijo— ¡o acabarás empapado!».

—¿*Tenería* miedo de coged *fdio?* —dijo Bruno.

—Si se mojara mucho —sugirió Silvia—, podría pegarse a algo, ya sabes.

—Y ese algo *tenería que viajad pod coreo*, ¡fuese lo que fuese! —exclamó Bruno con entusiasmo—. ¡Imagina que se *tdatara* de una vaca! ¡Qué mal lo pasarían los *otdos* paquetes!

—Y todas esas cosas le han ocurrido a él —señaló el profesor—. Eso es lo que hace tan interesante la canción.

—Debe de haber tenido una vida muy curiosa —opinó Silvia.

—¡Y que lo digas! —contestó efusivamente el profesor.

—¡Pues claro que lo dice! —gritó Bruno.

Para entonces habíamos llegado ya hasta el jardinero, quien se hallaba a la pata coja, como de costumbre, regando afanosamente un macizo de flores con una regadera vacía.

—¡Pero si no tiene agua! —le explicó Bruno, tirándole de la manga para llamar su atención.

—Así pesa menos —repuso el jardinero—. Si está muy llena, el brazo acaba doliendo. —Y siguió con su trabajo, al tiempo que canturreaba para sí: ¡O acabarás empapado!

—En tanto cavaba en la tierra para sacar cosas de ella, en lo cual probablemente se ocupa de vez en cuando —empezó a decir el profesor en voz alta—; juntaba cosas en montones, labor que sin duda desempeña a menudo, y coceaba cosas a la pata coja, lo cual, al parecer, no para de hacer nunca; ¿no habrá visto por un casual a otro profesor, parecido a mí, pero diferente?

—¡Nunca! —gritó el jardinero, de forma tan fuerte y violenta que todos retrocedimos alarmados—. ¡Eso no existe!

—Probaremos con un tema que lo altere menos —comentó el profesor hacia los niños en tono afable—. Ibais a preguntar...

—Le pedimos que nos abriera la puerta del jardín —recordó Silvia—, pero no quiso; ¡puede que a usted sí se la abra! El profesor formuló la petición, de manera muy humilde y cortés.

—No me importaría dejarle salir a usted —dijo el jardinero—. Pero no debo abrir la puerta a los niños. ¿Se cree que desobedecería las reglas? ¡Ni por un chelín y medio! El profesor extrajo cuidadosamente un par de chelines.

—¡Con eso valdrá! —gritó el jardinero, mientras tiraba la regadera por encima del macizo de flores, y sacaba un puñado de llaves: una grande, y varias otras de menor tamaño.

—¡Pero escuche, querido profesor! —susurró Silvia—. No hace falta para nada que nos abra la puerta a nosotros. Podemos salir con usted.

—¡Cierto, mi niña! —contestó el profesor agradecido, devolviendo las monedas a su bolsillo—. ¡Así nos ahorramos dos chelines! —Y cogió las manos de los niños para poder salir todos juntos cuando la puerta estuviera abierta. Lo cual, no obstante, no parecía que fuera a ocurrir, pese a que el jardinero probó pacientemente todas las llavecitas, una y otra vez.

Finalmente el profesor aventuró una amable sugerencia.

—¿Por qué no prueba con la grande? He observado a menudo que una puerta se abre mucho mejor con su propia llave.

La llave grande resultó ser la correcta al primer intento; el jardinero abrió la puerta y extendió la mano para recibir el dinero.

El profesor meneó negativamente la cabeza.

—Está actuando según las reglas —explicó— al abrirme la puerta a mí. Y ahora que está abierta, vamos a salir apelando a una de ellas: la regla de tres.

El jardinero puso cara de no entender nada, y permitió que saliésemos; pero mientras cerraba la puerta detrás de nosotros, lo oímos cantar para sí con aire meditabundo:

> Creyó ver una cancela
> que con una llave abría,
> mas luego advirtió que eran
> dos reglas de tres seguidas.
> «¡Y este gran misterio —dijo—
> para mí es claro como el día!».

—Ahora he de regresar —dijo el profesor, cuando hubieron recorrido unos pocos metros—: entenderéis que es imposible leer aquí, pues todos mis libros están en palacio.

Pero los niños no le soltaban las manos.

—¡Acompáñenos! —rogó Silvia con lágrimas en los ojos.

—¡Vaya, vaya! —dijo el bondadoso anciano—. Tal vez os siga, uno de estos días. Pero debo volver, ahora mismo. Veréis, dejé la lectura en una coma, ¡y es un fastidio no saber cómo acaba la frase! Además, el primer sitio por el que tenéis que pasar es Canilandia, y los perros siempre me han puesto un pelín nervioso. Pero viajar será muy sencillo en cuanto haya acabado mi nuevo invento: sirve para transportarse, ¿sabéis? Le falta únicamente un poquitín más de trabajo.

—¿No será eso muy cansado, transportarse uno mismo? —inquirió Silvia.

—Ah, no, mi niña. Verás, cualquier cansancio que uno sufra por transportar, ¡se lo ahorra siendo transportado! ¡Adiós, preciosos! ¡Adiós, señor! —añadió para mi gran sorpresa, y me estrechó la mano de manera afectuosa.

—¡Adiós, profesor! —contesté, mas mi voz sonaba extraña y distante, y los niños no se percataron en lo más mínimo de nuestra despedida. Era evidente que ni me veían ni me oían cuando, abrazados tiernamente el uno al otro, continuaron la marcha con paso audaz.

Capítulo 13: Una visita a Canilandia

—Hay una casa, ahí a la izquierda —dijo Silvia después de que hubiéramos recorrido andando lo que me parecieron unas cincuenta millas—.

Acerquémonos a pedir alojamiento para la noche.

—Parece una casa muy *acodejora* —opinó Bruno, cuando tomamos la desviación del camino que conducía a ella—. Espero de *reddad* que los *peros* sean amables con nosotdos, ¡estoy tan cansado y *hambdiento*!

Un mastín inglés, que portaba un collar escarlata y un mosquete, se paseaba de un lado a otro, como un centinela, frente a la entrada. Dio un respingo, al ver a los niños, y se acercó a su encuentro, manteniendo su mosquete apuntado directamente hacia Bruno, el cual se quedó totalmente quieto, aunque se puso pálido y sujetó con fuerza la mano de Silvia, mientras el centinela daba una vuelta y otra en torno a ellos con paso solemne, y los observaba desde todos los ángulos.

—¡Ubuf, uof bufuofhau! —gruñó por fin—. ¡Guofbau hauguau ubuf! ¿Bou guaubau guofbufhau? ¿Bou guou? —interpeló a Bruno, con severidad.

Naturalmente, Bruno entendió todo aquello, sin excesivos problemas.

Todas las hadas entienden el perruno —esto es, la lengua de los perros—. Pero como puede que vosotros lo encontréis un poco difícil, sólo al principio, mejor será que os lo traduzca: «¡Humanos, en verdad lo creo! ¡Un par de humanos perdidos! ¿Qué perro es vuestro amo? ¿Qué queréis?».

—¡No *pedtenecemos* a ningún *pero*! —empezó a decir Bruno, en perruno. («Los peros nunca son amos de las *pedsonas*», le susurró a Silvia).

Pero su hermana lo hizo callar enseguida, por miedo a herir los sentimientos del mastín.

—Por favor, queremos un poco de comida, y pasar la noche aquí... si es que hay sitio en la casa —añadió tímidamente. Silvia hablaba perruno con mucha finura, pero creo que es casi mejor para vosotros que ofrezca la conversación en nuestro idioma.

—¡Pero cómo que «la casa»! —gruñó el centinela—. ¿Es que no habéis visto un palacio en vuestra vida? ¡Venid conmigo! Su majestad debe decidir qué se ha de hacer con vosotros.

Lo siguieron a través del vestíbulo, y luego por un largo pasillo, hasta entrar en un magnífico salón, alrededor del cual había reunidos perros de todas clases y tamaños.

Había dos espléndidos sabuesos de san Huberto sentados muy derechos, uno a cada lado del portador de la corona. Dos o tres bulldogs —los cuales, supuse, formaban la guardia personal del rey— aguardaban en un adusto silencio: de hecho las únicas voces claramente audibles eran las de dos perros pequeños, que se habían subido a un sofá, y mantenían una acalorada discusión que tenía todo el aspecto de una riña.

—*Lores* y damas de honor, y diversos funcionarios de la corte —apuntó con malas pulgas nuestro guía, mientras nos conducía adentro. Los cortesanos no se fijaron para nada en mí, pero Silvia y Bruno fueron el blanco de muchas miradas inquisitivas, y de numerosos comentarios susurrados, de los cuales sólo alcancé a oír con claridad uno —realizado por un perro salchicha a un amigo suyo—: «Bau guof guauhau uofbau ubuf, ¿au bau?» («Pues no es demasiado fea para ser una humana,

¿no crees?»).

Dejando a los recién llegados en el centro del salón, el centinela avanzó hasta una puerta, en su extremo más alejado, sobre la que había un rótulo pintado en perruno: «Caseta Real: Rascar y Ladrar».

Antes de hacer esto último, el centinela se giró hacia los niños, y dijo:

—¡Dadme vuestros nombres!

—¡*Pdeferíríamos* no *hacedlo*! —exclamó Bruno, tirando de Silvia en dirección contraria a la puerta—. Los queremos para nosotdos. ¡Volvamos, Silvia! ¡Vámonos *dápido*!

—¡No digas tonterías! —le recriminó su hermana de manera tajante; y dio sus nombres en perruno.

A continuación el centinela rascó violentamente la puerta y profirió un agudo y fuerte ladrido que hizo estremecerse a Bruno de la cabeza a los pies.

—¡Uofhau guau! —dijo una voz profunda desde el interior. (Lo que significa «¡Adelante!» en perruno).

—¡Es el rey en persona! —susurró el mastín en un tono lleno de temor reverencial—. Quitaos las pelucas, y dejadlas humildemente a sus patas —(o «a sus pies», como diríamos nosotros).

Silvia se disponía a explicar, con mucha educación, que les era realmente imposible llevar a cabo esa ceremonia porque sus pelucas no eran de quita y pon, cuando la puerta de la Caseta Real se abrió, y por ella asomó la cabeza un gigantesco perro terranova.

—¿Bou guou? —fue lo primero que preguntó.

—¡Cuando su majestad se dirija a vosotros —corrió a susurrarle el centinela a Bruno— deberíais levantar las orejas!

Bruno miró a Silvia con actitud vacilante.

—*Pdefeviría* no *hacedlo, pod favod* —contestó—. Me dolería.

—¡Pero si no duele nada! —dijo el centinela con cierta indignación—. ¡Mira! ¡Se hace así! —Y levantó las orejas como dos señales ferroviarias.

Silvia explicó amablemente la cuestión.

—Me temo que no somos capaces de hacerlo —dijo en voz baja—. Lo lamento mucho, pero nuestras orejas no poseen el... —quiso decir «mecanismo» en perruno, pero había olvidado la palabra, y sólo le vino a la cabeza «motor de vapor»—... apropiado.

El centinela repitió la explicación de Silvia al rey.

—¡No pueden levantar sus orejas sin un motor de vapor! —exclamó su majestad—. ¡Deben de ser criaturas curiosas! Tengo que echarles un vistazo. —Entonces salió de su Caseta, y se aproximó con paso solemne a los niños.

¡Cuál fue el asombro —por no decir el horror— de todos los allí reunidos, cuando Silvia no hizo otra cosa que acariciarle la cabeza a su majestad, mientras Bruno le agarraba las largas orejas y simulaba atárselas bajo el mentón! El centinela dejó escapar un fuerte gemido; un hermoso galgo —que al parecer era una de las damas de honor— sufrió un desvanecimiento, y el resto de los cortesanos se apartó a toda prisa, y dejó un amplio espacio para que el enorme terranova se abalanzara sobre los audaces extraños y los despedazara.

Sólo que... no lo hizo. Al contrario, su majestad incluso sonrió —hasta donde puede hacerlo un perro y (los demás perros no dieron crédito a lo que vieron, pero así ocurrió, de todos modos) ¡meneó la cola!

—¡Hau uof auguof! —Esto es: «¡Jamás vi cosa igual!»), fue el grito unánime.

Su majestad echó una mirada severa a su alrededor, y soltó un leve gruñido, que produjo un silencio instantáneo.

—¡Conducid a mis amigos a la sala de banquetes! —ordenó, poniendo tanto énfasis en «mis amigos» que varios de los perros no pudieron evitar rodar sobre sus lomos y ponerse a lamer los pies de Bruno.

Se formó una comitiva, pero yo sólo me atreví a seguirla hasta la puerta de la sala de banquetes, de lo furioso que era el tumulto de perros ladrando que había dentro.

De modo que me senté junto al rey, que parecía haberse dormido, y esperé hasta que los niños regresaron para dar las buenas noches, momento en que su majestad se levantó y sacudió.

—¡Hora de irse a dormir! —dijo con un bostezo de somnolencia—. Los sirvientes os mostrarán vuestra habitación —añadió, aparte, hacia Silvia y Bruno—. ¡Traed luces! —Y, con aire digno, extendió la pata para que los dos la besaran.

Pero era obvio que los niños no tenían mucha práctica en modales palaciegos.

Silvia únicamente estrechó la gran pata; Bruno se abrazó a ella; el maestro de ceremonias parecía estupefacto.

Entretanto no paraban de entrar a toda prisa perros camareros, ataviados con magníficas libreas y portando velas encendidas, pero tan pronto como las dejaban sobre la mesa, otros camareros se las llevaban corriendo, de forma que nunca parecía haber una para mí, aunque el maestro me propinaba codazos sin cesar y repetía continuamente:

—¡No puedo dejar que se duerma aquí! ¡No está en la cama, ¿sabe?!

Con gran esfuerzo, logré únicamente pronunciar las palabras:

—Ya lo sé. Estoy en un sillón.

—Bueno, un sueñecito no le hará daño —dijo el maestro, que acto seguido se marchó. Apenas pude oír sus palabras, lo cual no es de extrañar: se encontraba apoyado en la borda de un navío, a muchas millas del muelle donde yo estaba. El barco se perdió tras el horizonte, y yo me hundí de nuevo en el sillón.

Lo siguiente que recuerdo es que era por la mañana; el desayuno acababa de terminar; Silvia estaba bajando a Bruno de una silla alta, y diciéndole a un spaniel, que los observaba con una sonrisa muy benévola:

—Sí, gracias, hemos desayunado estupendamente. ¿No es cierto, Bruno?

—Había demasiados huesos en el... —empezó a decir este, pero su hermana lo miró con gesto reprobatorio y se llevó un dedo a los labios, pues, en ese momento, los viajeros estaban siendo atendidos por un funcionario de aspecto muy solemne, el gruñidor mayor, cuyo deber era, en primer lugar, llevarlos ante el rey para que se despidieran de él, y después escoltarlos hasta la frontera de Canilandia. El gran terranova los recibió con suma afabilidad pero, en vez de decirles «adiós», anunció que los escoltaría él mismo, lo cual sobresaltó de tal modo al gruñidor mayor que este profirió tres salvajes gruñidos.

—¡Es un modo de proceder tremendamente inusual, majestad! —exclamó el gruñidor mayor, a punto de ahogarse por el disgusto de ser dejado al margen, dado que se había puesto su mejor traje de gala, confeccionado enteramente con pieles de gato, para la ocasión.

—Los escoltaré yo mismo —repitió su majestad, suave pero firmemente, despojándose de las vestiduras reales, y cambiando su corona por otra más pequeña —, y tú puedes permanecer en palacio.

—¡Me *alegdo*! —le susurró Bruno a Silvia cuando estuvieron lo bastante lejos como para que el gruñidor no pudiera oírlos—. ¡Estaba muy enfadadísimo! —Y no sólo acarició a su escolta real, sino que incluso lo abrazó por el cuello exultante de gozo.

Su majestad meneó tranquilamente la cola real.

—¡Es todo un alivio —dijo— alejarse del palacio de cuando en cuando! La realeza perruna lleva una vida insulsa, ¡os lo aseguro! ¿Te supondría...? —y esto se lo dijo a Silvia, en voz baja, y con aspecto de sentirse un poco tímido y avergonzado —. ¿Te supondría mucha molestia lanzar simplemente ese palo para que te lo traiga? Silvia se quedó por un instante demasiado atónita como para hacer nada: le parecía una imposibilidad monstruosa que un rey quisiera correr detrás de un palo.

Pero Bruno estaba a la altura de la ocasión, y con el alegre grito de «¡Venga! ¡*Tdáelo, perito* bueno!» lo arrojó por encima de un matorral. Un instante después el monarca de Canilandia había saltado las matas, recogido el palo y vuelto al galope con él en la boca a donde estaban los niños. Bruno se lo quitó de manera muy decidida.

—¡Pídelo! —insistió, y eso hizo su majestad.

—¡Dame la patita! —ordenó Silvia, y su majestad se la dio. En resumen, la solemne ceremonia de escoltar a los viajeros hasta las fronteras de Canilandia ¡se convirtió en un prolongado y divertidísimo juego!

—¡Pero el trabajo es el trabajo! —dijo el rey canino por fin—. Y yo debo retornar al mío. No podría ir más lejos —agregó, consultando un reloj para perros que colgaba de una cadena alrededor de su cuello—, ¡ni aunque hubiera un gato a la vista!

Se despidieron afectuosamente de su majestad y continuaron adelante, con paso cansado.

—¡Qué *pero* más *encantadod*! —exclamó Bruno—. ¿Hay que *caminad* mucho más, Silvia? ¡Estoy cansado!

—¡No mucho más, cariño! —contestó Silvia con dulzura—. ¿Ves ese resplandor, justo detrás de esos árboles? ¡Estoy casi segura de que son las puertas de Hadalandia! Sé que son totalmente doradas, padre me lo dijo, ¡y brillan tanto, tanto! —agregó en tono soñador.

—¡*Deslumbdan* a la vista! —dijo Bruno, tapándose los ojos con una manita, mientras la otra asía fuertemente la de Silvia, como si la extraña actitud de su hermana lo alarmara un poco.

Pues esta avanzaba como si caminara en sueños, con sus grandes ojos fijos en la distancia y su respiración afectada por rápidos jadeos de ávido gozo. Yo sabía, por alguna extraña iluminación mental, que un gran cambio estaba produciéndose en mi dulce amiguita (pues tal me gustaba considerarla) y que estaba trascendiendo la simple condición de duende de Exotilandia para pasar a ser una verdadera hada.

El cambio tardó más en llegar en el caso de Bruno, pero se completó en ambos antes de su llegada a las puertas doradas, a través de las cuales sabía que me sería imposible seguirlos. No pude hacer otra cosa que permanecer fuera y echar una última mirada a los dos encantadores niños antes de que desapareciesen en su interior y las puertas doradas se cerraran con un potente estruendo.

¡Y menudo estruendo!

—¡Nunca se cerrará como una puerta de armario normal! —explicó Arthur—. Le pasa algo a la bisagra. De todos modos, aquí tienes el bizcocho y el vino. Y ya te has echado tu sueñecito. ¡Así que ahora debes irte realmente a la cama, anciano! No estás para nada más. Da fe oficial el doctor Arthur Forester.

Para entonces me encontraba otra vez completamente despierto.

—¡Aún no! —rogué—. De veras que ahora no tengo sueño. Y no es medianoche todavía.

—Bueno, quería hablarte de otra cosa —contestó Arthur en tono transigente, mientras me entregaba la cena que había prescrito—, pero pensaba que tenías demasiado sueño como para hacerlo esta noche.

Tomamos nuestra comida de medianoche prácticamente en silencio, pues un nerviosismo inusual parecía haberse apoderado de mi viejo amigo.

—¿Cómo está la noche? —preguntó, tras lo cual se levantó y descorrió las cortinas de la ventana, aparentemente para cambiar de tema por un momento.

Fui tras él y nos quedamos los dos allí en silencio, mirando afuera.

—La primera vez que te hablé de... —empezó a decir Arthur, tras un largo e incómodo silencio—, es decir, cuando hablamos por primera vez de ella, ya que creo que fuiste tú quien sacó el tema, mi propia situación en la vida me impedía cualquier otra cosa que no fuera adorarla a distancia, y me encontraba dándole vueltas al plan de dejar finalmente este lugar e instalarme en alguna otra parte lejos de cualquier posibilidad de reencontrarme con ella. Esto parecía ser lo único provechoso que podía hacer con mi vida.

—¿Y crees que eso habría sido juicioso? —dije yo—. ¿No permitirte esperanza alguna?

—No existía tal esperanza —respondió Arthur con firmeza, a pesar de que sus ojos relucían por las lágrimas cuando levantó la vista hacia el cielo de medianoche, en el cual resplandecía una estrella solitaria, la maravillosa Vega, con una intermitente grandiosidad que traspasaba las ágiles nubes—. Para mí ella era como esa estrella: brillante, hermosa y pura, ¡pero se encontraba tan lejos de mi alcance, tan lejos! Corrió de nuevo las cortinas, y regresamos a nuestros asientos junto al hogar—. Lo que quería contarte es lo siguiente —continuó su relato—: Esta tarde me han llegado noticias de mi abogado. No puedo entrar en los detalles del asunto, pero el resultado es que mi fortuna material es mucho mayor de lo que pensaba, y me encuentro (o pronto me encontraré) en posición de ofrecerle matrimonio, sin que ello resulte imprudente, a cualquier dama, incluso en el caso de que esta no aportara nada.

Y hablando de ella, dudo que lo hiciera: el conde es pobre, según creo. Pero yo dispondría de suficiente para los dos, incluso si nos fallase la salud.

—¡Os deseo toda la felicidad del mundo en vuestra vida de casados! —exclamé—. ¿Hablarás mañana con el conde?

—Todavía no —repuso Arthur—. Es muy simpático, pero no me atrevo a pensar que guarde intenciones más profundas, de momento. Y en cuanto a... a *lady* Muriel, a pesar de mis esfuerzos, no logro adivinar sus sentimientos hacia mí. Si hay amor, ¡lo oculta! ¡No, debo esperar, debo esperar! No quise presionar con ningún consejo más a mi amigo, cuyo juicio, me dio la sensación, resultaba mucho más sensato y serio que el mío, y nos fuimos a dormir sin una palabra más sobre el tema que tenía ahora absorbidos sus pensamientos, más aún, su vida misma.

A la mañana siguiente llegó una carta de mi propio abogado, que me convocaba a la ciudad en relación con un asunto importante.

Capítulo 14: Silvia el hada

El asunto por el cual había regresado a Londres me retuvo allí un mes entero y, aun así, fue únicamente el insistente consejo de mi médico el que me persuadió de dejarlo sin resolver del todo y realizar otra visita a Elveston.

Arthur me escribió una o dos veces durante el mes, pero en ninguna de sus cartas había mención alguna a *lady* Muriel. No obstante, su silencio no era un mal augurio: a mi modo de ver se trataba del comportamiento natural de un enamorado, el cual, aun cuando su corazón estuviese cantando «Es mía», temía plasmar su felicidad en las frías frases de una carta, prefiriendo en cambio esperar a contarlo de palabra. «Sí—pensé—; ¡escucharé su canción victoriosa de sus propios labios!».

La noche que llegué teníamos muchas otras cosas de las que hablar y, cansado como me encontraba del viaje, me fui pronto a la cama, dejando el feliz secreto aún sin revelar. Al día siguiente, sin embargo, mientras charlábamos entre los restos del almuerzo, me atreví a plantear la trascendental cuestión.

—Bien, viejo amigo, no me has contado nada de *lady* Muriel, ni de cuándo será el feliz día.

—El feliz día —dijo Arthur, con gesto inesperadamente serio se halla todavía en un improbable futuro—. Hemos de conocernos... o, más bien, ella necesita conocerme mejor. Yo conozco su encantadora naturaleza, perfectamente, a estas alturas. Pero no me atrevo a hablar hasta estar seguro de que mi amor será correspondido.

—¡No esperes demasiado! —contesté en tono alegre—. ¡Un corazón apocado nunca conquistó mujer hermosa! —Quizá sea ese mi problema. Pero de verdad que

129

todavía no me atrevo a decirle nada.

—Pero entretanto —aduje yo estás corriendo un riesgo en el que puede que no hayas pensado. Algún otro hombre...

—No —replicó Arthur con firmeza—. No ha entregado su corazón a nadie: eso lo sé. Dicho lo cual, si ama a alguien mejor que yo, ¡que así sea! No estropearé su felicidad. El secreto morirá conmigo. Pero ella es mi primer... ¡y mi único amor!

—Son unos sentimientos muy hermosos —dije—, pero nada prácticos. No es propio de ti.

Teme excesivamente su destino o posee un pequeño desierto, quien no se atreve a saltar al vacío aun pudiendo así ganar el cielo.

—¡No me atrevo a preguntarle si hay otro! —dijo de forma apasionada ¡Saberlo me rompería el corazón!

—¿Y te parece sensato vivir con la duda? ¡No debes desperdiciar tu vida por un «y si...»!

—¡Te digo que no me atrevo!

—¿Quieres que lo averigüe yo por ti? —pregunté, con la libertad de un viejo amigo.

—¡No, no! —respondió con expresión afligida—. Te ruego que no digas nada.

Mejor esperar.

—Como quieras —accedí, y juzgué conveniente no decir nada más en ese momento. «Pero esta tarde», pensé, «le haré una visita al conde. Tal vez pueda ver cómo están las cosas, ¡sin tener que decir siquiera una palabra!». Fue una tarde muy calurosa —demasiado para pasear o hacer cosa alguna—; de lo contrario no habría ocurrido, creo yo.

En primer lugar, deseo saber —¡querido y pequeño lector!— por qué han de estar siempre las hadas aleccionándonos para que cumplamos con nuestro deber, y sermoneándonos cuando nos equivocamos, y por qué nosotros nunca podemos enseñarles nada a ellas. Uno no puede mantener que las hadas nunca son codiciosas, ni egoístas, ni enfadadizas, ni embusteras, porque eso sería absurdo, ¿sabes? Por tanto, ¿no crees que a lo mejor no les vendría mal recibir alguna pequeña reprimenda y castigo de vez en cuando? De verdad que no veo por qué no debería intentarse, y estoy prácticamente seguro de que, si tan sólo uno pudiese atrapar un hada, y ponerla contra el rincón, y tenerla a pan y agua durante un día o dos, ello descubriría un carácter totalmente mejorado; o le bajaría un poco los humos, en cualquier caso.

La siguiente cuestión es: ¿cuál es la mejor época para ver hadas? Creo que puedo contarte todo lo que hay que saber al respecto.

La primera regla es que debe tratarse de un día realmente caluroso, uno que podamos considerar estable, y tienes que sentirte un poquito somnoliento, pero no tanto como para no poder mantener los ojos abiertos, atención.

Deberías sentirte además ligeramente... «*feérico*», podríamos llamarlo, o «inquieto»; los escoceses dicen *eerie*, y quizá sea una palabra más bonita; si no sabes lo que significa, me temo que me resulta prácticamente imposible de explicar; habrás de esperar a encontrarte con un hada, y entonces lo sabrás.

Y la última regla es que los grillos no deberían estar cantando. No puedo detenerme a explicarlo; tendrás que fiarte por el momento.

De modo que, si todas estas cosas se dan al mismo tiempo, tienes muchas posibilidades de ver un hada, o, al menos, bastantes más que si no fuera así.

Lo primero que advertí, mientras paseaba ociosamente por un claro en el bosque, fue que había un escarabajo de gran tamaño, tendido boca arriba en el suelo, que luchaba por darse la vuelta, y me agaché sobre una rodilla para ayudar a la pobre criatura. Con algunas cosas, ¿sabes?, uno nunca puede estar totalmente seguro de qué le gustaría a un insecto: por ejemplo, me vería incapaz de decidir, suponiendo que yo fuera una polilla, si preferiría que me mantuviesen apartado de la vela o que me dejaran volar directamente hasta ella y quemarme; o también, en caso de ser una araña, no estoy convencido de que me gustase realmente que destrozaran mi tela y soltaran a la mosca; pero sí guardo la absoluta certeza de que si fuera un escarabajo y hubiese rodado sobre mi caparazón hasta quedar panza arriba, estaría siempre encantado de que me ayudasen a levantarme.

Así que, como iba diciendo, había apoyado una rodilla en la tierra y alargado justo una mano para coger un palito con el que darle la vuelta al escarabajo, cuando vi algo que provocó que diera un paso atrás rápidamente y contuviera el aliento por miedo a hacer cualquier ruido que pudiese asustar a la pequeña criatura.

Tampoco es que esta diera la impresión de ser asustadiza: tenía un aspecto tan bondadoso y gentil que estoy seguro de que jamás habría esperado que nadie pudiera querer hacerle daño. Medía únicamente unos cuantos centímetros, y vestía de verde, de modo que en realidad apenas habrías podido verla entre la alta hierba, y era tan delicada y grácil que parecía totalmente formar parte del lugar, casi como si fuese una flor más.

Puedo decirte, además, que no tenía alas (no creo en las hadas aladas) y que poseía un abundante cabello largo y castaño y unos grandes y sinceros ojos del mismo color, y con esto he hecho todo lo que he podido para darte una idea de cómo era.

Silvia (averigüé su nombre más tarde) se había arrodillado, como estaba haciendo yo, para ayudar al escarabajo, pero a ella le hizo falta algo más que un palito para ponerlo de nuevo sobre sus patas; no pudo hacer otra cosa que, con ambos brazos, empujar al pesado insecto sobre su costado, y mientras lo hacía no paró de hablarle, medio regañándolo y medio consolándolo, como haría una niñera con un niño que se hubiese caído al suelo.

—¡Ya, ya! No tienes por qué llorar tanto. Aún no estás muerto; aunque si así fuera, no podrías llorar, ¿sabes?, ¡de modo que es una regla general contra el llanto, querido! ¿Y cómo has llegado a quedarte panza arriba? Pero no hace falta que te lo pregunte, puedo ver bien cómo ocurrió: pasando por hoyos llenos de arena con el mentón levantado, como de costumbre. Está claro que si caminas entre esos hoyos de ese modo lo normal es que acabes cayendo y volteado. Deberías mirar por donde andas.

El escarabajo murmuró algo parecido a: «¡Pero si lo hice!», y Silvia continuó con su reprimenda.

—¡Sé bien que no lo hiciste! ¡Nunca lo haces! Siempre andas con la barbilla levantada, ¡dándote tantos aires! Bien, veamos cuántas patas te has roto esta vez. ¡Yo diría que ninguna! ¿Y de qué sirve tener seis patas, querido, si cuando quedas panza arriba sólo puedes agitarlas en el aire? Las piernas están pensadas para caminar con ellas, ¿sabes? No empieces ya a sacar las alas; aún no he acabado. Ve a ver a la rana que vive detrás de ese ranúnculo y dale saludos de mi parte, de Silvia... ¿puedes decir «saludos»? El escarabajo probó a hacerlo y, supongo, lo dijo bien.

—Sí, eso es. Y dile que tiene que darte un poco de ese ungüento que le dejé ayer. Deberías convencerla para que te lo extienda. Tiene las manos bastante frías, pero no se lo tengas en cuenta.

Creo que al escarabajo debieron de entrarle escalofríos ante la idea, pues Silvia prosiguió en un tono más serio:

—No hace falta que finjas ser tan quisquilloso, como si fueras demasiado mayor para que una rana te frote la espalda. De hecho, deberías estarle muy agradecido.

Imagínate que el único voluntario disponible fuese un sapo, ¿qué te parecería eso? Hubo un breve silencio, y luego Silvia añadió:

—Puedes irte ya. Sé un buen escarabajo, ¡y no vayas levantando el mentón! —Dio comienzo entonces una de esas representaciones de zumbidos, silbos y sacudidas inquietas en el aire propias de un escarabajo cuando este ha decidido echar a volar, pero aún no tiene claro hacia dónde. Al fin, con uno de sus torpes zigzags, se las arregló para lanzarse directamente contra mi cara y, para cuando logré recuperarme del sobresalto, la pequeña hada había desaparecido.

Miré a mi alrededor en todas direcciones en busca de la pequeña criatura, pero no había rastro de ella, y mi sensación de «inquietud» había desaparecido del todo, y los grillos volvían a cantar alegremente, por lo cual supe que ella se había ido realmente.

Y ahora tengo tiempo para hablarte de la regla sobre los grillos. Siempre cesan de cantar cuando pasa un hada, porque un hada es una especie de reina para ellos, supongo —en cualquier caso es un ser mucho más grande que un grillo—; así que siempre que estés dando un paseo y los grillos dejen repentinamente de cantar, puedes estar seguro de que están viendo un hada.

Retomé mi camino con cierta tristeza, no te quepa duda. No obstante, me consolé pensando: «Ha sido una tarde absolutamente maravillosa, hasta el momento. Seguiré andando en silencio y mirando a mi alrededor, y no sería de extrañar que me topase de nuevo con otra hada por alguna parte».

Paseando atentamente la mirada en torno mío de tal modo, reparé por casualidad en una planta de hojas redondeadas, que presentaba unos extraños agujeritos en mitad de varias de ellas. «¡Ah, la abeja cortahojas!», observé con aire indiferente —soy todo un erudito en historia natural, ¿sabes? (por ejemplo, siempre puedo diferenciar a los gatos de los patos de un solo vistazo)— mientras pasaba por su lado, cuando un súbito pensamiento hizo que me agachara y examinase las hojas.

Entonces me recorrió un estremecimiento de placer, pues advertí que los agujeritos estaban dispuestos formando letras; había tres hojas adyacentes, marcadas con una «B», una «R» y una «U», y después de buscar un poco hallé dos más, que contenían una «N» y una «O».

A la sazón, en un instante, un destello de luz interior pareció iluminar una parte de mi vida que prácticamente había quedado en el olvido: las extrañas visiones que había experimentado durante mi viaje a Elveston, y pensé, súbitamente dichoso:

«¡Aquellas visiones están destinadas a tener relación con mi vida real!».

Para entonces, aquella sensación de «inquietud» había regresado, y de pronto observé que no había ningún grillo cantando, así que me entró la completa certeza de que «Bruno» andaba muy cerca, por alguna parte.

Y así era: tan cerca que a punto había estado de pisarlo sin darme cuenta; lo cual habría sido terrible, suponiendo claro está que resulte posible pisar un hada: mi creencia es que su naturaleza es similar a la de los fuegos fatuos, y a estos no hay forma de pisarlos.

Piensa en algún niño de gran hermosura que conozcas, con mejillas sonrosadas, grandes ojos oscuros y pelo castaño y revuelto, e imagina después que es lo bastante pequeño como para caber sin dificultad en una taza de café, y tendrás una imagen muy atinada de él.

—¿Cómo te llamas, pequeño? —fue lo primero que dije, con voz tan suave como pude. Y, por cierto, ¿por qué razón iniciamos siempre las conversaciones con niños pequeños preguntándoles sus nombres? ¿Es porque pensamos que un nombre ayudará a hacerlos un poco mayores? Nunca se te ha ocurrido preguntárselo a un hombre adulto real, ¿eh?, ¿a que no? Empero fuese cual fuese el motivo, sentí la absoluta necesidad de saber su nombre; de modo que, como no respondió a mi pregunta, la repetí un poco más fuerte—: ¿Cómo te llamas, jovencito?

—¿Y usted? —contestó, sin alzar la vista.

Le dije mi nombre con modales muy delicados, ya que era demasiado pequeño como para enfadarme con él.

—¿Duque de Algo? —preguntó, mirándome durante sólo un instante, para luego seguir con lo que estaba haciendo.

—De nada —dije, levemente avergonzado por tener que confesarlo.

—Es usted lo bastante *gdande* para *sed* dos duques —comentó la criaturita—. Supongo que entonces será *sid* algo, ¿no?

—No —respondí, con creciente vergüenza—. No poseo ningún título.

El hada pareció pensar que en ese caso no merecía la pena seguir hablando conmigo, ya que siguió cavando y destrozando las flores en silencio.

Tras unos segundos, lo volví a intentar.

—Dime cómo te llamas, por favor.

—Bduno —contestó en el acto el pequeñín—. ¿*Pod* qué no lo *pdeguntó* antes «*pod favod*»?

«Eso se parece a lo que solían enseñarnos en el cuarto de juegos», pensé para mis adentros, remontándome largos años (en torno a un siglo, ya que lo preguntas) a la época en que era un párvulo. Y entonces me vino a la cabeza una idea, y le pregunté:

—¿Eres una de las hadas que enseñan a los niños a ser buenos?

—Bueno, a veces tenemos que *hacedlo* —dijo Bruno—, y es un fastidio *enodme*. —Al decir esto, partió salvajemente por la mitad un pensamiento silvestre y pisoteó los trozos.

—¿Qué es lo que estás haciendo, Bruno? —pregunté.

—*Estdopead* el *jaddín* de Silvia —fue su única respuesta en un principio. Pero a medida que seguía rompiendo las flores, refunfuñó para sí—: Esa *gduñona*

137

mala... no quiso dejadme id a jugad esta mañana... dijo que tenía que acabad antes mis leciones... ¡cómo no! ¡Pero voy a chinchadla bien!

—¡Oh, Bruno, no deberías hacer eso! —exclamé—. ¿No sabes que eso es vengarse? ¡Y la venganza es algo malvado, cruel y peligroso!

—¿*Vengansa*? —dijo Bruno—. ¡Qué *palabda* más *divedtida*! Supongo que dice que es cduel y *peligorosa podque* si la gansa se *acedcara* demasiado, ¡*podería* acabad en la olla!

—No, ven-gansa no —expliqué—; venganza —pronuncié la palabra muy despacio, mas no pude evitar pensar que la explicación de Bruno resultaba muy acertada.

—¡Oh! —dijo Bruno abriendo mucho los ojos, pero sin hacer intento de repetir la palabra.

—¡Vamos! ¡Trata de decirla, Bruno! —le insté de manera jovial—. Vengan-za. Ven-gan-za.

Pero Bruno se limitó a sacudir su cabecita y afirmó que era incapaz, que su boca no tenía la forma adecuada para palabras de ese tipo. Y cuanto más me reía, más malhumorado se ponía el pequeñajo.

—¡No importa, jovencito! —contesté—. ¿Quieres que te ayude con tu tarea?

—Sí, pod *favod* —asintió Bruno, ya calmado del todo—. Aunque ojalá se me *ocuriera* algo que la chinchara más que esto. ¡No sabe lo que costa hacedla enfadad!

—Atiende, Bruno, ¡voy a enseñarte una forma realmente magnífica de vengarte!

—¿Algo que la chinchará un montón? —preguntó con ojos resplandecientes.

—Así es. Primero, arrancaremos todas las malas

hierbas de su jardín. ¿Ves?, hay muchas en este extremo, que tapan totalmente las flores.

—¡Pero eso no la chinchará! —se quejó Bruno.

—Después —añadí, haciendo caso omiso del comentario—, regaremos este macizo elevado de aquí arriba. Ya ves que se está quedando bastante seco y polvoriento.

Bruno me echó una mirada inquisitiva, pero esta vez no dijo nada.

—A continuación —proseguí—, los caminos están pidiendo que los barran un poco, y creo que podrías cortar esa ortiga alta; está tan pegada al jardín que casi hace falta apartarla para pasar...

—¿De qué está hablando? —me interrumpió con impaciencia Bruno—. ¡Todo eso no le molestará nada!

—¿Ah, no? —respondí, con aire inocente—. Entonces, una vez hecho eso, qué te parece si ponemos unas cuantas de esas piedrecitas de colores... sólo para señalar las divisiones entre los distintos tipos de flores, ya sabes. Quedará muy bonito así.

Bruno se dio la vuelta y me observó fijamente durante unos momentos. Al final se produjo un extraño y leve brillo en sus ojos, y dijo, con una voz que dejaba traslucir una intención completamente nueva:

—Eso *venirá* estupendamente. Pongámoslas en filas: las *dojas* con las *dojas* y las azules con las azules.

—Eso vendrá de perlas —dije yo—, y después... ¿qué tipo de flores son las favoritas de Silvia? Bruno tuvo que meterse el pulgar en la boca y pensar un poco antes de poder contestar.

—Las violetas —dijo, finalmente.

—Hay un hermoso macizo de violetas junto al arroyo...

—¡Oh, vayamos a cogedlas! —grito Bruno, dando un saltito—. ¡Venga! *Agare* mi mano y le ayudaré a llegad. La *hiedba* de camino al *arollo* es bastante espesa.

No pude evitar reír ante su completo olvido de la enormidad de la criatura con la que estaba hablando.

—No, todavía no, Bruno —dije—; hemos de pensar por dónde conviene empezar. Como ves, tenemos mucho trabajo por delante.

—Sí, pensemos —asintió Bruno, que se metió de nuevo el pulgar en la boca y se sentó sobre un ratón muerto.

—¿Para qué guardas ese ratón? —inquirí—. Deberías enterrarlo, o tirarlo al arroyo.

—¡Pues para *medid* con él! —exclamó Bruno—. ¿Cómo si no iba a *constuid* un *jaddín?* Hacemos cada macizo de *tdes datones* y medio de *ladgo* y dos *datones* de ancho.

Lo detuve cuando se disponía a arrastrarlo por la cola para enseñarme cómo se usaba, ya que temía en parte que la sensación de «inquietud» pudiese desaparecer antes de que hubiéramos terminado el jardín, en cuyo caso dejaría de verlo a él y a Silvia.

—Creo que lo mejor será que tú arranques las malas hierbas mientras yo separo esas piedrecitas para señalar con ellas los caminos.

—¡Eso es! —gritó Bruno—. Y *mientdas tdabajamos*, le hablaré de las orugas.

—¡Ah, pues oigámoslo! —dije, en tanto me afanaba en amontonar las piedrecitas y comenzaba a separarlas por colores.

Y Bruno continuó en un tono rápido y bajo, que daba más la sensación de que estuviera hablando solo que otra cosa.

—*Ayed* vi dos oruguitas, cuando estaba sentado junto al *aroyo*, justo donde empieza el bosque. Eran muy *veddes*, y tenían ojos amarillos, y no me vieron. Y una de ellas iba *cadgada* con un ala de polilla: una gdande y *marón*, ¿sabe?, totalmente seca, con plumas. Imagino que no la quería para *comed*... ¿pensaría *hacedse* una capa para el *inviedno*?

—Quizá —dije yo, pues Bruno había entonado la última palabra como si se tratara de una pregunta, y estaba mirándome a la espera de una respuesta.

Una palabra fue más que suficiente para el pequeñín, que siguió hablando tan campante.

—Y no quería que la otda oruga viera el ala, ¿sabe?, así que lo único que podía *haced* es *intentad* llevadla sólo con sus patas *izquieddas*, con todas, y caminad con las *otdas*. Y como es lógico, *peddió* el *equilibdio* y se cayó después.

—¿Después qué? —pregunté, tras escuchar sólo la última palabra, pues, a decir verdad, no había estado prestando mucha atención.

—Se cayó —repitió Bruno, muy serio—, y si alguna vez viera a una oruga *caedse*, *sabdía* que es una cosa muy *seriísima*, y no estaría ahí sentado *sondiendo*... ¡y ya no le voy a *contad* nada más!

—Tienes toda la razón, Bruno, he sonreído sin querer. ¿Ves?, ya vuelvo a estar totalmente serio.

Pero Bruno se limitó a cruzarse de brazos, y dijo:

—¡No me diga! Veo un pequeño *bdillo* en su mirada, como el de la luna.

—¿Por qué piensas que me parezco a la luna, Bruno? —pregunté.

—Su cara es gdande y *dedonda* como la luna —respondió el pequeñín, mirándome con gesto pensativo—. No *bdilla* tanto, pero está más limpia.

No pude evitar sonreír al escuchar aquello.

—Me lavo la cara de vez en cuando, ¿sabes, Bruno? La luna nunca lo hace.

—¡Oh, ya lo sé! —exclamó Bruno, y se inclinó hacia delante y añadió en un susurro cargado de solemnidad—. La cara de la luna se ensucia más y más cada noche, hasta que se pone totalmente *negda*. Y entonces, cuando está sucia del todo, así —se pasó la mano por sus propias mejillas sonrosadas mientras hablaba—, se la lava.

—Y entonces vuelve a estar limpia, ¿no?

—No toda de golpe —corrigió Bruno—. ¡Qué montón de cosas quiere *sabed*! Se la lava poco a poco... sólo que empieza por el *bodde contdadio*, ¿sabe usted?

Para entonces se hallaba sentado tranquilamente sobre el ratón muerto con los brazos cruzados, y el desherbado no estaba progresando nada; así que tuve que decir:

—Primero el trabajo, después el placer: ¡se acabó la charla hasta que esté terminado ese macizo!

Capítulo 15: La venganza de Bruno

Luego compartimos unos cuantos minutos de silencio, mientras yo separaba las piedrecitas y me divertía viendo el plan de jardinería de Bruno, uno totalmente novedoso para mí: siempre medía cada macizo antes de limpiarlo de hierbajos, como si temiera que el proceso fuera a hacerlo encoger; y en una ocasión en que resultó ser más largo de lo que deseaba, se puso a golpear al ratón con su puñito, gritando: «¡Ahí lo tienes! ¡Todo está mal otra vez! ¿Pod qué no mantienes la cola *decta* cuando te lo digo?».

—Le diré lo que voy a *haced* —medio susurró Bruno, durante el trabajo—. Le gustan las hadas, ¿veddad? —Sí —respondí yo—, claro que sí; en caso contrario no habría venido aquí, sino a algún otro sitio donde no las hubiese.

Bruno soltó una risa desdeñosa.

—Tanto le valerla decid que iría a un sitio donde no *habiera* aire... ¡suponiendo que no le gustase el aire! Era una idea bastante difícil de captar. Intenté cambiar de tema.

—Eres prácticamente la primera hada que he visto en mi vida. ¿Alguna vez has visto a otra persona aparte de mí?

—¡Un montón! —dijo Bruno—. Las vemos cuando vamos andando *pod* el camino.

—Pero ellas no pueden veros a vosotras. ¿Cómo es que nunca os pisan?

—No pueden *pisadnos* —explicó Bruno, con cara de estar divirtiéndose con mi ignorancia—. Mire, imagínese que está caminando *pod* aquí... así —dijo haciendo unas pequeñas marcas en el suelo—, y que hay un hada, que soy yo, caminando *pod* aquí. Muy bien, entonces pone un pie aquí, y *otdo* pie aquí, así que no pisa al hada.

La explicación no parecía mala del todo, pero no

me convenció.

—¿Y por qué no iba a poner el pie donde está el hada?

—No sé *pod* qué —contestó el pequeñajo en tono pensativo—, pero sí sé que no lo haría. Nunca nadie ha pisado un hada. Le diré lo que voy a *haced* ahora, ya que le gustan tanto. Voy a *conseguid* una invitación para usted a la cena de gala del *dey* de las hadas. Conozco a uno de los jefes de camareros.

No pude evitar reírme de la idea.

—¿Los camareros llevan invitados? —pregunté.

—¡Oh, no para *sentadse* en las mesas! —matizó Bruno—, sino para *atendedlas*. Eso le gustaría, ¿no? *Llevad* fuentes y esas cosas.

—Pero es que eso no es tan agradable como sentarse en la mesa, ¿no crees?

—Pues claro que no —dijo Bruno en un tono que parecía traslucir cierta lástima por mi ignorancia—, pero usted, si ni siquiera es *sid* Lo-que-sea, no puede *esperad* que le *pedmitan sentadse* en la mesa, ¿sabe?

Yo contesté, con la mayor humildad de la que fui capaz, que no lo esperaba, pero que era el único modo de ir a una cena de gala que realmente fuera a disfrutar. Y Bruno sacudió la cabeza, y dijo, en tono bastante ofendido, que hiciera lo que quisiese; mucha gente que él conocía habría dado las orejas por asistir.

—¿Has ido tú alguna vez, Bruno?

—Me invitaron una vez, la semana pasada —asintió Bruno, con gran circunspección—. Fue para *lavad* las fuentes de sopa... digo, las fuentes de queso... me hizo *sentid* bastante *impodtante*. Y *sedví* en la mesa. Y cometí apenas un solo fallo.

—¿Cuál fue? —dije—. No te dé vergüenza contármelo.

—Sólo que llevé unas tijeras para *codtad* la *tednera* —reveló Bruno con despreocupación—. Pero lo que me hizo *sentid* más *impodtante* fue que ¡le llevé al *dey* una vaso de *sidda*!

—¡Qué importante! —exclamé, mordiéndome el labio para contener la risa.

—¡A que sí! —añadió Bruno con mucha seriedad—. ¡No todo el mundo ha tenido un *honod* como ese!, ¿sabe?

Aquello hizo que me pusiera a pensar en las diversas excentricidades que calificamos de «un honor» en este mundo, pero que, después de todo, no poseen ni un ápice más de honor que del que disfrutó Bruno cuando le llevó al rey un vaso de sidra.

No sé cuánto tiempo podría haberme pasado elucubrando de aquel modo si Bruno no me hubiese despertado repentinamente.

—¡Oh, venga *dápido*! —gritó, con desaforada emoción—. ¡*Agárelo* del *otdo cuedno*! ¡No *poderé* sujetadlo mucho más!

Se encontraba bregando desesperadamente con un gran caracol, aferrado a uno de sus cuernos, y a punto de partirse su pobre espaldita en sus esfuerzos por arrastrarlo sobre una brizna de hierba.

Comprendí que no podríamos seguir trabajando en el jardín si permitía aquella clase de cosas, de modo que cogí tranquilamente el caracol y lo puse sobre un montículo donde él no pudiera cogerlo.

—Lo cazaremos más tarde, Bruno —dije—, si de verdad quieres atraparlo. Pero una vez lo tienes, ¿qué haces con él?

—¿Qué hace con un *zoro* cuando lo tiene? —replicó Bruno—. Sé que *vosotdos* los *gdandullones* cazáis *zoros*.

Traté de pensar en alguna buena razón por la que los «grandullones» debiéramos cazar zorros y él no cazara caracoles, pero no se me ocurrió ninguna; de manera que dije, finalmente:

—Bueno, supongo que tanto dan unos como otros. Iré a cazar caracoles algún día.

—*Cdeía* que no sería tan tonto —soltó Bruno— como para *id* usted solo a *cazad* caracoles. Sin alguien que lo sujetase del *otdo* cuedno, ¡nunca conseguiría *atdapad* a uno!

—Pues claro que no iré solo —contesté, totalmente serio—. Por cierto, ¿son los caracoles de ese tipo los mejores para la caza, o recomiendas los que no tienen concha?

—Oh, no, nunca cazamos los que no tienen concha —explicó Bruno, estremeciéndose ligeramente ante la idea—. *Siempde* se enfadan un montón cuando lo haces y, además, si te caes encima, ¡están muy *pejagosísimos*!

Para entonces, ya casi habíamos terminado con el jardín. Yo había cogido algunas violetas, y Bruno me estaba ayudando a replantar la última, cuando de repente se detuvo y dijo:

—Estoy cansado.

—Descansa, entonces —dije—; puedo seguir solo, sin problemas.

A Bruno no le hizo falta una segunda invitación: se puso inmediatamente a colocar el ratón muerto a modo de sofá.

—Y yo le cantaré una pequeña canción —sugirió mientras lo empujaba, haciéndolo rodar.

—Adelante —contesté yo—; me encantan las canciones.

—¿Qué canción quiere? —inquirió Bruno, a la vez que tiraba del ratón hasta un sitio desde el que pudiera verme bien—. La más bonita es «Dan, dan».

Era imposible resistirse a una indirecta tan clara como aquella; no obstante, fingí reflexionar durante un momento, y luego dije:

—Pues esa es mi favorita.

—Eso *demuestda* que entiende de música —comentó Bruno, con un gesto de agrado—. ¿Cuántas campanillas le gustaría escuchad? —Y se metió el pulgar en la boca para ayudarme a pensarlo.

Como sólo había una mata de campanillas cerca, contesté en tono muy serio que creía que con una bastaría en aquella ocasión; la cogí y se la di.

Bruno pasó su mano una o dos veces por las flores, como un músico que estuviera probando su instrumento, produciendo con ello un delicado tintineo de lo más delicioso. Nunca antes había escuchado música floral —no creo que resulte posible, a no ser que se esté en el estado de «inquietud»— y no sé muy bien de qué modo darte una idea de cómo era, salvo diciendo que sonaba como un repique de campanas a mil millas de distancia. Una vez que se aseguró de que las flores estaban afinadas, se sentó sobre el ratón muerto (nunca parecía verdaderamente cómodo en ningún otro sitio) y, levantando hacia mí sus ojos, que ahora brillaban de manera alegre, comenzó. La melodía, por cierto, era bastante curiosa, y tal vez quieras probar a tocarla tú mismo, así que aquí tienes las notas:

> ¡Levanta! Muere el día.
> Los búhos ululan, ¡dan, dan!
> ¡Despierta! En el lago,
> los elfos ya tocan, ¡dan, dan!
> Saludando a nuestro rey,
> ¡cantan, tan, tan!

Cantó las cuatro primeras líneas de manera briosa y jovial, haciendo sonar las campanillas al compás de la música, pero en las dos últimas lo hizo lenta y suavemente, y tan sólo agitó las flores adelante y atrás. Después cesó de cantar para explicar:

—El *dey* de las hadas es Oberón, y vive al *otdo* lado del lago, y a veces lo *cduza* en una pequeña badea, y *nosotdos* vamos a *decibidlo*, y entonces cantamos esta canción, ¿sabe?

—¿Y luego cenáis con él? —dije yo, de manera pícara.

—No debería *hablad* —replicó Bruno con irritación—; *interumpe* la canción.

Le dije que no volvería a hacerlo.

—Yo nunca hablo cuando estoy cantando —continuó, muy serio—, así que usted tampoco debería. —Después afinó las campanillas una vez más, y entonó:

> ¡Escucha! Por aquí y allá
> las notas convocan, ¡dan, dan!
> En los rápidos alegres
> las campanas doblan, ¡dan, dan!
> Saludando a nuestro rey, ¡trinan, nan, nan!

¡Contempla! En las ramas
qué faroles brillan, ¡dan, dan!
Son ojos de moscones
que la cena alumbran, ¡dan, dan!
Saludando a nuestro rey,
¡bailan, lan, lan!
¡Deprisa! Prueba y gusta
las viandas que esperan, ¡dan, dan!
La melaza se guarda...

—¡Silencio, Bruno! —interrumpí con un susurro de alerta—. ¡Viene Silvia!

Bruno paró su canción y, cuando ella apareció abriéndose camino con paso tranquilo entre las largas briznas de hierba, se lanzó súbita y precipitadamente hacia ella como un toro en miniatura, gritando:

—¡Mira para allí! ¡Mira para allí!

—¿A dónde? —preguntó Silvia, en tono bastante asustado, al tiempo que miraba en todas direcciones para ver dónde podía estar el peligro.

—¡Para allí! —dijo Bruno, ayudándola delicadamente a darse la vuelta hasta quedar cara al bosque—. Ahora, camina de espaldas, con cuidado, no tengas miedo: ¡no te caerás!

Pero Silvia se tropezó de todos modos; de hecho, Bruno la llevó, con las prisas, por tantos palitos y piedras que fue realmente un milagro que la pobre niña consiguiese no acabar en el suelo. Pero Bruno se encontraba demasiado excitado como para pensar en lo que estaba haciendo.

Le señalé a Bruno con gestos el mejor lugar al que conducirla para que tuviera desde allí una vista general de todo el jardín; se trataba de un pequeño montículo de la altura aproximada de una patata y, cuando subieron a él, retrocedí hasta esconderme en las sombras, con objeto de que Silvia no me viese.

Oí a Bruno exclamar en tono triunfante:

—¡Ya puedes *mirad*! —Lo cual vino seguido de un aplauso, ejecutado, no obstante, por el propio Bruno. Silvia estaba callada; tan sólo contemplaba el jardín con las manos entrelazadas, y me entró cierto miedo de que no le gustase después de todo.

Bruno también la estaba observando de manera ansiosa, y cuando ella bajó de un brinco del montículo y comenzó a pasearse de acá para allá por los caminitos, la siguió con cuidado, claramente preocupado porque ella pudiera formarse una opinión propia del jardín, sin sugestión alguna por su parte. Y cuando Silvia por fin respiró hondo, y dio su veredicto —en un acelerado susurro y sin la más mínima consideración por la gramática—: «¡Es la cosa más preciosísima que jamás he visto en toda mi vida!»; el pequeñín pareció tan satisfecho como si hubiera sido pronunciado por todos los jueces y jurados de Inglaterra juntos:

—¿Y de verdad lo has hecho todo tú solo, Bruno? —dijo Silvia—. ¿Y todo por mí?

—Tuve un poco de ayuda —empezó Bruno, con una alegre risilla motivada por la sorpresa de su hermana—. Hemos estado *tdabajando* en él toda la *tadde*, pensé que te gustaría... —Entonces comenzó a temblarle el labio al pobre pequeñín, y un momento después prorrumpió en llanto, y tras correr hasta su hermana se abrazó apasionadamente a su cuello y escondió el rostro en su hombro.

También hubo un ligero temblor en la voz de Silvia, cuando susurró:

—¿Pero qué pasa, cariño? —Y trató de levantarle la cabeza para darle un beso.

Pero Bruno simplemente se aferró a ella, sollozando, y no se quedaría tranquilo hasta haber confesado:

—Intenté... *estdopead* tu *jaddín*, al *pdincipio*, pero yo nunca... nunca... —Tras lo cual se produjo otro ataque de llanto, que ahogó el resto de la frase. Finalmente logró sacar las palabras—: Me gustó... *plantad* las flores... para ti, Silvia... y nunca antes me había sentido tan feliz. —Y la carita sonrosada se levantó por fin para recibir su beso, completamente húmeda de lágrimas como estaba.

Para entonces Silvia también estaba llorando, y lo único que respondió fue:

—¡Querido Bruno! —y—. ¡Yo sí que nunca me había sentido tan feliz! —Aunque por qué estos dos niños que nunca antes habían sido tan felices debían estar llorando me resultaba un misterio.

Yo me encontraba muy feliz igualmente, pero naturalmente no lloré: los «grandullones» nunca lo hacen, ya sabes —les dejamos todo eso a las hadas—. Aunque creo que debía de estar lloviendo un poco justo en ese momento, pues descubrí unas pocas gotas sobre mis mejillas.

A continuación recorrieron de nuevo el jardín entero, flor por flor, como si estuviesen deletreando una larga frase, con besos por comas, y un gran abrazo a modo de punto cuando llegaron al final.

—¿Sabes que esto ha sido mi ven-gansa, Silvia? —empezó a decir Bruno en tono solemne.

Silvia rio alegremente.

—¿Qué quieres decir? —inquirió. Echó atrás su tupida melena castaña con ambas manos y lo miró con unos ojos que seguían relucientes por los lagrimones.

Bruno respiró hondo y preparó su boca para un gran esfuerzo.

—*Quiero decid* ven-gan-za —rectificó—; ahora ya me *entendes*.

Y lo vi tan alegre y orgulloso por haber dicho por fin bien la palabra, que sentí mucha envidia. Tengo la sensación de que Silvia no «*entendó*» nada; pero le dio un besito a su hermano en cada carrillo, lo cual pareció valerle igualmente.

Entonces se alejaron de allí juntos con paso tranquilo y en actitud cariñosa, internándose entre los ranúnculos, cada uno rodeando al otro con el brazo, susurrando y riendo por el camino, y sin volver la mirada hacia este pobre narrador ni una sola vez. Bueno sí, una: justo antes de que los perdiera totalmente de vista, Bruno giró un poco la cabeza y se despidió descaradamente con un leve movimiento de la misma. Y ese fue el único agradecimiento que recibí por las molestias que me había tomado. Lo último que vi de ellos fue esto: Silvia estaba inclinándose abrazada al cuello de su hermano, diciéndole al oído en tono persuasivo: «¿Sabes, Bruno? He olvidado por completo esa palabra tan difícil. Dila otra vez. ¡Vamos! ¡Sólo una vez, cariño!».

Pero Bruno no quiso volver a intentarlo.

Capítulo 16: Un cocodrilo cambiado

Lo Maravilloso-lo Misterioso había desaparecido totalmente de mi vida por el momento, e imperaba lo Ordinario. Dirigí mis pasos hacia la casa del conde, pues la «hora bruja» de las cinco ya había llegado, y sabía que los encontraría preparados para tomar una taza de té y charlar tranquilamente.

Lady Muriel y su padre me brindaron una bienvenida deliciosamente cálida. No eran del tipo de gente que lo recibe a uno en salones decorados a la última moda, que ocultan cualquier sentimiento de esa clase que por un casual pudieran albergar bajo la impenetrable máscara de una placidez convencional.

El hombre de la máscara de hierro era, no cabe duda, una rareza y una maravilla en su propia época: ¡en el Londres moderno nadie volvería la cabeza para cerciorarse de lo que había visto! No, estas eran personas auténticas.

Cuando parecían estar contentos, era porque realmente lo estaban, y cuando *lady* Muriel dijo, con una sonrisa resplandeciente, «¡Me alegro muchísimo de volver a verlo!», supe que era verdad.

Sin embargo, no me atreví a desobedecer las órdenes —aunque me parecieran absurdas— del joven y perdidamente enamorado doctor, ni siquiera por medio de una alusión a su existencia, y no fue hasta que me hubieron detallado en profundidad su plan de hacer un picnic, al cual me invitaron, cuando *lady* Muriel exclamó, casi como una idea de último momento:

—¡... y traiga con usted, si es posible, al doctor Forester! Estoy segura de que le sentaría bien un día en el campo. Me temo que estudia demasiado... Tuve «en la punta de la lengua» el decirle: «¡La belleza de usted es su única materia de estudio!», pero me la mordí justo a tiempo, con una sensación similar a la de alguien que, al cruzar la calle, ha estado a punto de verse arrollado por un cabriolé.

—... y pienso que lleva una vida muy solitaria —continuó diciendo ella, con una dulce seriedad que no permitía sospecha alguna de un doble sentido—. ¡Convénzalo para que venga! Y no olvide el día: el martes siguiente al que viene. Podemos llevarlos nosotros. Sería una pena que fueran en tren: ¡el paisaje del camino es tan bonito! Y en nuestro carruaje descubierto caben justamente cuatro personas.

—¡Oh, le convenceré! —dije con confianza, pensando que, en caso de querer evitar que fuera, ¡habría de recurrir a toda mi capacidad de persuasión!

El picnic tendría lugar en diez días, y aunque Arthur aceptó de inmediato la invitación que le llevé, nada de lo que yo pudiera decirle lo animaría a hacer una visita —ni solo ni con mi compañía— al conde y su hija en el ínterin. No; temía «desgastar su hospitalidad», dijo; que ya «lo habían visto suficiente por el momento» y, cuando al fin llegó el día de la excursión, se encontraba tan puerilmente nervioso e incómodo que creí conveniente organizamos de manera que fuésemos a la casa cada uno por nuestra cuenta, siendo mi intención llegar algo más tarde que él, con objeto de darle tiempo para recuperarse del encuentro.

A tal fin, di a propósito un rodeo considerable en mi camino al Hall (como llamábamos a la casa del conde); «y si tan sólo me las arreglara para perderme un poco —pensé—, ¡eso me vendría estupendamente!».

Conseguí esto último con mayor éxito, y antes, de lo que me había atrevido a esperar. Me encontraba ya familiarizado con el sendero que atravesaba el bosque, a causa de muchos paseos solitarios en mi anterior visita a

Elveston, y cómo podía haber perdido su rastro de manera tan repentina y absoluta —aunque me encontrase tan abstraído pensando en Arthur y su bienamada que apenas prestara atención a nada más— era un misterio para mí. «Y este claro —me dije— parece traer a mi memoria algo que no puedo recordar con claridad: ¡tiene que ser el lugar donde vi a aquellos niños-hada!».

—¡Mas espero que no haya serpientes por aquí! —pensé en voz alta, tomando asiento en un árbol caído—. A mí desde luego no me gustan... ¡y supongo que a Bruno tampoco!

—No, ¡no le gustan! —dijo a mi lado con recato una vocecilla—. No les tiene miedo, ¿sabe? Pero no le gustan. ¡Dice que se agitan demasiado!

Me faltan palabras para describir la belleza del pequeño grupo, acostado en una zona musgosa sobre el tronco del árbol caído, con el que tropezó mi mirada ansiosa: Silvia reclinada con el codo hundido en el musgo, y su carrillo sonrosado descansando sobre la palma de su mano, mientras Bruno yacía a sus pies con la cabeza en el regazo de su hermana.

—¿Que se agitan demasiado? —fue todo lo que pude decir en aquella situación tan imprevista.

—No es que les tenga manía —dijo Bruno en tono despreocupado—, pero *pdefiero* los animales *dectos*.

—Pero bien que te gustan los perros cuando agitan la cola —lo interrumpió Silvia —. ¡No lo niegues, Bruno!

—Un pero tiene más cosas, *¿veddad* que sí, *hombde señod?* —recurrió Bruno a mí—. ¿A que no le gustaría *tened* un *pero* con sólo cabeza y cola? Reconocí que un perro de ese tipo resultaría poco interesante.

—No hay ningún perro así —apuntó Silvia con gesto pensativo.

—¡Pero lo *habdía* —exclamó Bruno— si el *pdofesod* lo *acodtara* para *nosotdos*!

—¿Acortarlo? —dije yo—. Eso es nuevo. ¿Cómo lo hace?

—Tiene una curiosa máquina... —empezó a explicar Silvia.

—Una máquina muy curiosísima —la cortó Bruno, que no estaba en absoluto dispuesto a dejar que le robaran la historia—, y si mete una cosa o lo que sea *pod* un *extdemo*, ¿sabe?, y el *pdofesod* le da a la manivela, ¡sale *supedcodto pod* el *otdo* lado!

—¡Más corto imposible! —añadió Silvia, como un eco.

—Y un día, cuando estábamos en Exotilandia, ¿sabe?, antes de venid a Hadalandia, Silvia y yo le llevamos un *gdan cocoddilo*. Y él lo *acodtó* para nosotdos. ¡Qué pinta más *gdaciosa* tenía! No dejaba de mirad a su *aldededod*, diciendo: «¿Adónde ha ido el *desto* de mí?». Y entonces puso unos ojos *tdistes*...

—Los dos ojos no —interrumpió Silvia.

—¡Claro que no! —dijo el pequeñín—. Sólo el que no podía ved adonde había ido el desto de él. Pero el ojo que sí podía...

—¿Cómo de corto era el cocodrilo? —pregunté, pues la historia se estaba enrevesando un poco.

—La mitad que cuando lo cogimos; así —indicó Bruno, extendiendo sus brazos al máximo.

Traté de realizar el cálculo de cuánto era aquello, pero me resultaba demasiado difícil. ¡Por favor, querido y pequeño lector, hazlo tú por mí!

—Pero no dejaríais a la pobre criatura así de corta, ¿no?

—No. Silvia y yo lo hicimos pasad otda vez pod la máquina y lo estiramos hasta... hasta... ¿cuánto fue, Silvia?

—Dos veces y media su longitud, y un poquitín más —señaló Silvia.

—Imagino que no preferiría estar así a de la otra forma, ¿me equivoco?

—¡Oh, sí que lo hacía! —interpuso Bruno—. ¡Estaba *odgulloso* de su nueva cola! ¡Jamás vio un *cocoddilo* más *odgulloso*! Era capaz de *girad sobde* sí mismo y subid andando pod su cola, y *pod* su lomo, ¡hasta llegad a su cabeza!

—Hasta la misma cabeza no —dijo Silvia—. Eso es imposible, ¿sabes?

—¡Oh, pero una vez lo hizo! —exclamó Bruno en tono triunfante—. Tú no lo viste, ¡pero yo sí! Caminaba de puntillas, para no *despedtadse* a sí mismo, *podque cdeía* que estaba dodmido. Y se subió con las dos patas a su cola. Y andó y andó *pod* su lomo, y luego *pod* su *fdente*. ¡Y una *pizquitina pod* su nariz! ¡Ahí lo tienes!

Aquello era mucho peor que el rompecabezas anterior. ¡Por favor, querido niño, ayúdame otra vez!

—¡Pues yo no me creo que ningún cocodrilo haya caminado nunca sobre su propia frente! —gritó Silvia, demasiado alterada por la controversia como para limitar el número de sus negaciones.

—¡No sabes *pod* qué lo hizo! —replicó desdeñoso su hermano—. Tenía un muy buen motivo. Oí que dijo: «¿Qué me impide *caminad sobde* mi *pdopia fdente*?». Así que naturalmente lo hizo, ¿sabes?

—Si ese es buen motivo, Bruno —tercié yo—, ¿qué te impide a ti trepar a ese árbol?

157

—Lo haré, enseguida —contestó Bruno—, en cuanto hayamos *tedminado* de *hablad*. ¡Es que dos *pedsonas* no pueden *hablad* cómodamente, cuando una está *tdepando* a un *ádbol*, y la *otda* no!

A mí me parecía que una conversación difícilmente podía resultar «cómoda» en mitad de una escalada a un árbol, incluso si ambas personas estaban haciéndolo; pero oponerse a cualquier teoría de Bruno entrañaba un claro peligro, así que pensé que era mejor dejar pasar la cuestión, y pedir que me hablaran de la máquina que alargaba cosas.

Esta vez Bruno no supo explicarse, y le cedió la palabra a Silvia.

—Es como un rodillo escurridor —dijo—: si se mete una cosa, se queda *espachurreada*...

—¡*Espachorada*! —interrumpió Bruno.

—Sí —aceptó Silvia la corrección, pero sin tratar de pronunciar la palabra, que evidentemente era nueva para ella—. Se queda... así, ¡y sale larguísima!

—Una vez —empezó a decir Bruno de nuevo—. Silvia y yo habíamos *escdibido*...

—¡Escrito! —susurró Silvia.

—Hum..., habíamos *escdibidito* una canción infantil, y el *pdofesod* la *espachoró* para *nosotdos* para que fuera más *ladga*. Decía: «Había un *hombdecito*, que tenía un *tdabuquito*, y las balas...».

—Sé cómo sigue —interrumpí—. ¿Pero os importaría recitármela alargada?... Quiero decir, tal como salió del rodillo.

—Le pediremos al profesor que se la cante —dijo Silvia—. Recitársela sería *estropcondea*.

—Me gustaría conocer al profesor —apunté yo—.

Y que todos vinierais conmigo para ver a unos amigos míos que viven cerca de aquí. ¿Os gustaría?

—No creo que al profesor le apetezca —contestó Silvia—. Es muy tímido.

Pero a nosotros nos encantaría. Aunque sería mejor que no fuésemos con este tamaño, ¿sabe? La dificultad ya se me había pasado por la cabeza, y tenía la sensación de que quizá resultaría ligeramente embarazoso presentar en sociedad a dos amigos tan diminutos.

—¿Y qué tamaño tendréis? —inquirí.

—Lo mejor es que vayamos como... niños normales —contestó Silvia con aire pensativo—. Es el tamaño más fácil de lograr.

—¿Sería posible que vinieseis hoy? —dije, pensando: «¡Entonces podríais estar presentes en el picnic!».

Silvia lo meditó unos instantes.

—Hoy no —contestó—. No hemos preparado las cosas. Iremos... el próximo martes, si quiere. Y ahora, Bruno, ya es hora de que vayas a estudiar tus lecciones.

—¡Ojalá no dijeses: «*Bduno*, ya es hora»! —suplicó el pequeñajo, con un mohín que le hizo parecer más lindo que nunca—. ¡*Siempde* anuncia que se avecina algo *horible!* Y si me *tdatas* tan mal, no te daré un beso.

—¡Ah, pero eso ya lo has hecho! —exclamó Silvia de manera alegremente triunfante.

—¡Pues entonces te «*desbesaré*»! —Y se colgó del cuello de su hermana con ambos brazos para esta novedosa, pero aparentemente no muy dolorosa, operación.

—¡Se parece mucho a besar! —observó Silvia, tan pronto como sus labios se vieron otra vez libres para el habla.

—¡No tienes ni idea! ¡Te he quitado un beso con *otdo*! —respondió Bruno de forma muy severa, mientras se alejaba.

Silvia se volvió hacia mí, riendo.

—¿Venimos entonces el martes? —preguntó.

—Muy bien —asentí yo—, que sea el martes que viene. ¿Pero dónde está el profesor? ¿Fue con vosotros a Hadalandia?

—No —dijo Silvia—. Pero prometió que vendría a vernos, algún día. Está preparando su charla. Así que tiene que quedarse en casa.

—¿En casa? —repetí yo como si me hallara en un sueño, sin estar del todo seguro de qué había dicho ella.

—Sí, señor. El *lord* y *lady* Muriel están en casa. Haga el favor de seguirme.

Capítulo 17: Los tres tejones

Me vi siguiendo aquella voz imperiosa con una sensación aún más fuerte de estar soñando, hasta que entré en una habitación donde el conde, su hija y Arthur aguardaban sentados.

—¡Así que por fin ha llegado! —dijo *lady* Muriel, en tono de pícaro reproche.

—Me entretuvieron —balbuceé. ¡Aunque habría sido un embrollo explicar qué era lo que me había entretenido! Por suerte no hubo preguntas al respecto.

Se llamó al carruaje, la canasta, que contenía nuestra contribución al picnic, se cargó debidamente a bordo, y nos pusimos en marcha.

No hubo necesidad de que yo mantuviera viva la conversación. *Lady* Muriel y Arthur se hallaban claramente en ese estado sumamente placentero en el que uno no ha de ponderar cada pensamiento, al acudir este a los labios, con el miedo de que «esto no será bien recibido... esto ofenderá... esto dará una impresión demasiado seria... esto parecerá frívolo»; como amigos que se conociesen de toda la vida, en total sintonía, su charla se desgranaba sin interrupción.

—¿Qué nos impide olvidar el picnic e ir a alguna otra parte? —sugirió ella de repente—. Un grupo de cuatro personas es sin duda suficiente, ¿no? Y en cuanto a la comida, nuestra canasta...

—«¿Qué nos impide?». ¡Qué argumento más auténticamente femenino! —Rio Arthur—. ¡Una dama nunca sabe sobre qué lado cae el *onus probandi*... la carga de la prueba!

—¿Y los hombres sí? —preguntó ella adoptando una atractiva actitud de mansa docilidad.

—Con una excepción, la única que se me ocurre en este momento: el doctor Watts, que planteó la absurda cuestión: ¿por qué debería despojar a mi vecino de sus bienes contra su voluntad? »¡Vaya un argumento para la honestidad! Su postura parece ser: "Soy honesto únicamente porque no veo motivo para robar". Y la respuesta del ladrón es por supuesto rotunda y aplastante: "Despojo a mi vecino de sus bienes porque los quiero para mí. ¡Y lo hago contra su voluntad porque no hay ninguna posibilidad de que consienta a ello!".

—Yo puedo darle otra excepción —dije—: un argumento que he escuchado hoy mismo, y no de labios de una mujer: «¿Qué me impide caminar sobre mi propia frente?».

—¡Qué tema de especulación más curioso! —comentó *lady* Muriel, girándose hacia mí, con ojos desbordantes de diversión—. ¿Se puede saber quién propuso la cuestión? ¿Y si logró caminar sobre su frente?

—¡No puedo recordar quién lo dijo! —respondí con voz entrecortada—. ¡Ni dónde lo oí!

—Quienquiera que fuese, ¡espero que lo conozcamos en el picnic! —dijo *lady* Muriel—. Es una cuestión mucho más interesante que: «¿No resultan pintorescas estas ruinas?», «¿No son adorables esos tonos otoñales?». ¡Tendré que responder a esas dos preguntas diez veces, como mínimo, esta tarde!

—¡Ese es uno de los suplicios de la sociedad! —apuntó Arthur—. ¿Por qué no puede la gente dejarle a uno disfrutar de las maravillas de la naturaleza sin tener que decirlo a cada momento? ¿Por qué debería ser la vida un largo catecismo?

—Pues en una galería de arte resulta igual de horrible —observó el conde—. Visité la Real Academia de las Artes el pasado mayo, con un joven artista presuntuoso: ¡y a qué tormento me sometió! No me habría molestado que criticara los cuadros él solo, pero tenía que mostrarme de acuerdo con él... o de lo contrario haber discutido, ¡lo cual habría sido peor!

—Sus críticas eran despreciativas, naturalmente —dijo Arthur.

—¿Por qué «naturalmente»?

—¿Es que alguna vez ha conocido a un hombre presuntuoso que alabara un cuadro? Aparte de pasar desapercibido, ¡lo que más teme es ver demostrada su falibilidad! Si elogias un cuadro una vez, tu reputación de infalible pende de un hilo.

Supongamos que se trata de un cuadro figurativo y te atreves a decir que «dibuja bien». Alguien le toma las medidas y descubre que una de las proporciones es incorrecta en tres milímetros. ¡Estás acabado como crítico! «¿No dijiste que dibujaba bien?», preguntan tus amigos con sarcasmo, mientras agachas la cabeza y te sonrojas.

No. El único camino seguro, en caso de que alguien diga que «dibuja bien», es encogerse de hombros. «¿Que si dibuja bien?», repites con aire pensativo. «¡Ja!».

¡Esa es la manera de convertirse en un gran crítico! Así charlando alegremente, tras un agradable trayecto por unas cuantas millas de hermoso paisaje, alcanzamos el rendez-vous —un castillo en ruinas—, donde el resto del grupo de picnic se encontraba ya reunido. Estuvimos una hora o dos paseando tranquilamente por allí, juntándonos finalmente, de común acuerdo, en unos pocos grupos al azar, sentados en la ladera de un montículo, el cual ofrecía una buena vista del viejo castillo y sus contornos.

Del momentáneo silencio que siguió se apropió enseguida —o, más correctamente, este quedó al cuidado de— una voz; una voz tan suave, tan monótona, tan sonora, que uno sentía, con un estremecimiento, que cualquier otra conversación quedaba descartada, y que, de no adoptarse algún remedio desesperado, estábamos condenados a escuchar una charla, ¡cuyo final ningún hombre podía prever! El orador era un hombre corpulento, cuyo rostro amplio, chato y pálido quedaba delimitado al norte por un flequillito, al este y al oeste por unas patillitas, y al sur por una barbita, que en conjunto componían un halo uniforme de pequeñas cerdas color marrón claro. Sus facciones estaban tan desprovistas de expresión que no pude evitar decir para mis adentros —de manera irreprimible, como atrapado en una pesadilla—: «sólo están esbozadas, ¡aún no han recibido los toques finales!». Y tenía un modo particular de rematar cada frase con una súbita sonrisa que se abría como una onda sobre aquella extensa y lisa superficie, y al momento siguiente desaparecía, dejando tras de sí una solemnidad tan absoluta que me sentía impelido a murmurar: «no fue él, ¡sino otra persona la que sonrió!».

—¿Ven ustedes —así comenzaba el infeliz cada frase cómo se recorta sobre el claro cielo ese arco derruido en la mismísima cima de las ruinas? Está situado exactamente donde debe estar, y sobresale exactamente lo justo. Un poco más, o un poco menos, ¡y el conjunto se vería totalmente estropeado!

—¡Oh, qué arquitecto más talentoso! —murmuró Arthur de forma inaudible, salvo para mí y *lady* Muriel—. ¡Capaz de predecir el efecto exacto que tendría su obra, una vez en ruinas, siglos después de su muerte! —¿Y ven ustedes, allá donde esos árboles bajan por la colina —dijo señalándolos con un ademán de la mano y con el aire condescendiente del hombre que se ha dedicado personalmente a ordenar el paisaje—, cómo la neblina que se eleva desde el río llena exactamente esos espacios en los que necesitamos indefinición para obtener un efecto artístico? Aquí, en primer plano, unos cuantos toques de nitidez no están fuera de lugar, ¡pero un fondo sin neblina, ya saben, resulta sencillamente burdo! Sí, ¡necesitamos la indefinición!

El orador me miró de forma tan expresa mientras pronunciaba estas palabras que me sentí obligado a contestar, y murmuré algo que venía a decir que, en mi caso, apenas notaba la necesidad, y que disfrutaba más viendo algo cuando realmente podía verlo.

—¡En efecto! —aceptó bruscamente el hombretón mi discrepancia—. Desde su punto de vista, es una aserción correcta. Pero para cualquiera con alma para el arte, una visión así es ridícula. La naturaleza es una cosa. El arte, otra. La naturaleza nos muestra el mundo tal cual es. Pero el arte, como nos dice un autor latino... el arte, sabe usted... he olvidado las palabras...

—*Ars est celare naturam* —interpuso Arthur con deliciosa prontitud.

—¡Exacto! —contestó el orador con aire aliviado—. ¡Gracias! *Ars est celare naturam*... pero no es eso. —Y, durante unos breves y pacíficos momentos, el orador caviló, con el ceño fruncido, sobre la cita. La bienvenida oportunidad fue aprovechada, y otra voz rompió el silencio.

—¡Qué ruinas más encantadoras! —dijo a voz en grito una joven dama con anteojos, la personificación misma del progreso de la razón, mirando a *lady* Muriel, como adecuada destinataria de todos los comentarios realmente originales—. ¿Y no le parecen admirables esos tonos otoñales de los árboles? ¡A mí sí, profundamente!

Lady Muriel me lanzó una mirada significativa, pero respondió con admirable seriedad:

—¡Oh, por supuesto que sí! ¡Qué gran verdad! —¿Y no es sorprendente —continuó la joven dama, pasando con asombrosa celeridad del sentimiento a la ciencia— que el simple impacto de ciertos rayos de colores en la retina nos proporcione un placer tan exquisito?

—¿Ha estudiado usted entonces fisiología? —inquirió cortésmente cierto médico de joven edad.

—¡Oh, sí! ¿A que es una ciencia maravillosa? Arthur esbozó una sonrisa.

—¿No es cierto que parece una paradoja —siguió diciendo— que la imagen formada en la retina se halle invertida?

—Es desconcertante —admitió la dama con franqueza—. ¿Y por qué no vemos las cosas al revés?

—Entonces, ¿nunca ha oído la teoría de que el cerebro también está invertido?

—¡Desde luego que no! ¡Qué hecho más hermoso! ¿Pero cómo puede demostrarse?

—Así —contestó Arthur, con toda la seriedad de diez profesores fundidos en uno—: lo que llamamos «vértice» del cerebro es en realidad su «base», y viceversa; es una simple cuestión de nomenclatura.

Este último polisílabo zanjó la cuestión.

—¡Verdaderamente encantador! —exclamó la bella científica con entusiasmo—. ¡Le preguntaré a nuestro profesor de Fisiología por qué nunca nos habló de tan exquisita teoría!

—¡Lo que daría por estar presente cuando lo haga! —me susurró Arthur cuando, a una señal de *lady*

Muriel, nos desplazamos a donde se habían dejado las canastas juntas y nos entregamos al asunto más «sustancioso» del día.

Nos «servimos» nosotros mismos, ya que la bárbara costumbre moderna (que combina dos cosas buenas de tal modo que asegura las incomodidades de ambas y las ventajas de ninguna) de ir de picnic con sirvientes que lo atiendan a uno, no había llegado aún a aquella apartada región, y naturalmente los caballeros ni siquiera ocuparon sus sitios hasta que las damas estuvieron debidamente provistas de todas las comodidades imaginables. Entonces me aprovisioné de un plato de algo sólido y un vaso de algo líquido y encontré un hueco para sentarme al lado de *lady* Muriel.

Lo habían dejado libre, al parecer, para Arthur, en su calidad de extraño distinguido, pero a este le había entrado la timidez y se había colocado junto a la joven dama con anteojos, cuya voz chirriante ya había desatado sobre la sociedad frases de tal ominosidad como «¡el hombre es un conjunto de rasgos de personalidad!» o «¡lo objetivo es alcanzable únicamente a través de lo subjetivo!», las cuales Arthur estaba soportando con coraje; pero varios de los rostros presentaban expresiones alarmantes, por lo que consideré que era hora de introducir algún tema menos metafísico.

—Cuando yo era niño —empecé a decir—, y el tiempo no era adecuado para hacer picnics al aire libre, nos dejaban celebrar unos de tipo peculiar que disfrutábamos enormemente. El mantel se colocaba debajo de la mesa, en vez de sobre ella, y nos sentábamos alrededor de él en el suelo, ¡y creo que en realidad siempre disfrutamos más de esa clase de cena extremadamente incómoda que de su versión ortodoxa!

—No me cabe duda —contestó *lady* Muriel—. No hay nada que un niño bien regulado odie tanto como la regularidad. Pienso que un muchacho realmente sano disfrutaría enormemente de la gramática griega... ¡si tan sólo pudiera aprenderla cabeza abajo! Y su cena de alfombra le ahorró ciertamente uno de los aspectos de un picnic ¡que para mí constituye su principal inconveniente!

—¿La posibilidad de que llueva? —sugerí.

—No, la posibilidad, o más bien la certeza, ¡de la combinación de criaturas vivas con la comida de uno! Mi pesadilla son las arañas. Un sentir que mi padre no comparte, ¿verdad, querido? —añadió, pues el conde había captado la palabra y se había girado para escuchar.

—«A cada uno sus sufrimientos, todos son hombres» —contestó él en el tono dulce y triste que parecía serle natural—: cada persona tiene sus fobias.

—¡Pero nunca averiguará la suya! —dijo *lady* Muriel, con esa delicada risa argentina que era música para mis oídos.

Decliné intentar lo imposible.

—¡No le gustan las serpientes! —reveló, en un aparte teatral—. Y bien, ¿no le parece una aversión poco razonable? ¡Imagínese, no gustarle una criatura tan adorable y tan persuasiva y asfixiantemente cariñosa como una serpiente!

—¡Que no le gustan las serpientes! —exclamé—. ¿Acaso es algo así posible?

—No, no le gustan —repitió con una fingida seriedad que realzaba su atractivo—. No les tiene miedo, ¿sabe? Pero no le gustan. ¡Dice que se agitan demasiado!

Me encontraba más sorprendido de lo que quería admitir. Había algo tan asombroso en este eco de las mismas palabras que había oído escasas horas antes de labios de aquel duendecillo del bosque, que sólo por medio de un gran esfuerzo logré decir, en tono despreocupado:

—Olvidemos este tema tan desagradable. ¿Nos cantaría alguna cosa, *lady* Muriel? Sé que canta usted muy bien sin necesidad de música.

—¡Me temo que las únicas canciones que me sé, sin música, son tremendamente sentimentales! ¿Están listos para llorar?

—¡Totalmente! ¡Totalmente! —se oyó desde todos lados, y *lady* Muriel, que no era una de esas cantantes que consideran de rigor negarse a cantar hasta que no se lo han pedido tres o cuatro veces, y han alegado falta de memoria, pérdida de voz y otras razones conclusivas para su silencio, comenzó de inmediato: tres tejones hay sobre un pedrusco musgoso junto a una oscura vereda: cada uno sueña que es un monarca en su trono, por lo que no hay quien los mueva.

Aunque su viejo padre languidezca solo, no hay forma de que se muevan.

Tres sardinas que rondan en torno a la roca anhelan sentarse arriba: cada una intenta plasmar en trémulas notas su hallazgo, que endulzaría, piensan, su vida. Así pues, con voces rotas, gimen y se desgañitan.

Mamá sardina buscaba en vano en el mar a sus retoños perdidos.

El padre tejón no paraba de gritar en su cueva: «¡Hijos míos! ¡Sed buenos! ¡Volved! ¡Y vuestro padre os dará cantidad de panecillos!».

«¡Tejón, sus hijos se han extraviado!, me temo.

¡Y las mías me han dejado!».

«Pues sí —respondió aquel—; está usted en lo cierto. Muy poco los vigilamos».

Y así los pobres padres mataron el tiempo, llorando desconsolados.

En ese momento, Bruno paró súbitamente de cantar.

—La canción de las *saddinas* necesita otda melodía, Silvia —dijo—. Y yo no puedo cantadla ¡si no la tocas para mí!

Silvia se sentó al momento sobre un champiñón diminuto que crecía casualmente frente a una margarita, como si esta fuese el instrumento musical más corriente del mundo, y se puso a tocar los pétalos a la manera de teclas de órgano. ¡Y qué música tan deliciosa y diminuta producían! ¡Qué diminuta y chiquitita!

Bruno ladeó la cabeza, y escuchó con gesto muy solemne unos momentos hasta que hubo cogido la melodía. Entonces la dulce voz infantil volvió a sonar:

¡Oh, cautivador eres sin mesura,
más hermoso que la misma hermosura!
¡Para horas de gozo pasar aquí
festejando y bailando en torno a ti!
Bendita sería tan libre la vida:
¡del pudin de Ipergis probar ración
con una copa de suave Acigón!
Y si, en una ocasión diferente
de escenario florido e intrascendente,
pudiera elegir qué quiero cenar.
«¡Pide por esa boca tu manjar!».
Oh, veo enseguida qué vida tendría:

¡del pudin de Ipergis probar ración
con una copa de suave Acigón!

—Ya puedes dejad de *tocad*, Silvia. Puedo *haced-la, otda* melodía mucho mejod sin acompasamiento.

—Quiere decir «sin acompañamiento» —susurró Silvia, sonriendo ante mi cara de perplejidad; luego simuló cerrar los registros del órgano.

Los tejones no querían hablar con peces, ni apreciaban sus canciones; tampoco le habían hincado nunca el diente al plato de dicho nombre (y era su deseo): «¡Oh, las colas prenderles con pincitas a montones!».

Debería mencionar que señaló los paréntesis, en el aire, con el dedo. Me pareció un plan estupendo. Ya sabes que no hay sonido que los represente, como tampoco lo hay para una pregunta.

Imagina que le has dicho a tu amigo: «Hoy estás mejor», y que quieres que entienda que le estás haciendo una pregunta; ¿qué puede ser más sencillo que dibujar simplemente un «?» en el aire con el dedo? ¡Te entendería enseguida!

«¿No son estos los peces —suspiró el mayor—
que habitan bajo la espuma
con su madre?». Y el mediano saltó: «¡Lo son,
pero se han dado a la fuga!».
«¡Oh, sardinillas traviesas —gritó el menor—,
con aletas vagabundas!».
Y los tejones trotaron hasta la playa
que bordeaba la bahía.
Cada uno en la boca una sardina llevaba
exultante de alegría,
cuyas voces sobre las olas resonaban:

«¡Hurra, hurra! ¡Viva, viva!».

—Así que todos *degdesaron* a casa sanos y salvos —concluyó Bruno, tras esperar un instante para ver si yo tenía algo que decir; saltaba a la vista que a él le parecía que debía hacerse alguna observación. Y yo no pude evitar desear que existiese una regla tal en la sociedad que estableciera que, al finalizar una canción, el propio cantante debía decir lo que se esperaba y no dejárselo al público. Supongamos que una joven dama acaba de gorgoritear («con voces rotas») la exquisita letra de Shelley «Me despierto tras soñar contigo»: ¡cuánto más agradable sería que, en vez de tener que decir uno! «¡Oh, gracias, gracias!», que fuera la joven dama la que hiciese el comentario, mientras se pone los guantes y las apasionadas palabras «¡Oh, apriétalo contra el tuyo o terminará por romperse!» ¡aún resuenan en los oídos!

—... pero no lo hizo, ¿sabe? De modo que al final se rompió.

—¡Sabía que pasaría! —añadió ella en voz baja, a la vez que yo daba un respingo por el repentino estrépito del cristal roto—. Ha estado usted el último minuto sujetando la copa de lado, ¡y dejando que se derramara todo el champán! ¿Se había dormido? ¡Siento muchísimo que mi canción haya tenido un efecto tan narcótico!

Capítulo 18: Calle Estrafalaria, número cuarenta

Quien estaba hablando era *lady* Muriel. Y, por de pronto, aquel era el único hecho que podía percibir con claridad. Pero cómo había llegado ella allí —y yo, y la copa de champán—, constituían todas preguntas que me pareció mejor meditar en silencio, y no comprometerme con ninguna declaración hasta que comprendiese un poco mejor lo que estaba ocurriendo.

«Primero reunir un conjunto de hechos y después elaborar una teoría». Ese, según creo, es el auténtico método científico. Me incorporé, froté mis ojos y empecé a reunir hechos.

Una suave pendiente cubierta de hierba, delimitada, en su extremo superior, por unas venerables ruinas medio enterradas en hiedra, y en el inferior, por un curso de agua visible entre árboles de perfiles arqueados; una docena de personas de atuendos alegres, sentadas aquí y allá en pequeños grupos; algunas canastas abiertas; los restos de un picnic: tales fueron los «hechos» recopilados por el investigador científico. Y ahora, ¿qué teoría de profundo y largo alcance había de elaborar a partir de ellos? El investigador se sintió confundido. ¡Un momento! Un hecho había escapado a su atención. En tanto que todos los demás se encontraban en grupos de dos y tres personas, Arthur se hallaba solo; mientras todas las lenguas estaban hablando, la suya en cambio permanecía en silencio; todos los rostros mostraban alegría, pero el suyo estaba sombrío y apesadumbrado. ¡Eso sí que era un hecho! El investigador pensó que debía elaborarse una teoría sin demora.

Lady Muriel se había levantado y dejado el grupo hacía unos instantes.

¿Podía ser esa la causa de su abatimiento? La teoría apenas alcanzaba la categoría de hipótesis de trabajo. Claramente, se requerían más hechos.

El investigador miró una vez más en derredor suyo, y ahora los hechos se acumularon con tal profusión desconcertante que la teoría se perdió entre ellos. Pues *lady* Muriel había ido a recibir a un extraño caballero, apenas visible en la distancia; y luego regresó con él, hablando ambos de manera entregada y gozosa, como viejos amigos largo tiempo separados; y después fue de un grupo a otro, presentando al nuevo héroe del momento; y él, joven, alto y apuesto, se movía a su lado con gracia, y el porte erguido y el paso firme de un soldado. Ciertamente, ¡la teoría no auguraba nada bueno para Arthur! Su mirada se cruzó con la mía, y vino hasta donde me encontraba.

—Es muy apuesto —opiné.

—¡Odiosamente apuesto! —murmuró Arthur; luego sus propias palabras de amargura le hicieron sonreír—. ¡Suerte que sólo me has oído tú!

—Doctor Forester —dijo *lady* Muriel, que acababa de unírsenos—, permita que le presente a mi primo Eric Lindon... el capitán Lindon, debería decir.

Arthur se deshizo de su malhumor de forma total e inmediata al levantarse para ofrecer su mano al joven soldado.

—He oído hablar de usted —dijo—. Me alegro mucho de conocer al primo de *lady* Muriel.

—¡Sí, eso es lo único por lo que me distingo, de momento! —contestó Eric (como pronto empezamos a llamarlo) con una encantadora sonrisa—. ¡Y dudo —dijo mirando a su prima— que eso equivalga siquiera a una insignia por buena conducta! Pero por algo se empieza.

—Tienes que ver a mi padre, Eric —señaló *lady* Muriel—. Creo que está dando una vuelta por las ruinas. —Y la pareja se alejó.

El semblante de Arthur volvió a ensombrecerse, y

pude adivinar que fue únicamente para distraer sus pensamientos que ocupó de nuevo su sitio junto a la joven dama metafísica, y retomó su interrumpida conversación.

—Hablando de Herbert Spencer —empezó—, ¿de veras no encuentra ninguna dificultad lógica en considerar la naturaleza como un proceso de involución, que va de la homogeneidad coherente definida a la heterogeneidad incoherente indefinida? Pese a lo divertido que me resultaba el ingenioso galimatías que había construido con las palabras de Spencer, me mantuve lo más serio que pude.

—Ninguna de tipo físico —respondió con seguridad—, pero no estoy muy instruida en lógica. ¿Podría exponer la dificultad?

—Bueno —procedió Arthur—, ¿lo acepta como algo evidente en sí mismo? ¿Es tan obvio, por ejemplo, como que «las cosas que son mayores que una misma cosa son mayores entre sí»?

—A mi entender —contestó ella con modestia— parece absolutamente igual de obvio. Alcanzo a ver ambas verdades de manera intuitiva. Pero otras mentes quizá necesiten algún no-sé-qué lógico... se me olvidan los términos técnicos.

—Para un argumento lógico completo —empezó Arthur con admirable solemnidad—, necesitamos dos *prememas*...

—¡Por supuesto! —interrumpió la dama—. Ahora recuerdo esa palabra. ¿Y dan como resultado?

—Una confusión —dijo Arthur.

—¿Ah, s-sí? —contestó ella con vacilación—. Creo

que eso no me suena tanto. ¿Pero qué nombre recibe el argumento en su conjunto?

—Un silogismo.

—¡Ah, claro! Ya me acuerdo. Pero no necesito un silogismo, sabe usted, para demostrar el axioma matemático que ha mencionado.

—Ni para demostrar que «todos los ángulos son iguales», supongo.

—¡Oh, por supuesto que no! ¡Una da una verdad sencilla como esa por sentada! Entonces me atreví a interrumpir y le ofrecí a la dama un plato de fresas con nata.

Me inquietaba de veras la idea de que ella pudiera percatarse de la broma, y me las arreglé, sin que ella me viera, para menear la cabeza hacia el pseudofilósofo en un gesto reprobatorio. Pasando igualmente desapercibido para la mujer, Arthur se encogió ligeramente de hombros y separó ampliamente las manos, como diciendo: «¿Qué más puedo decirle?», y se alejó de allí, dejando a la dama hablar de sus fresas por «involución», o como las prefiriera.

Para entonces, los carruajes que debían transportar a los jaraneros a sus respectivos hogares habían comenzado a agruparse en el exterior del castillo, y se hizo evidente —ahora que el primo de *lady* Muriel se había unido a nuestro grupo que el problema de cómo llevar a cinco personas a Elveston, con un carruaje en el que sólo cabían cuatro, debía ser resuelto de algún modo.

El honorable Eric Lindon, que se encontraba en aquel momento caminando de acá para allá con *lady* Muriel, podría haberlo solucionado en el acto, sin duda, anunciando su intención de regresar a pie. Pero no parecía existir ni la más mínima probabilidad de que esta solución fuera a producirse.

La mejor alternativa, tal como yo lo veía, era que quien volviese andando a casa fuera yo, y así lo propuse sin tardanza.

—¿Seguro que no le importa? —respondió el conde—. Me temo que no cabemos todos en el carruaje, y no quiero decirle a Eric que abandone a su prima tan pronto.

—Lejos de importarme —aseguré—, lo preferiría. Así tendré tiempo de hacer un bosquejo de estas hermosas y antiguas ruinas.

—Te haré compañía —interpuso de pronto Arthur. Y, en respuesta a lo que supongo fue una expresión de sorpresa por mi parte, agregó en voz baja—: De verdad que me parece una opción más apetecible. Estaría realmente de más en el carruaje.

—Creo que yo también iré a pie —dijo el conde—. Tendrás que contentarte con Eric como escolta —añadió hacia *lady* Muriel, que se nos había unido mientras hablábamos.

—Deberás ser tan entretenido como Cerbero: «tres caballeros en uno» —se dirigió *lady* Muriel a su acompañante—. ¡Será una gran hazaña militar!

—¿Una especie de misión desesperada? —sugirió modestamente el capitán.

—¡Sí que sabes hacer un cumplido! —ironizó riendo su hermosa prima—. Que tengan un buen día los tres, caballeros... o más bien, ¡desertores! —Y los dos jóvenes subieron al carruaje, que se puso después en marcha.

—¿Cuánto tardarás en hacer tu boceto? —preguntó Arthur.

—Bueno —contesté—, me gustaría dedicarle una

hora. ¿No consideráis mejor marchar sin mí? Regresaré en tren. Sé que pasa uno dentro de una hora más o menos.

—Quizá sea la mejor opción —planteó el conde—. La estación no está lejos.

De manera que dejaron que me las arreglara solo, y no tardé en hallar un sitio confortable donde sentarme, al pie de un árbol, desde el cual tenía una buena vista de las ruinas.

—Hace un día realmente *amodorrante* —dije para mis adentros, pasando tranquilamente las hojas de mi cuaderno de dibujo en busca de una página en blanco—. ¡Vaya, pensaba que a estas alturas estaríais ya a una milla de aquí! —exclamé, pues, para mi sorpresa, los dos caminantes habían regresado.

—He vuelto para recordarte —dijo Arthur— que pasa un tren cada diez minutos...

—¡Tonterías! —repuse—. ¡No es el metro de Londres!

—¡Sí que lo es! —insistió el conde—. Esto forma parte de Kensington.

—¿Por qué hablas con los ojos cerrados? —inquirió Arthur—. ¡Despierta!

—Creo que es este calor el que me está dando sueño —aduje, con la esperanza, pero sin la seguridad completa, de estar diciendo algo con sentido —. ¿Estoy despierto ahora?

—Me parece que no —dictó el conde—. ¿Qué piensa usted, doctor? ¡Sólo tiene un ojo abierto!

—¡Y doñea como un oso! —gritó Bruno—. ¡*Despiedte*, querido anciano! —Y Silvia y él se pusieron manos a la obra, girándole la pesada cabeza de un lado a otro, como si su unión con los hombros fuera algo carente de cualquier importancia.

El profesor abrió finalmente los ojos y se incorporó, parpadeando hacia nosotros con absoluta perplejidad.

—¿Tendría la amabilidad de decir —se dirigió a mí con su acostumbrada y añeja cortesía— dónde nos encontramos ahora mismo... y quiénes somos, empezando por mí? Creí conveniente empezar por los niños.

—Esta es Silvia, señor, y este es Bruno.

—¡Ah, sí! ¡A ellos los conozco muy bien! —murmuró el anciano—. Soy yo el que más preocupado me tiene. Y quizá tendría la bondad de mencionar, al mismo tiempo, cómo he llegado aquí.

—Se me ocurre un problema más serio —me atreví a indicar—, y es cómo va a volver.

—¡Cierto, cierto! —respondió el profesor—. Ese es el gran problema, no cabe duda. Visto como un problema ajeno, resulta de lo más interesante. Visto como una parte de la biografía de uno mismo, es, debo admitir, ¡muy angustioso! —gimió, pero enseguida agregó, con una risita—: En cuanto a mí, creo que dijo que era...

—¡Usted es el *pdofesod*! —chilló Bruno en su oído—. ¿No lo sabía? ¡Ha venido desde Exotilandia! ¡Y queda muy lejísimos de aquí!

El profesor se puso en pie de un brinco con la agilidad de un muchacho.

—¡Entonces no hay tiempo que perder! —exclamó en tono ansioso—. Le preguntaré a ese inocente campesino, con ese par de cubos que contienen (aparentemente) agua, si sería tan amable de indicarnos el camino.

¡Inocente campesino! —continuó alzando la voz—. ¿Podría decirnos por dónde se va a Exotilandia? El inocente campesino se giró con una sonrisa avergonzada.

—¿Eh? —fue toda su respuesta.

—¡Por-dónde-se-va-a-Exotilandia! —repitió el profesor.

El inocente campesino dejó sus cubos en el suelo y se puso a pensar.

—Ah, yo no...

—Debería mencionar —lo interrumpió precipitadamente el profesor— que cualquier cosa que diga podrá utilizarse como prueba en su contra.

El inocente campesino recogió al instante sus cubos.

—¡*Tonces* no diré *na*! —contestó con brusquedad, y se alejó a paso rápido.

Los niños observaron con tristeza la figura que se perdía rápidamente en la distancia.

—¡Camina muy deprisa! —comentó el profesor con un suspiro—. Pero sé que era lo que había que decir. He estudiado vuestras leyes inglesas. En cualquier caso, preguntémosle a ese otro hombre que viene. No es inocente, ni un campesino..., pero no sé si alguno de los dos puntos posee una importancia vital.

Se trataba, de hecho, del honorable Eric Lindon, el cual, al parecer, había cumplido con su tarea de acompañar a *lady* Muriel a casa y se encontraba ahora paseando tranquilamente frente a esta última, subiendo y bajando por el camino, y disfrutando de un solitario cigarro.

—Si no le es molestia, señor, ¿podría decirnos el camino más corto a Exotilandia? —Pese a su apariencia extravagante, el profesor era, por esa naturaleza esencial que ningún disfraz sería capaz de ocultar, un caballero de los pies a la cabeza.

Y, como tal, Eric Lindon lo aceptó de inmediato. Se quitó el cigarro de la boca y le dio unos delicados golpecitos para que cayera la ceniza, mientras meditaba su respuesta.

—El nombre no me suena —dijo—. No estoy seguro de poder ayudarle.

—No está muy lejos de Hadalandia —indicó el profesor.

Las cejas de Eric Lindon se elevaron un poco al escuchar estas palabras, y una sonrisa divertida, que educadamente trató de reprimir, se dibujó fugazmente en su apuesto semblante.

—¡Está un pelín chiflado! —murmuró para sí—. ¡Pero es un anciano bien alegre! —Después se volvió hacia los niños—: ¿Y no podéis ayudarle vosotros, pequeños? —dijo con un tono de amabilidad que pareció ganárselos en el acto—. ¡Seguro que vosotros lo sabéis! ¿A cuántas millas está Babilonia? Tres veces veinte más diez.

¿Puedo llegar sin más luz que una vela? Así es, ¡y hasta volver! Para mi sorpresa, Bruno corrió directo hacia él, como si se tratase de un viejo amigo, le agarró la mano que tenía desocupada y se colgó de ella con las dos suyas; y hete aquí a un alto y digno oficial en medio del camino, columpiando de un lado a otro con gesto serio a un muchachito, mientras Silvia aguardaba lista para darle un empujón a este, exactamente como si les hubieran proporcionado para su recreo un columpio de verdad.

—¡No queremos id a Babilonia, ¿sabe?! —explicó Bruno en pleno vaivén.

—Y no llevamos velas: ¡es de día! —agregó Silvia, dándole nuevo impulso al columpio, lo cual a punto estuvo de tirar al suelo la máquina entera.

A esas alturas estaba claro para mí que Eric Lindon no era consciente en absoluto de mi presencia. Incluso el profesor y los niños parecían haber dejado de verme, y yo permanecía en mitad del grupo, tranquilo como un fantasma, observando sin ser visto.

—¡Qué perfectamente isócrono! —exclamó el profesor con entusiasmo.

Tenía su reloj en la mano, y estaba contando con atención las oscilaciones de Bruno—. ¡Mide el tiempo de manera tan precisa como un péndulo!

—Pero hasta los péndulos —apuntó el bondadoso y joven soldado, mientras liberaba su mano con cuidado del agarre de Bruno— ¡dejan de ser divertidos en algún momento! Vamos, ¡ya está bien, jovencito! La próxima vez que nos veamos, podrás repetir. Entretanto, más vale que llevéis a este anciano caballero a la calle Estrafalaria, número...

—¡La *encontdaremos*! —gritó Bruno entusiásticamente, mientras se llevaban al profesor, tirando de él.

—¡Estamos enormemente en deuda con usted! —dijo el profesor, girando la cabeza por encima de su hombro.

—¡No hay de qué! —contestó el oficial, levantando su sombrero a modo de despedida.

—¡¿Qué número dijo?! —voceó el profesor desde la lejanía.

El oficial hizo bocina con ambas manos.

—¡Cuarenta! —gritó de manera estentórea—.

¡Aunque no le he cantado las cuarenta, sí se las he gritado! —agregó para sí—. ¡El mundo está loco, señores míos, loco de remate! —Encendió otro cigarro y siguió paseando hacia su hotel.

—¡Qué tarde más hermosa! —dije, uniéndome a él cuando pasó por mi lado.

—¡Preciosa, desde luego! —coincidió—. ¿De dónde ha salido usted? ¿Ha caído de las nubes?

—Estoy dando un paseo en su misma dirección —señalé, y al parecer no hicieron falta más explicaciones.

—¿Quiere un cigarro?

—Gracias, no fumo.

—¿Hay algún manicomio en las inmediaciones?

—No, que yo sepa.

—Pensé que a lo mejor sí. Acabo de encontrarme con un lunático. ¡El viejo más estrafalario que jamás he visto! Y así, charlando amistosamente, pusimos rumbo a casa y nos deseamos mutuamente «buenas noches» en la puerta de su hotel.

Ya a solas, noté cómo la sensación de «inquietud» me asaltaba de nuevo, y vi, frente a la puerta del número cuarenta, las tres figuras que tan bien conocía.

—Entonces, ¿esta no es la casa? —estaba diciendo Bruno.

—¡No, no! Es la casa correcta —respondió de manera jovial el profesor—, pero es la calle equivocada. ¡Ahí es donde hemos cometido el fallo! Lo mejor ahora será... Todo terminó. La calle se encontraba desierta. La vida ordinaria me rodeaba y la sensación de «inquietud» había desaparecido.

Capítulo 19: Cómo hacer un *flizz*

La semana transcurrió sin que hubiera más comunicación con el Hall, pues Arthur temía obviamente que pudiéramos «desgastar su hospitalidad», pero cuando el domingo por la mañana salíamos hacia la iglesia, accedí con gusto a su propuesta de dar un rodeo para preguntar por el conde, el cual, se decía, estaba indispuesto.

Eric, que se hallaba dando un paseo por el jardín, nos hizo un buen informe del estado del inválido, que seguía en cama, atendido por *lady* Muriel.

—¿Nos acompaña a la iglesia? —pregunté.

—No, gracias —repuso cortésmente—. No es... exactamente... lo mío, sabe usted. Es una institución magnífica... para los pobres. Cuando estoy con mi gente, voy; sólo por dar ejemplo. Pero aquí no me conocen, conque creo que me dispensaré de aguantar un sermón. ¡Los predicadores de los pueblos son siempre tan aburridos! Arthur guardó silencio hasta que estuvimos fuera del alcance del oído de Eric.

Entonces dijo para sí, de forma casi inaudible:

—«Donde dos o tres se reúnen en mi nombre, allí estoy yo en medio de ellos».

—Sí —asentí—; no cabe duda de que ese es el principio sobre el que descansa la asistencia a la iglesia.

—Y cuando él lo hace —continuó (existía tal sintonía entre nuestros pensamientos que la conversación entre los dos resultaba en ocasiones un poco elíptica)— imagino que recita las palabras: «Creo en la comunión de los santos», ¿no? Pero para entonces ya habíamos llegado a la pequeña iglesia, hacia cuyo interior fluía un buen torrente de fieles, formados en su mayor parte por pescadores y sus familias. Cualquier devoto esteticista —o esteta religioso, ¿cómo he de llamarlo?— moderno habría calificado el servicio de burdo y frío; para mí, recién llegado de una iglesia londinense cada vez más cambiada bajo la batuta de un supuesto párroco «católico», fue indescriptiblemente refrescante.

No hubo ningún desfile teatral de recatados niños de coro esforzándose al máximo para no sonreír como bobos bajo la mirada admirada de la congregación; la parte de la gente en el servicio la realizó esta misma, sin ayuda, salvo por un puñado de buenas voces, situadas juiciosamente aquí y allá entre ellos, que evitaron que el canto se descarriara demasiado.

No se asesinó la noble música contenida en la Biblia y la liturgia, por medio de su recitación en un apagado tono monocorde, sin más expresividad que una muñeca parlante.

No, las oraciones se rezaron, las lecturas se leyeron y —lo mejor de todo— el sermón se hizo hablado; y me vi repitiendo, cuando salíamos de la iglesia, las palabras de Jacob cuando «despertó de su sueño»: «¡No hay duda de que el Señor se encuentra aquí! "Esta no es sino la casa del Señor, y esta la puerta del Cielo"».

—Sí —asintió Arthur, aparentemente en respuesta a mis pensamientos—, esos servicios de la «Iglesia alta» se están convirtiendo rápidamente en puro formalismo.

La gente está empezando a verlos cada vez más como «espectáculos», a los cuales únicamente «asisten» en el sentido francés. Y resulta especialmente perjudicial para los niños. Se sentirían mucho menos cohibidos disfrazados de hadas en un musical navideño. Con todas esas vestiduras y entradas y salidas a escena, y hallándose siempre en *évidence*, ¡no me sorprende que la vanidad consuma a esos petimetres descarados! Cuando pasamos por delante del Hall, en nuestro regreso, vimos al conde y a *lady* Muriel sentados en el jardín. Eric se había ido a dar una vuelta.

Nos unimos a ellos, y la conversación pronto derivó hacia el sermón que acabábamos de oír, el cual había tratado del «egoísmo».

—Menudo cambio se ha producido en nuestros púlpitos —comentó Arthur —desde la época en que Paley dio esa definición totalmente egoísta de virtud: «hacer el bien a la humanidad, en obediencia a la voluntad de Dios, ¡y para lograr la felicidad eterna!».

Lady Muriel lo miró con aire inquisitivo, pero parecía haber aprendido por intuición lo que yo había aprendido tras años de experiencia: que el modo de sacar a la luz los pensamientos más profundos de Arthur no era asentir ni disentir, sino simplemente escuchar.

—Por aquel entonces —prosiguió este último—, un gran macareo de egoísmo barría el pensamiento humano. El Bien y el Mal habían sido transformados de alguna manera en Ganancia y Pérdida, y la religión se había convertido en una especie de transacción comercial. Demos gracias porque nuestros pastores estén empezando a adoptar una visión más noble de la vida.

—¿Pero no se enseña eso una y otra vez en la Biblia? —me atreví a preguntar.

—No en su conjunto —señaló Arthur—. En el Antiguo Testamento, sin duda, se apela constantemente a recompensas y castigos como motivos para las acciones. Esa enseñanza funciona mejor con los niños, y los israelitas parecer haber sido, mentalmente, completos niños. Guiamos así a nuestros hijos, al principio, pero apelamos, lo antes posible, a su sentido innato del Bien y el Mal; y, cuando esa etapa ha quedado firmemente atrás, recurrimos al motivo más elevado de todos: el deseo de semejanza, y unión, con el Bien Supremo. Creo que descubrirá que eso es lo que nos enseña la Biblia, en su conjunto, empezando por «para que tus días sean prolongados en la tierra», y terminando con «sed vosotros perfectos como vuestro Padre celestial es perfecto».

Guardamos silencio durante un rato, y luego Arthur cambió de enfoque.

—Mirad la letra de los himnos litúrgicos. ¡Qué corrompida está, hasta la médula, por el egoísmo! ¡Pocas composiciones humanas hay más totalmente degradadas que algunos himnos modernos! Yo cité la estrofa: Cuanto te demos, Señor, mil veces será recompensado. ¡Daremos pues siempre con agrado, generoso Creador!

—Sí —dijo él con gravedad—; esa es la estrofa típica. Y el último sermón que escuché, en el que se solicitaba dinero para los pobres, presentaba la misma infección. Tras dar muchas razones positivas para ser caritativo, el pastor concluyó con: «y, por todo lo que deis, ¡recibiréis una recompensa mil veces mayor!». Oh, que la absoluta mezquindad de un motivo tal sea expuesta ante hombres que conocen bien lo que es el autosacrificio, ¡que son capaces de apreciar la generosidad y el heroísmo! ¡Y hablando del Pecado Original! —continuó con creciente amargura—. ¿Acaso existe prueba más sólida de la Bondad Original que debe haber en esta nación que el hecho de que la religión nos haya sido predicada como una especulación comercial, durante un siglo, y que todavía creamos en Dios?

—No habría perdurado tanto —apuntó *lady* Muriel en tono reflexivo si la oposición no hubiera sido prácticamente silenciada, bajo lo que los franceses llaman la *clôture*. Seguro que en cualquier aula, o asociación privada, no habrían tardado en abuchear a quien enseñara algo así, ¿cierto?

—Eso espero —contestó Arthur—, y, aunque no

189

quiero ver legalizadas las «disputas en la iglesia», debo decir que nuestros pastores disfrutan de un enorme privilegio, que malamente merecen, y del cual abusan de manera terrible. Ponemos a nuestro hombre en un púlpito y prácticamente le decimos: «Ahora puedes hablarnos desde ahí durante media hora. ¡No abriremos la boca siquiera para interrumpirte! ¡Todo se hará a tu gusto!». ¿Y qué nos da él a cambio? Palabrería estúpida, que, de serte dirigida durante una cena, pensarías: «¿Es que me toma por idiota?».

El regreso de Eric de su paseo refrenó la marea de la elocuencia de Arthur y, tras unos minutos de charla sobre temas más convencionales, nos dispusimos a marcharnos. *Lady* Muriel nos acompañó a la cancela de la casa.

—Me ha dado mucho en lo que pensar —dijo con profunda franqueza, mientras le daba la mano a Arthur—. ¡Me alegra tanto que haya venido! —Y sus palabras provocaron que el pálido y fatigado rostro de él se iluminara con auténtico placer.

El martes, como Arthur no parecía sentirse con ánimo de salir otra vez a caminar, di un largo paseo en solitario, una vez estipulado que no debía dedicar el día entero a sus libros, sino que se reuniría conmigo en el Hall en torno a la hora del té. Durante la vuelta, pasé al lado de la estación justo cuando el tren de la tarde aparecía en la distancia, y bajé tranquilamente las escaleras para verlo llegar. Pero apenas hubo nada que gratificara mi ociosa curiosidad y, cuando el tren quedó vacío, y el andén desierto, advertí que ya era hora de proseguir mi camino si pretendía estar en el hall a las cinco.

Cuando me aproximaba al extremo del andén, del

cual surgía una empinada e irregular escalera de madera que conducía al mundo superior, vi a dos pasajeros que, obviamente, habían llegado en el tren, pero en los cuales, por extraño que parezca, yo no había reparado en absoluto, a pesar del escaso número de viajeros que se habían apeado. Se trataba de una mujer joven y de una niña; la primera, hasta donde podía juzgarse por las apariencias, era una niñera, o posiblemente una niñera-institutriz, al cuidado de la chiquilla, cuyo rostro refinado, más aún que su vestido, la distinguía como de una clase superior a la de su acompañante.

El semblante de la niña mostraba finura, pero también agotamiento y tristeza, y contaba una historia (o eso fue lo que me pareció leer) de gran enfermedad y sufrimiento, sobrellevada con dulzura y paciencia. Portaba una pequeña muleta con la que ayudarse al andar; y ahora se encontraba plantada frente a larga escalera, mirándola con gesto taciturno, esperando aparentemente a poder reunir el coraje suficiente para emprender el penoso ascenso.

Hay cosas que uno dice —y también hace— en la vida que salen de manera automática, por un acto reflejo, como lo llaman los fisiólogos (lo cual, sin duda, significa acto «sin reflexión», tal como se dice que *lucus deriva dea non lucendo*. Cerrar los párpados, cuando algo parece volar hacia el ojo, es uno de tales actos, y decir: «¿Puedo ayudar a la niña a subir las escaleras?» constituyó otro. No fue que se me ocurriera pensamiento alguno de ofrecer ayuda, y que después hablara; el primer indicio que tuve de la probabilidad de dicho ofrecimiento fue el sonido de mi propia voz, y descubrir que había sido realizado. La criada calló por unos momentos, paseando dubitativamente su mirada de la niña a su cargo hasta mí, y luego de nuevo a ella.

—¿Te gustaría, querida? —le preguntó.

Pero por la mente de la niña no pareció pasar tal duda: levantó los brazos ansiosa por ser llevada a cuestas.

—¡Por favor! —fue todo lo que dijo, mientras una leve sonrisa se dibujaba fugazmente en el cansado y pequeño rostro.

La levanté con escrupuloso cuidado, y su bracito se aferró al instante de mañera confiada alrededor de mi cuello. La niña pesaba muy poco —tan poco, de hecho, que se me pasó por la cabeza la ridícula idea de que me estaba resultando bastante más fácil subir con ella en brazos que si no la llevase—, y, cuando alcanzamos el camino en lo alto, con sus surcos producidos por carros y sus piedras sueltas —obstáculos formidables todos ellos para una niña coja—, descubrí que de mis labios había salido: «Más vale que cargue con ella durante este tramo tan accidentado», antes de haber establecido ninguna conexión mental entre su escabrosidad y mi pequeña y mansa carga.

—¡Ya se ha tomado demasiadas molestias, señor! —exclamó la criada—. Ella puede caminar perfectamente en llano. —Pero al oírse la sugerencia, el brazo ceñido a mi cuello se cerró apenas un poquitín más en torno a él, e hizo que me decidiera a contestar—: De veras que no pesa nada. La llevaré un poco más. Voy en su misma dirección.

La niñera no planteó más objeciones, y el siguiente en hablar fue un niño andrajoso, descalzo y con una escoba al hombro, que cruzó el camino y simuló barrerlo frente a nosotros, aunque se encontraba perfectamente seco:

—¡Denos medio penique! —suplicó el golfillo, con una sonrisa de oreja a oreja en su sucia cara.

—¡No se lo dé! —advirtió la damita en mis brazos. Las palabras parecían duras, pero su tono era la ternura personificada—. ¡Es un pequeño gandul! —Y emitió una dulce risa argentina que jamás había oído de otros labios que no fueran los de Silvia.

Para mi asombro, el muchacho, de hecho, comenzó igualmente a reír, como si existiera una cierta complicidad sutil entre los dos, cuando echó a correr por el camino y desapareció por un agujero en el seto.

Pero regresó enseguida, tras haberse deshecho de la escoba y provisto de un exquisito buqué de flores de misterioso origen.

—¡Compre un ramillete, compre un ramillete! ¡Sólo medio penique! —salmodió, arrastrando melancólicamente las palabras como un mendigo profesional.

—¡No se lo compre! —fue el edicto de Su Majestad, mientras observaba la harapienta criatura a sus pies con una altanería que parecía curiosamente mezclada con un tierno interés por ella.

Pero esta vez me rebelé, e ignoré el mandato real. No renunciaría a unas flores tan preciosas, y con unas formas tan completamente nuevas para mí, por orden de ninguna jovencita, por muy imperiosa que esta fuese. Compré el buqué, y el chiquillo, tras meterse el medio penique en la boca, hizo el pino, como si quisiera determinar si la boca humana está realmente adaptada para servir de hucha.

Con un asombro que crecía por momentos, dirigí mi atención a las flores, y las examiné una por una: no había ni una sola entre ellas que pudiese recordar haber visto con anterioridad. Finalmente me volví hacia la niñera.

—¿Crecen estas flores por aquí de manera silvestre? Jamás he visto... —pero las palabras murieron en mis labios. ¡La niñera se había volatilizado!

—Ya puede bajarme, si quiere —señaló Silvia suavemente.

Yo obedecí sin decir nada, y no pude hacer otra cosa que preguntarme: «¿estoy soñando?», al descubrir a Silvia y Bruno caminando uno a cada lado de mí, cogidos de mis manos con la pronta confianza de la niñez.

—¡Ahora sois más grandes que la última vez! —empecé por decir—. ¡Creo de veras que deberíamos presentarnos de nuevo! Hay mucho de vosotros que nunca he visto antes, ¿sabéis?

—¡Está bien! —respondió alegremente Silvia—. Este es Bruno. No se tarda nada. ¡Sólo tiene un nombre!

—¡Tengo *otdo nombde*! —protestó Bruno, con una mirada de reproche a la maestra de ceremonias—. Y es... ¡*señod*!

—Oh, por supuesto. Lo olvidé —dijo Silvia—. ¡Señor... Bruno!

—¿Habéis venido a verme a mí, niños? —pregunté yo.

—Recuerde que le dijimos que vendríamos el martes —explicó Silvia—. ¿Tenemos el tamaño adecuado para ser niños normales?

—Totalmente adecuado para ser niños —contesté, añadiendo mentalmente: «¡Aunque no seáis niños "normales", en modo alguno!»—. ¿Pero qué le ha pasado a la niñera?

—¡Ya no está! —respondió Bruno con solemnidad.

—¿Entonces no era sólida, como Silvia y tú?

—No. No *pedería tocadla*, ¿sabe? Si caminara hacia ella, ¡la *atdavesaría*!

—De veras que pensé que se daría cuenta —dijo Silvia— cuando Bruno la hizo pasar accidentalmente por un poste de telégrafo. Acabó partida por la mitad. Pero usted estaba mirando en la dirección contraria.

Sentí que realmente había dejado pasar una oportunidad: ¡ser testigo de un acontecimiento como que una niñera acabe «partida por la mitad» no le ocurre a uno dos veces en la vida!

—¿Cuándo adivinaste que se *tdataba* de Silvia? —inquirió Bruno.

—No lo hice, hasta que realmente fue ella —reconocí—. ¿Pero cómo conseguisteis crear a la niñera?

—Lo hizo Bruno —señaló Silvia—. Es lo que se llama un «*flizz*».

—¿Y cómo haces un flizz, Bruno?

—El *profesod* me enseñó —dijo este—. *Pdimero* coges mucho aire...

—¡Oh, Bruno! —interpuso su hermana—. ¡El profesor dijo que no lo contaras!

—¿Pero quién hizo su voz? —pregunté.

—¡Ya se ha tomado demasiadas molestias, señor! Ella puede caminar perfectamente en llano.

Bruno rio de forma jovial cuando me giré precipitadamente hacia un lado y otro, buscando por todas partes a quien había hablado.

—¡Fui yo! —proclamó lleno de regocijo, con su propia voz.

—Es cierto que puede caminar perfectamente en llano —comenté—. Y creo que yo le he servido de montura.

Para entonces nos encontrábamos ya cerca del Hall.

—Aquí es donde viven mis amigos —indiqué—. ¿Entraréis a tomar el té con ellos?

Bruno dio un pequeño brinco de júbilo, y Silvia dijo:

—Sí, por favor. Te apetece un poco de té, ¿a que sí, Bruno? No lo ha probado —me explicó— desde que salimos de Exotilandia.

—¡Y no era buen té! —añadió su hermano—. ¡Era muy flojísimo!

Capítulo 20: Visto y no visto

La sonrisa de bienvenida de *lady* Muriel no logró disimular del todo la expresión de sorpresa con que contempló a mis nuevos acompañantes.

Los presenté como era debido.

—Esta es Silvia, *lady* Muriel. Y este es Bruno.

—¿Algún apellido? —inquirió ella, con ojos que chispeaban de diversión.

—No —contesté yo con gravedad—. Ninguno.

Ella se rio, pensando obviamente que hablaba en broma, y se inclinó para besar a los niños; un saludo al que Bruno se sometió de manera reluctante; Silvia lo devolvió con creces.

Mientras Arthur (que había llegado antes que yo) y ella proporcionaban a los niños té y bizcocho, yo traté de entablar conversación con el conde; pero este se hallaba inquieto y distraído, por lo que apenas logramos avanzar. Al fin, con una súbita pregunta, reveló la causa de su intranquilidad.

—¿Me permite echar un vistazo a esas flores que tiene en la mano?

—¡Con mucho gusto! —dije, pasándole el buqué. Yo sabía que la botánica era una de sus disciplinas favoritas, y estas flores me eran tan completamente desconocidas y misteriosas que sentía genuina curiosidad por ver qué diría un botánico de ellas.

Las flores no disminuyeron su desasosiego. Por el contrario, se fue poniendo más y más nervioso a medida que las examinaba.

—¡Estas son todas de la India central! —exclamó, dejando a un lado parte del buqué—. Son raras, incluso allí, y nunca las he visto en ningún otro punto del mundo. Estas dos son mexicanas... Esta... —Se levantó apresuradamente y la llevó a la ventana para examinarla con más luz, mientras el rubor producido por la emoción se le subía hasta la misma frente—... es, estoy casi seguro... pero tengo aquí un libro de plantas de la India... —Cogió un volumen de la librería y se puso a pasar las páginas con dedos temblorosos—. ¡Sí! ¡Compárela con este dibujo! ¡Es idéntica! Esta es la flor del upas, un árbol que crece por lo general sólo en el corazón de la selva; y la flor se marchita tan rápido una vez cortada, ¡que resulta prácticamente imposible conservar su forma o color más allá siquiera de sus contornos! Y, aun así, ¡esta está en plena floración! ¿Dónde ha conseguido estas flores? —añadió con jadeante ansiedad.

Yo le eché una mirada a Silvia, quien, silenciosa y solemnemente, se llevó un dedo a los labios, y luego le hizo una seña a Bruno para que la siguiera, y corrió afuera al jardín; y me vi en la situación de un acusado en un juicio cuyos dos principales testigos han sido conducidos repentinamente fuera de la sala.

—¡Permítame regalarle las flores! —balbuceé finalmente, sin idea alguna de cómo salir del atolladero—. ¡Usted sabe mucho más que yo sobre ellas!

—¡Las acepto con sumo agradecimiento! Pero todavía no me ha dicho... —había comenzado a decir el conde, cuando fuimos interrumpidos, para mi gran alivio, por la llegada de Eric Lindon.

Para Arthur, sin embargo, el recién llegado era, como vi claramente, cualquier cosa menos bienvenido. El semblante se le nubló; se retiró un poco del círculo, y no tomó más parte en la conversación, que fue mantenida del todo, durante algunos minutos, por *lady* Muriel y su animado primo, los cuales estaban discutiendo sobre unas nuevas partituras musicales que acababan de llegar de Londres.

—¡Prueba a tocar sólo esta aunque sea la única! —rogó él—. La melodía parece fácil de cantar a primera vista, y la canción resulta totalmente apropiada para la ocasión.

—Entonces supongo que es: ¡Té de las cinco!

¡Siempre yo habré de serte fiel, té de las cinco! —rio *lady* Muriel, mientras se sentaba al piano, y atacaba con suavidad unos cuantos acordes al azar.

—No exactamente, aunque es una especie de «¡Siempre yo habré de serte fiel...!». Trata de una pareja de amantes desafortunados: él cruza el océano y ella queda atrás, lamentándose.

—¡Pues sí que es apropiada! —replicó ella en tono de mofa, mientras colocaba la canción frente a sí—. ¿Y el lamento he de hacerlo yo? ¿Y por quién, si puede saberse? Tocó el aire de principio a fin unas cuantas veces, primero rápido, y lentamente al final, y después nos brindó la canción entera con tan grácil desenvoltura que pareció que la conociese de toda la vida.

Del navío bajó con pie liviano, como un caballero andante.

Besó su mejilla y cogió su mano, mas ella no osó mirarle.

«Muy alegre se lo ve —lucubró—: ¡muy alegre y muy galante para pensar en alguien como yo cuando se encuentre distante!».

«A mi amor le traigo esta perla hermosa desde allende el ancho mar; ¡a quien ha de ser la más dulce esposa que jamás se podrá hallar!».

Ella la aferra; sus ojos relucen, y el corazón, palpitante, le canta así: «Pensó en mí... ¡pensó en mí cuando se hallaba distante!».

El navío partió rumbo a occidente: su albatros emprendió el vuelo; una punzada en el pecho ella siente, pues queda sola y en duelo.

Mas una reveladora sonrisa se dibuja en su semblante: «¡Pensará en mí...! ¡Oh, sí, pensará en mí en tanto se halle distante! »Aunque tú, océano, te interpones, su unión dos vidas proclaman: no hay distancia entre fieles corazones que con tal pasión se aman.

Y confío en que mi buen marinero, por siempre, y a cada instante, pensará en mí... ¡oh, sí, pensará en mí mientras se encuentre distante!».

La expresión de desagrado, que había comenzado a extenderse por la faz de Arthur cuando el joven capitán habló de amor de forma tan frívola, fue desapareciendo a medida que la canción avanzaba, y escuchó con evidente placer.

Pero su rostro se volvió a ensombrecer cuando Eric hizo la recatada observación:

—¿No te parece que «mi buen capitán» habría encajado igual de bien en la melodía?

—¡Pues claro que sí! —replicó *lady* Muriel, de manera jovialmente caustica—. Capitán, marinero, sastrecillo, calderero, ¡hay cantidad de palabras que encajarían! En mi opinión, queda mejor «mi buen calderero». ¿No crees? Con objeto de ahorrarle más sufrimiento a mi amigo, me levanté para marcharme justo en el momento en que el conde se disponía a repetir su particularmente embarazosa pregunta acerca de las flores.

—Todavía no me ha...

—¡Sí, ya he probado el té, gracias! —corrí a atajarlo—. Y ya es más que hora de que nos vayamos. ¡Buenas noches, *lady* Muriel!

—Nos despedimos, y escapamos, mientras el conde seguía aún ensimismado examinando el misterioso buqué.

Lady Muriel nos acompañó a la puerta.

—¡No podría haberle hecho a mi padre un obsequio más apropiado! —dijo de manera afectuosa—. Le apasiona la botánica. Me temo que desconozco por completo la teoría de la misma, pero me ocupo de mantener en orden sus *hortus siccus*. He de conseguir algunas hojas de papel secante y desecar estos nuevos tesoros para él antes de que se marchiten.

—¡Eso no *sedvirá* de nada! —me reprendió Bruno, que nos estaba esperando en el jardín.

—¿Por qué no? —repliqué yo—. Sabes que tuve que darle las flores para que dejara de hacer preguntas.

—Sí, ya no hay remedio —terció Silvia—, ¡pero les dará lástima cuando descubran que han desaparecido!

—¿Cómo van a desaparecer?

—Bueno, el cómo, no lo sé. Pero se esfumarán. El ramillete no era más que un flizz, ¿sabe? Bruno lo creó.

Estas últimas palabras las dijo en susurros, ya que evidentemente no quería que Arthur las oyera. Pero de esto parecía existir un riesgo muy pequeño: apenas daba impresión de ser consciente de la presencia de los niños, sino que caminaba con paso lento, silencioso y abstraído; y cuando, a la entrada del bosque, nos dijo adiós de forma apresurada y se alejó a la carrera, parecía haber despertado de una ensoñación.

El buqué se desvaneció, como Silvia había augurado, y uno o dos días después, al realizar Arthur y yo una nueva visita al Hall, encontramos al conde y a su hija, junto con la anciana ama de llaves, fuera en el jardín, examinando los cierres de la ventana del salón.

—Estamos llevando a cabo una investigación —explicó *lady* Muriel, acercándose para recibirnos—, y los admitimos en ella, como inductores del suceso, para que nos cuenten todo lo que saben acerca de esas flores.

—Los inductores declinan responder a cualquier pregunta —repuse con gravedad—. Y se reservan su defensa.

—Entonces, ¡hagan el favor de declarar como testigos en beneficio de la acusación! Las flores han desaparecido durante la noche —continuó, volviéndose hacia Arthur—, y tenemos la completa seguridad de que nadie de la casa las ha tocado. Alguien ha debido de entrar por la ventana...

—Pero los cierres no han sido forzados —informó el conde.

—Tuvo que ser mientras usted se hallaba cenando, Milady —dijo el ama de llaves.

—Eso es —asintió el conde—. El ladrón debió de verle traer las flores —se dirigió a mí—, y advertiría que no las llevaba consigo al marcharse. Y debía de estar al tanto de su gran valor, ¡el cual es sencillamente inestimable! — exclamó, preso súbitamente de la excitación.

—¡Y usted no llegó a decirnos cómo las consiguió! —afirmó *lady* Muriel.

—Tal vez algún día —balbuceé yo— me sea posible decírselo. Pero por el momento, ¿me dispensarían de ello?

El conde puso cara de decepción, pero contestó de forma amable: —Está bien, no haremos preguntas.

—Aunque le consideraremos un pésimo testigo de la acusación —añadió *lady* Muriel en tono pícaro, al tiempo que accedíamos al cenador—. Lo declaramos a usted cómplice del robo, y lo sentenciamos a reclusión en aislamiento y a ser alimentado con agua, pan y... mantequilla. ¿Quiere azúcar?

»Resulta intranquilizador, desde luego —prosiguió, una vez que todas las "comodidades" habían sido debidamente suministradas—, descubrir que han entrado a robar en la casa, en un lugar tan apartado como este. Si, al menos, las flores hubieran sido comestibles, uno podría haber sospechado de un ladrón de muy distinto tipo...

—¿Se refiere a esa explicación universal para todas las desapariciones misteriosas: que el culpable fue el gato? —dijo Arthur.

—Así es —respondió ella—. ¡Qué conveniente sería que todos los ladrones fueran del mismo tipo! ¡Resulta tan confuso que unos sean cuadrúpedos y otros bípedos! —Yo me he topado con eso —apuntó Arthur— en forma de un curioso problema de teleología: la ciencia de las causas finales —añadió, en respuesta a una mirada inquisitiva de *lady* Muriel.

—¿Y una causa final es...?

—Bueno, digamos que es... el último de una serie de sucesos conectados, donde cada uno es causa del siguiente, por el cual el primer hecho tiene lugar.

—Pero el último suceso es prácticamente un efecto del primero, ¿no? Y, no obstante, ¡usted lo llama «causa»! Arthur meditó un instante.

—Las palabras resultan bastante confusas, se lo concedo —dijo—. ¿Le vale así?: el último suceso es un efecto del primero, pero la necesidad de ese suceso es una causa de la necesidad del primero.

—Eso parece suficientemente claro —convino *lady* Muriel—. Oigamos ahora el problema.

—No es más que el siguiente: ¿qué objeto podemos presumir al orden por el cual cada tamaño distinto, *grosso modo*, de criaturas vivientes se corresponde con una forma concreta? Por ejemplo, la raza humana posee un tipo de forma: bípeda. Otro conjunto, que va del león al ratón, es cuadrúpedo. Baje un peldaño o dos más y

203

llegará a los insectos de seis patas: hexápodos; un nombre precioso, ¿no es cierto? Pero la belleza, en nuestro sentido de la palabra, parece disminuir a medida que descendemos: la criatura se vuelve más... yo no calificaría de «fea» a ninguna de las criaturas de Dios... más tosca. Y, cuando cogemos el microscopio, y seguimos bajando, nos topamos con animálculos, terriblemente toscos, ¡y con un número de patas inmenso!

—La alternativa —interpuso el conde sería una serie *in diminuendo* de repeticiones del mismo tipo. Olvidemos su monotonía: veamos de qué otros modos funcionaría. Comencemos por la raza de los hombres y las criaturas que necesita: digamos caballos, vacas, ovejas y perros... las ranas y las arañas no nos son exactamente necesarias, ¿verdad, Muriel? *Lady* Muriel se estremeció perceptiblemente: saltaba a la vista que era un tema desagradable.

—Podemos prescindir de ellas —contestó muy seria.

—Bien, entonces tendremos una segunda raza de hombres, de medio metro de altura...

—¡... que tendrían una fuente de exquisito placer, de la que carecen los hombres ordinarios! —interrumpió Arthur.

—¿Cuál? —inquirió el conde.

—¡La grandiosidad del paisaje, cuál si no! Está claro que la grandiosidad de una montaña, según mi percepción, depende de su tamaño relativo con el mío. Doble la altura de la montaña, y naturalmente se vuelve dos veces más grandiosa. Reduzca la mía a la mitad, y producirá el mismo efecto.

—¡Dichosos, dichosos, dichosos los bajos! —musitó *lady* Muriel con entusiasmo—. ¡Pues sólo ellos, sólo ellos, sólo ellos disfrutan de los altos!

—Pero déjeme proseguir —pidió el conde—. Tendremos una tercera raza de hombres, de diez centímetros de altura; una cuarta, de dos centímetros...

—¡No podrían comer ternera y carnero normal, estoy segura! —interpuso *lady* Muriel.

—Cierto, hija mía, se me olvidaba. Cada grupo debe tener sus propias vacas y ovejas.

—Y su propia vegetación —añadí yo—. ¿Qué podría hacer una vaca de dos centímetros de altura con una hierba que se mece con el viento muy por encima de su cabeza?

—Es cierto. Hemos de contar con un pasto dentro del pasto, por así decirlo. La hierba corriente haría las veces de un verde palmeral para nuestras vacas de dos centímetros, a la vez que en torno a la raíz de cada alto tallo se extendería una diminuta alfombra de hierba microscópica. Sí, creo que nuestro esquema funcionará relativamente bien. Y resultaría muy interesante entrar en contacto con las razas por debajo de nosotros. ¡Los bulldogs de dos centímetros serían unas criaturitas preciosas! ¡Dudo que nadie pudiera echar a correr al verlos, ni siquiera Muriel!

—¿No crees que deberíamos tener igualmente una serie *in crescendo*? —planteó *lady* Muriel—. ¡Imagínate medir cien metros de alto! ¡Uno podría utilizar un elefante como pisapapeles y un cocodrilo como tijeras!

—¿Y haría usted que las razas de diferentes tamaños se comunicasen entre sí? —inquirí—. ¿Entrarían en guerra unas con otras, por ejemplo, o firmarían tratados?

—Pienso que hemos de descartar la guerra. Cuando uno es capaz de aplastar una nación entera de un solo puñetazo, no puede llevar a cabo una guerra en igualdad de condiciones. Pero cualquier cosa que involucrara únicamente un choque de intelectos sería posible en nuestro mundo ideal, pues, naturalmente, debemos conceder capacidades mentales a todos, independientemente del tamaño. Quizá la regla más justa sería que, cuanto más pequeña fuese la raza, ¡mayor debería ser su desarrollo intelectual!

—¿Estás diciendo —intervino *lady* Muriel— que esos hombrecillos de dos centímetros discutirán conmigo?

—¡Desde luego, desde luego! —afirmó el conde—. ¡La fuerza lógica de un argumento no depende del tamaño de la criatura que lo expone! Ella sacudió la cabeza con indignación.

—¡Yo no discutiría con ningún hombre que midiera menos de quince centímetros! —exclamó—. ¡Lo pondría a trabajar!

—¿En qué? —quiso saber Arthur, que escuchaba todos aquellos disparates con una sonrisa divertida.

—¡Bordando! —respondió ella al instante—. ¡Qué bordados más bonitos haría!

—No obstante, si hicieran un mal trabajo —apunté yo— no podrías discutir la cuestión. No sé por qué, pero convengo en que no podría hacerse.

—La razón es —explicó *lady* Muriel— que uno no podría sacrificar hasta tal punto su dignidad.

—¡Por supuesto que no! —se mostró Arthur inmediatamente de acuerdo—. Sería como discutir con una patata. Disculpen el juego de palabras, ¡pero eso enterraría por completo la propia dignidad!

—Lo dudo —me posicioné yo—. Ni siquiera un juego de palabras es capaz de convencerme totalmente de ello.

—Pues si esa no es la razón —dijo *lady* Muriel—, ¿cuál propondría usted? Traté esforzadamente de entender el significado de aquella pregunta, pero el persistente zumbido de las abejas me confundía, y el aire transmitía una somnolencia que interrumpía y mandaba a la cama cada pensamiento antes de haber sido completamente formado; así que lo único que pude decir fue:

—Eso depende por fuerza del peso de la patata.

Me dio la sensación de que el comentario no tenía tanto sentido como me hubiese gustado. Pero *lady* Muriel pareció aceptarlo con absoluta normalidad.

—En tal caso... —empezó a decir, pero de repente dio un respingo, y se giró para escuchar—. ¿No lo oyen? —dijo—. Está llorando. Tenemos que encontrarlo, de algún modo.

Y yo me dije: «¡Qué extraño! Estaba seguro de encontrarme hablando con *lady* Muriel. ¡Pero se trataba de Silvia desde el principio!». E hice otro gran esfuerzo por decir algo que tuviera algún sentido:

—¿Es por la patata?

Capítulo 21: A través de la Puerta de Marfil

—No lo sé —contestó Silvia—. ¡Silencio! Tengo que pensar. Podría llegar hasta él, sola, sin problemas. Pero quiero que usted me acompañe.

—Déjame ir contigo —rogué—. Estoy seguro de poder seguirte el ritmo.

Silvia rio con jovialidad.

—¡Qué tontería! —exclamó—. ¡Pero si no puede dar ni un paso! ¡Está tendido de espaldas cuan largo es! Usted no entiende de estas cosas.

—Puedo andar igual de bien que tú —insistí. Y

puse todo mi empeño en dar unos pocos pasos, pero el suelo se deslizó hacia atrás, exactamente a la misma velocidad que yo era capaz de imprimir a mis piernas, de modo que no avancé ni un ápice.

Silvia se echó a reír otra vez.

—¿Lo ve? ¡Ya se lo advertí! ¡No sabe usted qué pinta más graciosa tiene, moviendo los pies en el aire, como si estuviese caminando! Espere un segundo. Le preguntaré al profesor qué conviene que hagamos. —Y llamó con los nudillos a la puerta de su estudio.

La puerta se abrió, y el profesor asomó la cabeza.

—¿Qué es ese llanto que acabo de oír? —inquirió—. ¿Es un ser humano?

—Es un niño —dijo Silvia.

—Me figuro que has estado chinchándolo, ¿no es cierto?

—¡Por supuesto que no! —contestó Silvia, con gran seriedad—. ¡Nunca lo hago!

—Bien, debo consultarlo con el otro profesor. —Se metió otra vez en el estudio, y lo oímos susurrar—:... un pequeño ser humano... dice que no ha estado chinchándolo... del tipo al que llaman niño...

—Pregúntale qué niño —dijo una nueva voz.

El profesor volvió a salir.

—¿A qué niño no has estado chinchando?

Silvia me miró con ojos brillantes.

—¡Es usted un anciano adorable! —exclamó, poniéndose de puntillas para darle un beso, mientras él se inclinaba con solemnidad para recibir el saludo—. ¡Consigue dejarme perpleja! ¡Son varios los niños a los que no he estado chinchando!

El profesor regresó junto a su amigo, y en esta

ocasión la voz dijo:

—Dile que los traiga aquí... ¡a todos!

—No puedo, ¡y no lo haré! —soltó Silvia, en cuanto reapareció el profesor—. Es Bruno quien llora, y es mi hermano, y, por favor, los dos queremos irnos; él no puede caminar, ¿sabe?; está... soñando, ¿ve usted? —Esto lo dijo en un susurro, por miedo a herir mis sentimientos—. ¡Permítanos atravesar la Puerta de Marfil!

—Le preguntaré —dijo el profesor, desapareciendo una vez más. Regresó enseguida—. Ha dado su permiso. Seguidme de puntillas.

La dificultad en mi caso habría consistido, en aquel momento, en no caminar de puntillas. Resultaba muy difícil estirar las piernas lo suficiente como para tocar el suelo, mientras Silvia me guiaba a través del estudio.

El profesor fue delante para abrir con llave la Puerta de Marfil. Apenas tuve tiempo de echar una ojeada al otro profesor, el cual se encontraba sentado leyendo, de espaldas a nosotros, antes de que el profesor nos hiciera pasar por la puerta, y la cerrara después. Bruno se encontraba allí, cubriéndose el rostro con las manos y llorando amargamente.

—¿Qué te pasa, cariño? —preguntó Silvia, abrazándose al cuello de su hermano.

—¡Me he hecho *muchósimo* daño! —sollozó el pobrecillo.

—¡Cuánto lo siento, tesoro! ¿Y cómo has podido hacerte tanto daño?

—¡Pues claro que he podido! —saltó Bruno, riendo entre lágrimas—. ¿O acaso cdees que eres la única que puede haced cosas? La situación claramente ya no parecía tan grave, ahora que Bruno había empezado a discutir.

—¡Venga, cuéntanoslo todo! —lo animé.

—A mi pie se le metió en la cabeza *desbaladse...* —empezó a explicar Bruno.

—¡Un pie no tiene cabeza! —apuntó Silvia, aunque totalmente en vano.

—*Desbalé* cuesta abajo. Y *tdopecé* con una *piedda*, ¡que me lastimó el pie! Luego pisé una abeja, ¡y la abeja me picó en el dedo! —Sollozó de nuevo el pobre Bruno. La lista completa de penas resultaba demasiado para él—. ¡Y ella sabía que lo hice sin *quered*! —añadió, como clímax.

—¡A esa abeja debería darle vergüenza! —aseguré en tono severo, y Silvia abrazó y besó al lacerado héroe hasta que todas las lágrimas se secaron.

—¡El dedo ya no me escoce! —señaló Bruno—. *¿Pod* qué existen las *pieddas? Hombde señod,* ¿lo sabe usted?

—Tienen una utilidad —dije yo—, aunque no sepamos cuál. ¿Para qué sirven los dientes de león, por ejemplo?

—¿*Dieleontes?* —contestó Bruno—. ¡Oh, son muy *pdeciosísimos!* Pero las *pieddas* no, ni una pizca. ¿Quiere unos *dieleontes,* hombde *señod?*

—¡Bruno! —murmuró Silvia en tono reprobatorio—. ¡No debes decir «hombre» y «señor» a la vez! ¡Recuerda lo que te expliqué!

—¡Me explicaste que debía *decid «hombde»* cuando hablara de él, y «*señod*» cuando hablara con él!

—Ah, pero es que no estás haciendo ambas cosas, ¿sabes?

—¡Sí que lo estoy hacendó, señorita tiquismiquis! —exclamó Bruno con aires triunfantes—. Quería *hablad* del *cabellero*, y con el *cabellero*. ¡Así que por supuesto dije «*hombde señod*»!

—No pasa nada, Bruno —tercié yo.

—¡Pues claro que no pasa nada! —contestó él—. ¡Es que Silvia no tiene ni idea!

—¡Nunca ha habido niño más impertinentísimo! —se exasperó Silvia, frunciendo el ceño hasta que sus resplandecientes ojos dejaron prácticamente de verse.

—¡Y nunca ha habido niña más ignorantísima! —replicó Bruno—. *Acompámañe* a *coged* unos *dieleontes*. —Y añadió hacia mí, en un estentóreo susurro—: ¡Silvia no vale para *otda* cosa!

—¿Pero por qué dices «*dieleontes*», Bruno? La palabra correcta es «dientes de león».

—Es por ir dando tantos brincos —dijo Silvia, riendo.

—Sí, así es —asintió Bruno—. Silvia me dice las *palabdas*, y entonces, cuando doy saltos, se baten todas en mi cabeza... ¡hasta que hacen espuma! Me mostré perfectamente satisfecho con aquella explicación.

—Pero al final, ¿no vais a recoger ningún «*dieleonte*» para mí?

—¡Claro que sí! —gritó Bruno—. ¡Vamos, Silvia! Y los felices niños se alejaron corriendo, saltando sobre la hierba con la celeridad y la gracia de jóvenes antílopes.

—Entonces, ¿no encontró usted el camino de regreso a Exotilandia? —le pregunté al profesor.

—¡Oh, sí que lo hice! —contestó—. No dimos con la calle Estrafalaria, pero hallé otro camino. He ido y vuelto varias veces desde entonces. Tenía que estar presente en las elecciones, ¿sabe?, como autor de la nueva Ley Monetaria. El emperador exhibió tal amabilidad que deseó que yo conservase el mérito de la misma. «¡Ocurra lo que ocurra (recuerdo perfectamente las palabras del discurso imperial), si resultara estar vivo el rector, vosotros daréis fe de que el cambio de moneda es obra del profesor, y no mía!». ¡Nunca antes en mi vida me habían ensalzado tanto! —Unas lágrimas resbalaron por sus mejillas con el recuerdo, el cual al parecer no era agradable en su totalidad.

—¿Se ha dado al rector por muerto?

—En efecto: mas, fíjese, ¡yo no creo que sea así! Las pruebas son escasamente convincentes... meros rumores. Un bufón itinerante, que iba con un oso bailarín (los cuales se las arreglaron para entrar en palacio, un día), ha estado diciéndole a la gente que viene de Hadalandia, y que el rector murió allí. Yo quería que el vicerrector lo interrogara pero, por desgracia, Milady y él siempre se encontraban fuera dando un paseo cuando aparecía el bufón. Sí, ¡se ha dado por muerto al rector! —Y las mejillas del anciano se vieron surcadas por más lágrimas.

—¿Pero en qué consiste la nueva Ley Monetaria? El profesor recuperó el buen ánimo.

—El emperador fue el que la promovió —dijo—. Quería hacer que todos los habitantes de Exotilandia fuesen el doble de ricos que antes para así aumentar la popularidad del nuevo Gobierno. El problema era que casi no había dinero en el tesoro público para hacerlo. De modo que yo sugerí que podía conseguirlo doblando el valor de cada moneda y billete de Exotilandia. Es la solución más sencilla posible.

¡Me extraña que a nadie se le ocurriese antes! Nunca se vio un alborozo tan generalizado. Las tiendas están repletas de gente de sol a sol. ¡Todo el mundo compra de todo!

—¿Y cómo fue su homenaje?

Una súbita tristeza ensombreció el alegre semblante del profesor.

—Lo celebraron a mi vuelta a casa tras las elecciones —contestó apesadumbrado—. Su intención era buena... ¡pero no me gustó! Agitaron banderas a mi alrededor hasta cegarme casi por completo, hicieron sonar campanas hasta dejarme prácticamente sordo, ¡y cubrieron el camino con tal cantidad de flores que me perdí! —El desdichado anciano exhaló un profundo suspiro.

—¿Cómo de lejos queda Exotilandia? —inquirí, para cambiar de tema.

—A unos cinco días de marcha, pero uno debe regresar cada cierto tiempo. Como profesor de la corte, he de estar en todo momento con el príncipe Uggug, ¿comprende? La emperatriz se pondría furiosa si lo dejara solo, aunque fuera únicamente por una hora.

—Pero, sin duda, cada vez que viene aquí se ausenta durante diez días como mínimo, ¿no es cierto?

—¡Oh, más aún! —exclamó el profesor—. Una quincena, en ocasiones. Pero, naturalmente, tomo nota de la hora exacta de mi salida ¡para poder hacer retroceder el tiempo de la corte a ese mismo instante!

—Perdone —dije yo—. No comprendo.

Sin contestar, el profesor extrajo de su bolsillo un reloj de oro cuadrado, con seis u ocho manecillas, y lo sostuvo en el aire para que yo lo inspeccionara.

—Esto —empezó— es un reloj *exotilandés*...

—Debí haberlo supuesto.

—... que posee la peculiar propiedad de que, en vez de marchar con el tiempo, es este el que marcha con el reloj. Confío en que ahora me haya entendido.

—Apenas —admití.

—Permita que le explique. Si no se manipula, sigue su propio ritmo. El tiempo no le afecta.

—He conocido relojes así —observé.

—Funciona, como es natural, al ritmo acostumbrado. Lo especial es que el tiempo tiene que marchar con él. Por consiguiente, si muevo las manecillas, cambio la hora. Hacerlo hacia delante, sobrepasando la hora real, es imposible, pero puedo moverlas hasta un mes para atrás: ese es el límite. Y entonces uno encuentra que todos los acontecimientos se repiten de nuevo, con cualquier alteración que la experiencia pueda sugerir.

«¡Qué bendición sería un reloj como ese —pensé— en la vida real! Tener la capacidad de borrar una palabra irreflexiva... ¡de deshacer una acción imprudente!».

—¿Podría hacerme una demostración?

—¡Con gusto! —dijo el buen profesor—. Cuando desplazo esta manecilla para atrás hasta aquí —explicó, señalando el punto—, ¡la historia retrocede quince minutos! Temblando de emoción, lo observé empujar la manecilla como había descrito.

—¡Me he hecho muchósimo daño! De manera súbita y estridente las palabras resonaron en mis oídos y, más sorprendido de lo que quería mostrarme, me giré para buscar a quien las había pronunciado.

¡Sí! Allí estaba Bruno, con lágrimas corriendo por

sus mejillas, justo como lo había visto un cuarto de hora antes, ¡y allí se encontraba Silvia abrazada al cuello de su hermano! No me sentí capaz de hacer pasar al encantador pequeño por sus problemas una segunda vez, de modo que me apresuré a rogarle al profesor que devolviera las manecillas a su anterior posición. En un instante, Silvia y Bruno volvieron a desaparecer, y alcancé a verlos en la lejanía, cogiendo «dieleontes».

—¡Es ciertamente maravilloso! —exclamé.

—Posee otra propiedad, más maravillosa todavía —indicó el profesor—. ¿Ve esta pequeña clavija? Recibe el nombre de «clavija de inversión». Si la presiona, los acontecimientos de la hora siguiente se producen en orden inverso. No lo pruebe ahora. Le prestaré el reloj unos cuantos días para que pueda divertirse haciendo experimentos.

—¡Muchas gracias! —dije, mientras me entregaba el reloj—. Lo trataré con sumo cuidado... ¡ah, aquí vuelven los niños!

—Sólo *logdamos encontdad* seis *dieleontes* —anunció Bruno, poniéndomelos en las manos— *podque* Silvia dijo que era hora de volved. ¡Y tome: una *gdan* mora para usted! ¡No *encontdamos* más que dos!

—Gracias, muy amable —contesté—. Supongo que la otra te la comiste tú, ¿no, Bruno?

—No —negó Bruno con despreocupación—. ¿No le parecen unos *dieleontes* muy bonitos, *hombde señod?*

—Sí, mucho, pero ¿por qué cojeas, hijito?

—¡Me he hecho daño *otda* vez en el pie! —respondió Bruno en tono lastimero.

Acto seguido se sentó en el suelo y empezó a acariciárselo.

El profesor se llevó las manos a la cabeza, una postura que yo sabía indicaba agitación mental.

—Más vale que descanses un poco —aconsejó—. Puede que entonces mejore... o empeore. ¡Ojalá tuviera aquí algunas de mis medicinas! Soy el médico de la corte, ¿sabe usted? —añadió, en un aparte hacia mí.

—¿Quieres que vaya a buscarte unas moras, cariño? —susurró Silvia, con sus brazos en torno al cuello de su hermano, y secó con un beso una lágrima que resbalaba por su mejilla.

Bruno se animó al instante.

—¡Qué buena idea! —exclamó—. *Cdeo* que mi pie dejaría totalmente de doled si me comiera una mora... o dos o tdes... o seis o siete... Silvia se levantó presurosa.

—Mejor me voy —me dijo sin que él la oyera— ¡antes de que llegue a las decenas!

—Deja que vaya contigo para ayudarte —me ofrecí yo—. Puedo llegar más alto que tú.

—Sí, por favor —asintió Silvia, colocando su mano en la mía, y echamos a andar juntos.

»A Bruno le encantan las moras —comentó, mientras caminábamos junto a un alto seto, el cual parecía un sitio muy prometedor donde encontrarlas— ¡y fue un detalle encantador por su parte hacer que me comiera la única que quedaba! —Oh, ¿entonces fuiste tú quien se la comió? Bruno no parecía querer decírmelo.

—No; ya lo vi —apuntó Silvia—. Siempre le han asustado los elogios. ¡Pero me la hizo comer, literalmente! Hubiera preferido mucho más que... ¡oh!, ¿qué es eso? —Y aferró mi mano, un tanto asustada, cuando vimos una liebre tendida sobre un costado con las patas estiradas, justo a la entrada del bosque.

—Es una liebre, mi niña. A lo mejor está dormida.

—No, no lo está —dijo Silvia, acercándose tímidamente para examinarla—; tiene los ojos abiertos. ¿Está... está...? —su voz se redujo a un hilillo temeroso—. ¿Cree que está muerta?

—Sí, del todo —asentí, tras agacharme a inspeccionarla—. ¡Pobrecilla! Creo que ha muerto en una cacería. Sé que los lebreles andaban sueltos ayer. Pero no la han tocado. Es posible que vieran otra, dejando a esta morir de miedo y agotamiento.

—¿Muerta en una cacería? —repitió Silvia para sí misma, de manera lenta y triste—. Pensaba que la caza era un entretenimiento... como un juego. Bruno y yo cazamos caracoles, ¡pero nunca les hacemos daño al atraparlos!

«¡Ángel adorable! —pensé—. ¿Cómo voy a conseguir que tu mente inocente comprenda la idea del "deporte" de la caza?». Y mientras observábamos, cogidos de la mano, la liebre muerta, de pie frente a ella, traté de explicar el concepto con palabras que ella pudiese entender:

—¿Sabes lo fieros que son los leones y los tigres? —Silvia asintió con la cabeza—. Pues verás, en algunos países los hombres se ven forzados a matarlos, para salvar sus propias vidas, ¿sabes?

—Sí —contestó la niña—; si uno intentara matarme a mí, Bruno lo mataría... si pudiese.

—Entonces los hombres, los cazadores, llegan a disfrutar de ello, ¿sabes?: las carreras, la lucha, los gritos y el peligro.

—Sí —asintió Silvia—. A Bruno le gusta el peligro.

—Ya, pero en este país no hay leones ni tigres, en libertad, de modo que cazan otras criaturas, ¿entiendes? —Guardaba la esperanza, vana, no obstante, de que se quedara satisfecha con aquello, y no hiciera más preguntas.

—Cazan zorros —dijo Silvia, pensativa—. Y también los matan, según creo. Los zorros son muy fieros. Me figuro que los hombres no les tienen cariño. ¿Son fieras las liebres?

—No —tuve que admitir—. Una liebre es un animal encantador, manso y tímido... casi tan manso como un cordero.

—Pero si a los hombres les gustan las liebres, ¿por qué... por qué...? —la voz le temblaba y sus preciosos ojos estaban inundados de lágrimas.

—Mucho me temo que no les gustan, querida niña.

—A todos los niños les encantan —señaló Silvia—. Y a todas las damas.

—Siento decirlo, pero incluso algunas damas van en ocasiones de cacería.

Silvia se estremeció.

—¡Oh, no, las damas no! —suplicó de corazón—. ¡*Lady* Muriel no!

—No, ella nunca lo hace, estoy convencido... pero esta es una visión demasiado triste para ti, querida. Probemos a buscar alguna...

Pero Silvia aún no estaba satisfecha. En un tono solemne y apagado, con la cabeza inclinada y las manos unidas, formuló su pregunta final:

—¿Ama Dios a las liebres?

—¡Sí! —respondí yo—. ¡De eso no me cabe duda! Ama a todas las criaturas vivientes. Hasta a los hombres que cometen pecados. ¡Cómo no va a amar a los animales, que son incapaces de ello!

—No sé qué significa «pecado» —declaró Silvia. Y yo no traté de explicárselo.

—Ven, mi niña —dije, intentando alejarla de allí—. Dile adiós a la pobre liebre y vayamos a buscar moras.

—¡Adiós, pobre liebre! —repitió ella de manera obediente, mirándola por encima del hombro mientras nos disponíamos a marcharnos. Y entonces, en sólo un instante, perdió el control de sí misma. Soltando mi mano, regresó corriendo a donde yacía la liebre muerta y se tiró a su lado en un arranque de dolor que apenas habría creído posible en una niña tan joven.

»¡Oh, preciosa, preciosa mía! —gimió, repetidas veces—. ¡Dios te tenía reservada una vida tan hermosa! De tanto en tanto, pero siempre ocultando su cara contra el suelo, extendía una manita para acariciar al desventurado animal muerto, y luego volvía otra vez a enterrar el rostro en las manos y sollozaba como si se le fuera a romper el corazón.

Yo temía de veras que acabase contrayendo alguna enfermedad; no obstante, creí conveniente dejar que desahogara el intenso dolor inicial. A los pocos minutos, los sollozos cesaron paulatinamente, y Silvia se puso de pie y me miró con calma, aunque aún tenía lágrimas cayéndole por las mejillas.

No me atreví a hablar de nuevo, por el momento; me limité, en cambio, a ofrecerle mi mano para que pudiéramos abandonar aquel melancólico lugar.

—Sí, es hora de irse —dijo ella.

Se arrodilló con gran reverencia y besó la liebre muerta; después se levantó y me dio la mano, tras lo cual nos marchamos en silencio.

El dolor de un niño es violento, pero breve; y fue casi con su voz habitual que dijo, pasado un minuto:

—¡Oh, pare, pare! ¡Aquí hay unas moras preciosas! Llenamos nuestras manos de frutos y regresamos a toda prisa a la pendiente en la que nos esperaban sentados el profesor y Bruno.

Justo antes de llegar a donde pudiesen oírnos, Silvia me hizo parar.

—Por favor, ¡no le hable a Bruno de la liebre! —pidió.

—¡De acuerdo, mi niña! Pero ¿por qué no?

Las lágrimas relucieron nuevamente en aquellos hermosos ojos, y ella giró la cabeza, de modo que apenas logré escuchar su respuesta.

—Les... les tiene mucho cariño a los tiernos animalitos, ¿sabe? Y le... ¡le daría tanta pena! No quiero que se ponga así.

«Y tu doloroso arrebato no contará entonces para nada, ¡dulce y generosa niña!», pensé para mis adentros. Pero no hubo más palabras hasta que llegamos a donde se encontraban nuestros amigos, y Bruno se enfrascó demasiado en el festín que le habíamos llevado como para percatarse en lo más mínimo de la seria conducta de su hermana.

—Me temo que se está haciendo bastante tarde, ¿no cree, profesor? —dije.

—Así es —contestó este último—. Debo llevaros

a todos otra vez por la Puerta de Marfil. Habéis agotado vuestro tiempo aquí.

—¿No podríamos quedarnos un poquito más? —suplicó Silvia.

—¡Sólo un minuto! —agregó Bruno.

Pero el profesor se mostró inflexible.

—Ya sólo pasar por ella resulta un gran privilegio —declaró—. Debemos irnos ya. —Dicho lo cual lo seguimos obedientemente hasta la Puerta de Marfil, que abrió de manera enérgica, y me hizo una seña para que yo la franqueara el primero.

—Vosotros también venís, ¿no? —le dije a Silvia.

—Sí —contestó ella—, pero no nos verá una vez que haya pasado.

—Pero ¿y si os espero fuera? —pregunté, al tiempo que cruzaba el umbral.

—En tal caso —observó Silvia—, creo que la patata tendría todo el derecho a preguntarle a usted su peso. ¡Puedo imaginarme sin problemas una patata Jersey Royal de calidad verdaderamente superior rehusando discutir con alguien que pese menos de noventa y cinco kilos!

Con un gran esfuerzo recuperé el hilo de mis pensamientos.

—¡Qué rápido empezamos a desvariar! —observé.

Capítulo 22: Cruzando la vía

—Volvamos entonces a la cordura —dijo *lady* Muriel—. ¿Otra taza de té? Espero que eso le parezca perfectamente racional.

«¡Y toda esa extraña aventura —pensé— ha ocupado el espacio de una sola coma en el discurso de *lady* Muriel! ¡Una única coma, para la cual los gramáticos nos dicen que "contemos uno"!». (Tuve la certeza de que el profesor había hecho retroceder amablemente el tiempo para mí hasta el punto exacto en que me había quedado dormido).

Cuando, unos minutos después, abandonamos la casa, el primer comentario de Arthur fue sin duda uno extraño.

—Hemos pasado ahí sólo veinte minutos —señaló— y no he hecho otra cosa que escuchar tu conversación con *lady* Muriel, y sin embargo, de algún modo, ¡me siento exactamente como si hubiese estado hablando con ella durante por lo menos una hora!

Yo tuve la seguridad de que así había sido, en realidad, sólo que, como el tiempo había sido devuelto al comienzo del *tête à tête* al que se refería, todo él había caído en el olvido, ¡si no en la nada! Pero tenía demasiado aprecio por mi propia reputación de persona cuerda como para atreverme a explicar lo que había sucedido.

Por algún motivo que en aquel momento no fui capaz de adivinar, Arthur se hallaba inusualmente serio y callado durante nuestro camino a casa. No podía tener que ver con Eric Lindon, reflexioné, pues este llevaba unos días en Londres; de modo que, teniendo a *lady* Muriel prácticamente «para él solo» —pues yo me encontraba tan sumamente encantado de oírlos conversar a los dos que no quise interponer ningún comentario propio—, debería, en teoría, haber estado especialmente radiante y contento con la vida. «¿Le habrán dado acaso alguna mala noticia?», dije para mis adentros. Y, casi como si me hubiese leído el pensamiento, dijo:

—Llegará en el último tren —anunció en el tono de quien está continuando una conversación en vez de empezando otra.

—¿Te refieres al capitán Lindon?

—Sí, el capitán Lindon —asintió Arthur—. Obvié

su nombre porque me pareció que estábamos hablando de él. El conde me dijo que llega esta noche, aunque mañana es el día en que sabrá si le conceden el ascenso que está esperando. Me extraña que no se quede un día más en la ciudad para enterarse del resultado, si es que realmente le preocupa tanto como piensa el conde.

—Se lo pueden notificar mediante un telegrama —apunté yo—, ¡pero no es muy propio de un soldado salir corriendo ante posibles malas noticias!

—Es un hombre magnífico —reconoció Arthur—, pero confieso que las noticias serían buenas, para mí, ¡si recibiera su ascenso y su orden de incorporación a filas al mismo tiempo! Le deseo toda la felicidad del mundo... con una excepción. ¡Buenas noches! —Habíamos llegado a casa para entonces—. Esta noche no soy una buena compañía... es mejor que esté solo.

El día siguiente no fue muy distinto. Arthur declaró que no se sentía sociable, por lo que hube de salir solo a pasear por la tarde. Tomé el camino a la estación y, en el punto en que este confluía con el procedente del Hall, me detuve, al ver a lo lejos a mis amigos, los cuales se dirigían aparentemente al mismo destino.

—¿Quiere unírsenos? —me propuso el conde, después de un intercambio de saludos con él, *lady* Muriel y el capitán Lindon—. Este joven inquieto está esperando un telegrama y vamos a la estación para recogerlo.

—También hay una mujer inquieta implicada —añadió *lady* Muriel.

—Eso se sobreentiende, hija mía —contestó su padre—. ¡Las mujeres nunca están tranquilas!

—Para una generosa apreciación de las mejores cualidades de uno mismo —apuntó excelentemente la hija—, no hay nada como un padre, ¿no es cierto, Eric?

—Los primos no participan en ello —comentó este, y entonces, de algún modo, la conversación pasó a dos «duólogos», tomando los jóvenes la delantera, con los dos hombres de mayor edad siguiéndolos a un paso menos ansioso.

—¿Y cuándo volveremos a ver a sus pequeños amigos? —preguntó el conde—. Son unos niños singularmente cautivadores.

—Estaré encantado de traerlos, cuando pueda —respondí—. Pero yo mismo desconozco cuándo tendré ocasión de verlos otra vez.

—No voy a interrogarle —declaró el conde—, pero no hay nada de malo en mencionar que ¡a Muriel sencillamente le atormenta la curiosidad! Conocemos a la mayor parte de la gente de los alrededores y ella ha estado tratando de adivinar sin éxito en qué casa podrían estar alojándose.

—Tal vez algún día pueda arrojar un poco de luz al respecto, pero de momento...

—Gracias. Tendrá que sobrellevarlo lo mejor que pueda. Le diré que es una gran oportunidad para practicar la paciencia. Pero le cuesta verlo desde ese punto de vista. ¡Vaya, ahí están los niños!

Sí que lo estaban; esperaban (-nos, al parecer) en unas escaleras que permitían salvar una cerca, lo cual no podían haber hecho más que escasos momentos antes, pues *lady* Muriel y su primo habían pasado por delante de ella sin verlos. Al percatarse de que veníamos, Bruno se acercó corriendo a recibirnos y a enseñarnos, con mucho orgullo, el mango de una navaja —cuya hoja se encontraba rota que había encontrado en el camino.

—¿Y para qué la usarás, Bruno? —pregunté.

—No lo sé —respondió Bruno con despreocupación—; tengo que *pensadlo*.

—La visión que alberga inicialmente un niño de la vida —comentó el conde, con esa encantadora y triste sonrisa tan suya es que es un periodo que ha de dedicarse a la acumulación de posesiones que puedan llevar encima. Esa visión se modifica con los años. —Y le tendió la mano a Silvia, la cual se había colocado a mi lado, con aspecto de sentirse un poco intimidada por el conde.

Pero el amable anciano no era alguien con quien un niño, ya fuera humano o feérico, pudiera estar cohibido durante mucho tiempo, y al poco ella ya había cambiado mi mano por la suya, permaneciendo únicamente Bruno fiel a su primer amigo. Alcanzamos a la otra pareja justo cuando llegaba a la estación, y tanto *lady* Muriel como Eric saludaron a los niños como si los conocieran de toda la vida, este último diciendo:

—¿Así que llegasteis a Babilonia alumbrándoos sólo con velas, después de todo?

—Sí, ¡y hasta volvimos! —profirió Bruno.

Lady Muriel miró a uno y a otro con cara atónita.

—¿Qué? ¿Los conoces, Eric? —exclamó—. ¡Este misterio crece cada día más!

—Entonces debemos andar por el tercer acto —observó Eric—. No esperarás que el misterio se resuelva antes de que llegue el quinto, ¿no?

—¡Pero es una obra tan larga! —fue la lastimera respuesta de ella—. ¡A estas alturas debemos de estar ya en el quinto acto!

—Nos encontramos en el tercero, te lo aseguro —insistió el joven soldado de forma inmisericorde—. Escenario: un andén del ferrocarril. Se apagan las luces. Entra el príncipe (disfrazado, por supuesto) y su fiel criado. Este es el príncipe... —dijo cogiendo la mano de Bruno—. ¡Y aquí está su humilde sirviente! ¿Qué es lo que ordena a continuación su alteza real? —Y dedicó una reverencia de aires profundamente cortesanos a su desconcertado amiguito.

—¡Tú no eres un *sidviente*! —exclamó Bruno desdeñoso—. ¡Eres un cabellero!

—¡Un servidor, se lo aseguro a su alteza real! —insistió respetuosamente Eric—. Permítame referirle a su alteza real mis diversos empleos: pasados, presentes y futuros.

—¿Cuál fue el *pdímero*? —preguntó Bruno, que empezaba a entrar en la broma—. ¿Fuiste limpiabotas?

—¡Más bajo que eso, su alteza real! Hace años, me ofrecí como esclavo... como ¿«esclavo de confianza», creo que lo llaman? —inquirió, volviéndose hacia *lady* Muriel. Pero *lady* Muriel no lo oyó; algo le había pasado a uno de sus guantes, el cual absorbía toda su atención.

—¿Conseguiste el puesto? —interrogó Bruno.

—Me apena decirlo, alteza real, ¡pero no! De modo que tuve que aceptar una plaza de... reservista, en la que llevo algunos años... ¿no es así? —Se volvió de nuevo a mirar a *lady* Muriel.

—Silvia, querida, ¡ayúdame a abrochar este guante! —susurró la dama, agachándose con apremio, y sin haber llegado a oír la pregunta.

—¿Y luego qué serás? —continuó Bruno.

—Mi siguiente ocupación, espero será la de mari... nero. Y después...

—¡No vuelvas loco al niño! —interrumpió *lady* Muriel—. ¡Qué disparates dices!

—... después —continuó Eric pese a todo—, espero obtener el puesto de administrador doméstico, el cual... ¡Cuarto acto! —proclamó, con un repentino cambio de tono—. Se encienden las luces. Luces rojas y verdes. Se escucha un lejano retumbar. ¡Entra un tren de pasajeros! Y un momento después el tren se detuvo junto al andén, y un torrente de pasajeros comenzó a salir con fluidez del despacho de billetes y las salas de espera.

—¿Alguna vez ha convertido la vida real en una obra dramática? —dijo el conde—. Pruebe a hacerlo ahora. A menudo me entretengo así. Considere este andén nuestro escenario. Hay buenas entradas y salidas a ambos lados, ¿ve? Un excelente decorado de fondo: una locomotora real que se desplaza arriba y abajo. Todo este bullicio, y la gente que va de acá para allá, ¡han tenido que requerir un cuidadoso ensayo! ¡Con qué naturalidad actúan! ¡Sin mirar ni un instante al público! Y los grupos son siempre totalmente nuevos, ¿se da cuenta? ¡Nada de repeticiones!

Tan pronto como empecé a asimilar aquel punto de vista, me pareció realmente admirable. Incluso un mozo que pasaba, con una carretilla llena de equipaje, daba tal impresión de realismo que uno sentía la tentación de aplaudir. Tras él apareció una madre enfadada, con el rostro encendido, arrastrando a dos niños que chillaban, y llamando a alguien que iba detrás: «¡John! ¡Venga!». Entra John, muy sumiso, muy callado, y cargado de paquetes. Y detrás de él, a su vez, venía una asustada y joven niñera, la cual llevaba en brazos a un rechoncho bebé, que también chillaba. Todos los niños lo hacían.

—¡Un estupendo detalle de la interpretación! —dijo el anciano en un aparte—. ¿Se ha percatado de la expresión aterrorizada de la niñera? ¡Era sencillamente perfecta!

—Ha dado usted con un filón completamente nuevo —aseguré—. Para la mayoría de nosotros la vida y sus placeres se asemejan a una mina que se halla prácticamente agotada.

—¡Ya lo ve! —exclamó el conde—. Para cualquiera con verdadero instinto dramático, ¡sólo ha acabado el preludio! Lo bueno aún está por venir. Uno va al teatro, paga los diez chelines de una butaca, ¿y qué recibe por su dinero? Quizá se trate de un diálogo entre un par de granjeros, poco naturales con sus exageradamente caricaturescos atuendos de granjeros, menos naturales aún en sus forzados gestos y poses, y nada naturales en absoluto en sus intentos por transmitir jovialidad y espontaneidad al hablar. Vaya en cambio a sentarse a un vagón de tren de tercera clase, ¡y tendrá el mismo diálogo, pero real como la vida misma! Asientos de primera fila, sin orquesta que obstruya la visión... ¡y gratis!

—Lo cual me recuerda —terció Eric— ¡que no hay que pagar para recibir un telegrama! ¿Preguntamos si hay alguno? —Dicho esto, *lady* Muriel y él se alejaron tranquilamente en dirección a la oficina de telégrafos.

—Me pregunto si Shakespeare tenía eso en mente —cavilé en voz alta— cuando escribió: «El mundo entero es un escenario».

El anciano dejó escapar un suspiro.

—Lo es, en efecto —dijo—, se mire como se mire. La vida es, desde luego, un drama; uno con pocos bises... ¡y ningún buqué! —añadió en tono soñador—. ¡Nos pasamos media vida lamentándonos de las cosas que hicimos en la otra mitad! Y el secreto para disfrutar de ella —prosiguió, recuperando el tono alegre ¡es la intensidad!

—Pero no en el sentido esteticista moderno, imagino. Como esa joven dama, en Punch, que abre una conversación diciendo: «¿Es usted intenso?».

—¡En modo alguno! —replicó el conde—. Hablo de intensidad de pensamiento; de una atención concentrada. Perdemos la mitad del placer que podríamos tener en la vida por no prestar verdadera atención. Tome cualquier caso que desee; no importa lo banal que sea el placer, el principio es el mismo. Supongamos que A y B están leyendo la misma novela mediocre, sacada de una biblioteca pública. A nunca se preocupa por comprender al cien por cien las relaciones entre los personajes, de las que tal vez dependa todo el interés de la historia; se «salta» todas las descripciones del escenario y todos los pasajes que le parecen relativamente aburridos; a los que sí lee, ni siquiera les dedica una atención somera; sigue con el libro —por el simple deseo de terminar y encontrar otra ocupación— horas después de cuando debería haberlo dejado; ¡y llega al «finis» en un estado de completo hastío y depresión! B se entrega en cuerpo y alma al acto, siguiendo el principio de que «cualquier cosa digna de hacerse, es digna de hacerse bien»; domina las genealogías; evoca imágenes en su mente al tiempo que lee sobre el escenario; lo mejor de todo, cierra con resolución el libro al final de algún capítulo, mientras su interés se halla aún en su punto álgido, y traslada su atención a otras cuestiones; de modo que, la próxima vez que se permite una hora de lectura, es como si un hombre hambriento se sentase a cenar; y, cuando acaba el libro, ¡regresa a su quehacer cotidiano como «un gigante renovado»!

—¿Pero y si el libro fuera realmente basura, nada

que compensase la atención dedicada?

—Bien, pongámonos en ese caso —dijo el conde—. ¡Mi teoría también lo contempla, se lo aseguro! A nunca descubre que es basura, sino que se deja llevar hasta el final, intentando creerse que está disfrutando. B cierra el libro con suavidad, tras haber leído una docena de páginas, se dirige a la biblioteca ¡y lo cambia por uno mejor! Dispongo aún de otra teoría para aumentar el goce vital... es decir, si no he agotado su paciencia. Temo que me considere una vieja cotorra.

—¡Por supuesto que no! —exclamé con franqueza. Y me parecía ciertamente difícil que uno pudiese cansarse de la dulce tristeza de su suave voz.

—La teoría es que deberíamos experimentar nuestros placeres con rapidez, y nuestros dolores con lentitud.

—Pero ¿por qué? Yo lo habría dicho al revés.

—Al experimentar el dolor artificial, el cual puede ser tan banal como desee, de manera lenta, el resultado es que, cuando sobreviene un dolor real, por muy severo que este sea, lo único que necesita hacer es dejar que avance a su ritmo normal, ¡y cesará en un momento!

—Muy cierto —convine—, pero ¿qué pasa con el placer?

—Pues que, al experimentarlo rápidamente, puede introducir una cantidad mucho mayor en la vida. Se requieren tres horas y media para escuchar y disfrutar de una ópera. Imagine que fuera capaz de asimilarla, y gozar de ella, en media hora. ¡Entonces puedo disfrutar de siete óperas en el tiempo que usted tarda en escuchar una!

—Siempre en el supuesto de que dispusiera de

una orquesta capaz de tocarlas —señalé—. ¡La cual está todavía por descubrir! En el rostro del anciano se dibujó una sonrisa.

—He oído tocar un aire —declaró—, en modo alguno corto, de principio a fin, con variaciones y todo, ¡en tres segundos!

—¿Cuándo? ¿Y cómo? —inquirí ansiosamente, con cierta sensación de estar soñando otra vez.

—Lo hizo una pequeña caja de música —respondió con voz suave—. Tras haberle dado cuerda, el regulador, o alguna cosa, se rompió, y la canción entera sonó, como he dicho, en unos tres segundos. ¡Pero tuvo necesariamente que tocar todas las notas, ya sabe!

—¿Y le gustó? —pregunté, con toda la severidad de un abogado en el turno de repreguntas.

—¡Pues no! —confesó de forma sincera—. ¡Pero en aquel momento, sabe usted, no tenía el oído educado para apreciar ese tipo de música! —Me encantaría probar su plan —dije, y, como resultó que Silvia y Bruno llegaron corriendo hasta nosotros en aquel momento, los dejé en compañía del conde y seguí paseando por el andén, haciendo que cada persona y acontecimiento jugara su papel en un improvisado drama teatral creado especialmente para mí.

—¿Es que el conde se ha cansado ya de vosotros? —pregunté, al pasar los niños corriendo a mi lado.

—¡No! —contestó Silvia con gran ímpetu—. ¡Quiere el periódico de la tarde, así que Bruno va a convertirse en un pequeño repartidor!

—¡Cuidad de que no os racanee con el pago! —voceé mientras se alejaban.

De vuelta de mi paseo por el andén, me tropecé

con Silvia, que se encontraba sola.

—Y bien, niña —dije—, ¿dónde está tu pequeño repartidor? ¿No pudo conseguirte un ejemplar del periódico?

—Fue a buscar uno al quiosco del otro lado —explicó Silvia—, y lo trae cruzando la vía... ¡oh, Bruno, deberías pasar por el puente! —advirtió, pues el rumor distante del expreso era ya audible. De pronto su faz adquirió una expresión horrorizada—. ¡Oh, ha tropezado! —gritó, y salió disparada por mi lado a una velocidad que frustró por completo el veloz intento que hice de detenerla.

Mas dio la casualidad de que el viejo y resollante jefe de estación se encontraba a escasa distancia detrás de mí; el pobre anciano no era ya capaz de mucho, pero sí de aquello; de modo que, antes de que yo consiguiera darme la vuelta, tenía a la niña sujeta entre sus brazos, a salvo de la muerte segura hacia la que corría. Tan concentrado estaba en esta escena que apenas me percaté de una rauda figura de traje gris claro que pasó como una exhalación desde el fondo del andén y que, un segundo después, se hallaba en la vía. Hasta donde uno podía tomar nota del tiempo en un momento de horror como aquel, disponía de unos diez claros segundos, antes de que el expreso llegara a su altura, para cruzar las vías y coger a Bruno. Si lo logró o no, fue algo totalmente imposible de adivinar; lo siguiente que se supo fue que el expreso había pasado, y que, con resultado de vida o muerte, todo había acabado.

Cuando la nube de polvo se hubo despejado, y la vía se aclaró de nuevo a nuestros ojos, vimos con el corazón agradecido que el niño y su salvador estaban ilesos.

—¡Todo bien! —nos dijo Eric en voz alta y alegre, mientras cruzaba otra vez la vía—. ¡Está más asustado que lastimado! Levantó al pequeñín hasta depositarlo en los brazos de *lady* Muriel y subió al andén tan contento como si nada hubiera ocurrido, pero estaba mortalmente pálido y se apoyó con pesadez en el brazo que me apresuré a ofrecerle, temiendo que estuviese a punto de desmayarse.

—Me sentaré... sólo un momento... —dijo ensimismado—. ¿Dónde está Silvia?

Esta corrió hasta él y se abrazó de golpe a su cuello, sollozando como si se le fuese a partir el corazón.

—¡No hagas eso, preciosa! —musitó Eric, con una expresión extraña en la mirada—. No hay razón para llorar, ¿sabes? ¡Pero a punto has estado de matarte por nada!

—¡Por Bruno! —sollozó la pequeña muchacha—. Y él habría hecho lo mismo por mí. ¿A que sí, Bruno?

—¡*Pod* supuesto! —dijo Bruno, girándose con aire desorientado.

Lady Muriel le dio un beso en silencio al tiempo que lo dejaba en el suelo.

Luego le hizo un gesto a Silvia para que se acercara a coger la mano de su hermano, e indicó a los niños que regresaran a donde el conde se hallaba sentado.

—Decidle... —susurró con labios temblorosos—. Decidle... ¡que todo va bien!

—Después se volvió hacia el héroe del día—. Pensé que habíais muerto —confesó—. ¡Gracias a Dios que estáis ilesos! ¿Viste lo cerca que estaba?

—Vi que había tiempo suficiente —contestó Eric quitándole hierro al asunto—. Un soldado debe aprender a poner en riesgo su vida, ¿sabes? Me encuentro bien ya.

¿Volvemos a pasarnos por la oficina de telégrafos? Me figuro que a estas alturas ya habrá llegado.

Fui a reunirme con el conde y los niños, y esperamos —prácticamente en silencio, pues nadie parecía tener ganas de hablar, y Bruno dormitaba sobre el regazo de Silvia— hasta que se nos unieron los demás. No había llegado ningún telegrama.

—Daré una vuelta con los niños —anuncié, con la sensación de que sobrábamos un poco— y me pasaré por su casa durante la tarde.

—Debemos regresar ya al bosque —dijo Silvia, en cuanto estuvimos fuera del alcance de sus oídos—. No podemos mantener este tamaño por más tiempo.

—Entonces, la próxima vez que nos veamos, ¿seréis otra vez hadas diminutas?

—Sí —asintió Silvia—, pero volveremos a ser niños algún día... si le parece bien. Bruno tiene muchas ganas de ver otra vez a *lady* Muriel.

—Es muy simpatiquísima —dijo Bruno.

—Estaré encantado de llevaros a verla de nuevo —aseguré—. ¿No sería mejor que os devolviera el reloj del profesor? Cuando seáis hadas os resultará demasiado grande para cargar con él; ya sabéis.

Bruno rio de manera jovial. Me alegré de ver que se había recuperado por completo de la terrible escena por la que había pasado.

—¡Oh, qué va! —dijo—. Cuando nos hagamos pequeños, ¡el *deloj* también lo hará!

—E irá directamente a las manos del profesor —agregó Silvia— y usted ya no podrá usarlo más, así que más vale que lo haga ahora cuanto pueda. Debemos menguar cuando se ponga el sol. ¡Adiós!

—¡Adiós! —gritó Bruno. Pero sus voces sonaron muy distantes y, cuando miré a mi alrededor, los dos niños habían desaparecido.

—¡Y sólo faltan dos horas para el crepúsculo! —dije mientras reanudaba mi paseo—. ¡He de aprovechar el tiempo!

Capítulo 23: Un reloj exotilandés

Al entrar en el pueblo me encontré con dos de las mujeres de los pescadores que intercambiaban esa última palabra «que nunca era la última»; y se me ocurrió, a modo de experimento con el reloj mágico, esperar a que la pequeña escena terminase, y añadirle después «un bis».

—¡*Ñas* noches! No *t'olvides d'avisarnos cuandoscriba* tu Martha, ¿eh?

—No, no *m'olvidaré*. Y si no vale *pa'l* trabajo, no le queda otra que *volvé*. ¡*Ñas* noches!

Un observador casual podría haber pensado: «¡Y ahí termina la charla!».

Ese observador casual estaría equivocado.

—¡Ah, pero *t'advierto* que la gustarán! No la tratarán mal, *pues* estar segura. Son muy buena gente. ¡*Ñas* noches!

—¡Sí lo son! ¡*Ñas* noches!

—¡*Ñas* noches! Avísanos *si'scribe*, ¿eh?

—¡Sí, sí, no te preocupes! ¡*Ñas* noches!

Y por fin se fue cada una por su lado. Esperé hasta que se hubieron alejado unos veinte metros la una de la otra, y entonces atrasé el reloj un minuto. El instantáneo cambio fue asombroso: las dos figuras parecieron regresar al momento a donde se encontraban antes.

—... no vale *pa'l* trabajo, no le queda otra que *volvé*. ¡Ñas noches! —estaba diciendo una de ellas; y así el diálogo entero se repitió, y, cuando se separaron por segunda vez, las dejé seguir sus diversos caminos, y continué con mi paseo por el pueblo.

«Pero la verdadera utilidad de este poder mágico —reflexioné— sería la de deshacer un perjuicio, un suceso doloroso, algún tipo de accidente...». No tuve que esperar mucho para disponer de una oportunidad de probar también esta propiedad del reloj mágico, ya que, justo cuando el pensamiento me pasaba por la mente, el accidente que estaba imaginando se produjo. Había una pequeña carreta parada en la puerta del «Gran Almacén de Sombreros de Señora» de Elveston, cargada de cajas de cartón que el carretero estaba transportando al interior de la tienda, una a una. Una de las cajas se había caído al suelo, pero casi no parecía que mereciera la pena acercarse a recogerla, ya que el hombre regresaría en un momento. Sin embargo, en aquel instante, un joven montado en bicicleta dobló bruscamente la esquina de la calle y, al tratar de esquivar la caja, volcó su máquina, y resultó arrojado de cabeza contra la rueda de la carreta. El carretero corrió a socorrerlo, y él y yo levantamos al infortunado ciclista y lo llevamos adentro. Tenía un corte en la cabeza por el que sangraba, y una de sus rodillas parecía herida de gravedad; se decidió, pues, sin demora que lo mejor era trasladarlo de inmediato a la consulta del único traumatólogo del lugar. Ayudé a vaciar la carreta y a colocar en ella unas cuantas almohadas que sirvieran de lecho al herido, y fue únicamente cuando el carretero hubo subido a su asiento en el vehículo, y se disponía a salir para la consulta, que me acordé del extraño poder que poseía para deshacer todo aquel daño.

«¡Mi momento ha llegado!», me dije, mientras hacía retroceder la manecilla del reloj, y vi, casi sin sorprenderme esta vez, que todo regresaba al lugar que ocupaba en el instante crítico en que me percaté inicialmente de la caja caída.

Sin perder un segundo, salí a la calle, recogí la caja y la devolví a la carreta; un momento después la bicicleta había torcido la esquina, pasado la carreta sin impedimento ni obstáculo, y desaparecido al poco en la distancia, en una nube de polvo.

«¡El delicioso poder de la magia! —pensé—. ¡Qué cantidad de sufrimiento humano he... no sólo aliviado, sino aniquilado, en realidad!». Y me quedé observando la descarga de la carreta, con una agradable sensación de virtud consciente y el reloj mágico aún abierto en mi mano, pues albergaba curiosidad por saber qué pasaría cuando llegáramos nuevamente al momento exacto en que había hecho retroceder la manecilla.

El resultado fue uno que, de haber meditado la cuestión con detenimiento, podría haber previsto: al alcanzar la marca la manecilla del reloj, la carreta —que ya se había alejado y se encontraba para entonces a media calle de distancia reapareció de nuevo frente a la puerta, y en el momento de echar a rodar, a la vez que— ¡oh, desdichado sueño dorado de universal benevolencia que había deslumbrado mi fantasiosa imaginación! el joven lesionado retornó a su abultado lecho de almohadas, con su pálida faz contraída en una rígida expresión que revelaba un dolor soportado con entereza.

«¡Oh, reloj mágico, te burlas de mí! —dije para mis adentros, en tanto salía del pueblo y enfilaba el camino hacia la costa que conducía a mi alojamiento —. El bien que creí poder hacer se ha desvanecido como un sueño; ¡el mal de este mundo problemático es la única realidad duradera!».

Y ahora debo referir una experiencia tan extraña que creo de lo más justo, antes de empezar a narrarla, liberar a mi sufrido lector de cualquier obligación que pudiera sentir de creer esta parte de mi historia; yo mismo no lo habría hecho, admito con franqueza, si no lo hubiese presenciado con mis propios ojos; ¿por qué debería entonces esperarlo de mi lector, el cual, muy probablemente, jamás ha visto nada parecido? Pasaba por delante de una hermosa casita de campo que se levantaba a bastante distancia del camino, en mitad de su jardín, con brillantes macizos de flores en la parte delantera; enredaderas que trepaban sin rumbo por las paredes y colgaban en festones en torno a las ventanas mirador; una butaca olvidada en el césped, con un periódico tirado al lado; un perrito *carlino* echado frente a este, decidido a proteger el tesoro aun a costa de su vida, y una puerta principal que permanecía invitadoramente entreabierta. «¡Esta es mi oportunidad —pensé— de probar la "clavija de inversión" del reloj mágico!».

La apreté y me interné en el jardín de la casa. En otra, la entrada de un extraño podría causar sorpresa, enfado tal vez, llegándose incluso a expulsar a dicho extraño con violencia, pero yo sabía que en mi caso no podía ocurrir nada parecido. El curso usual de los acontecimientos —primero, ignorarme; a continuación, levantar la cabeza para verme al oír mis pasos, y luego preguntarse qué estaba haciendo yo allí— sufriría una inversión por acción de mi reloj. Se preguntarían inicialmente quién era yo, después me verían, luego bajarían la cabeza y dejarían de pensar en mí. Y en cuanto a echarme de manera violenta, tal suceso habría de tener lugar necesariamente al principio, en este caso. «De modo que si al final logro entrar —me dije—, ¡todo riesgo de expulsión habrá desaparecido!».

El *carlino* se sentó sobre sus cuartos traseros, como medida de precaución, a mi paso; pero como no presté atención alguna al tesoro que estaba guardando, me dejó ir sin lanzar siquiera un ladrido de amonestación. «Quien se adueña de mi vida —parecía estar diciéndose, entre sibilantes resuellos— empuña la correa. ¡Pero quien se adueña del Daily Telegraph...!». Mas no me enfrenté a esta espantosa contingencia.

Los presentes en el salón —entré directamente, ¿entiendes?, sin llamar al timbre ni dar aviso alguno de mi acercamiento— eran cuatro niñas sonrosadas y risueñas, de edades comprendidas entre los catorce y los diez años, que aparentemente venían hacia la puerta (mas descubrí que, en realidad, estaban caminando hacia atrás), al tiempo que su madre, sentada junto al fuego con labores de aguja en el regazo, decía, justo en el momento de entrar yo en la habitación: «Ahora, niñas, podéis ir a abrigaros para salir de paseo».

Para mi total asombro —pues no me encontraba todavía acostumbrado a la acción del reloj— «todas las sonrisas cesaron» (utilizando las palabras de Browning) en las cuatro bonitas caras, y las niñas sacaron piezas de labor, y se sentaron. Ninguna se percató en lo más mínimo de mi presencia, mientras yo acercaba una silla sin hacer ruido y me sentaba a observarlas.

Una vez desdobladas las costuras, y listas las cuatro para empezar, su madre dijo: «¡Por fin habéis terminado! Podéis guardar vuestras labores, niñas». Pero estas hicieron caso omiso del comentario; por el contrario, se pusieron de inmediato a coser, si es que esa es la palabra apropiada para describir una operación que jamás antes había contemplado. Cada una de ellas enhebró su aguja con un corto cabo de hilo, unido a la labor, del que una fuerza invisible comenzó al instante a tirar, haciendo que atravesara la trama y arrastrara la aguja tras de sí; los hábiles dedos de la pequeña costurera cogieron esta en el otro lado, pero sólo para soltarla enseguida, una vez más. Y de este modo procedió el trabajo, deshaciéndose a un ritmo constante, y con los vestiditos cuidadosamente cosidos, o lo que quiera que fuesen, apedazándose sin parar.

De tanto en tanto, una de las niñas hacía un alto cuando el hilo recuperado se volvía incómodamente largo, lo enrollaba en un carrete y recomenzaba con otro pequeño cabo.

Finalmente la labor quedó reducida por completo a retazos, que guardaron, y la dama se dirigió en primer lugar a la habitación de al lado, caminando de espaldas, y haciendo el siguiente comentario descabellado: «Todavía no, queridas: primero debemos terminar con la costura». Tras lo cual, no me sorprendió ver a las niñas brincando de espaldas tras ella, a la vez que exclamaban: «¡Oh, madre, hace un día precioso para salir a pasear!».

Sobre la mesa del comedor sólo había platos sucios y fuentes vacías. El grupo, no obstante —al cual se había sumado un caballero tan afable, y de piel tan sonrosada, como las niñas—, se sentó a ella con gran contento.

¿Has visto a gente comer tarta de cerezas, y dejar cada cierto tiempo de manera cuidadosa un hueso del fruto en los platos desde sus labios? Pues algo parecido tuvo lugar durante aquel terrorífico —¿o debería decir tal vez «fantasmagórico»?— banquete. Un tenedor vacío se eleva a los labios, donde recibe una pieza bien cortada de carnero, y rápidamente la lleva hasta el plato, donde se une en el acto y por sí sola a la carne que ya se encuentra allí. Al poco pasaron uno de los platos, provisto de una tajada entera de carnero y dos patatas, al caballero que presidía la mesa, que restituyó en silencio la tajada a la pata, y las patatas a la fuente.

Su conversación resultó ser, si es que ello era posible, más desconcertante que su forma de cenar. Comenzó cuando la muchacha más joven se dirigió, repentinamente y sin provocación previa, a su hermana mayor:

—¡Oh, qué cuentista eres! —dijo.

Yo esperaba una contestación desabrida por parte de la hermana pero, en cambio, esta se giró riendo hacia su padre, y dijo, en un estentóreo susurro teatral: —¡Ser ella la novia! El padre, para cumplir con su parte en una conversación que parecía propia únicamente de lunáticos, contestó:

—Susúrramelo al oído, cariño.

Pero ella, en vez de susurrar (aquellas niñas no hacían nunca lo que se les decía), repuso, en voz muy alta:

—¡Claro que no! ¡Todo el mundo sabe lo que quiere Dolly! Y la pequeña Dolly se encogió de hombros, y dijo, terriblemente malhumorada:

—¡Vamos, padre, no te metas conmigo! ¡Ya sabes que no quiero ser dama de honor de nadie!

—Y la cuarta será Dolly —fue la estúpida respuesta de su padre.

Aquí metió baza la número tres:

—¡Oh, pero ya lo han decidido, querida madre, en serio! Mary nos lo contó todo. Será cuatro semanas después del próximo martes... y vendrán tres de sus primas para hacer de damas de honor... y...

—¡A ella no se le olvida, Minnie! —contestó la madre entre risas—. ¡Ojalá decidieran casarse de una vez! No me gustan los noviazgos largos. Y Minnie cerró la conversación —si es que una serie tan caótica de comentarios merece tal nombre— con—: ¡Imagínate! Esta mañana pasamos por delante de Cedars, justo cuando Mary Davenant se estaba despidiendo desde la verja del señor... no recuerdo su nombre.

Nosotras por supuesto miramos hacia otro lado.

Para entonces me encontraba tan desesperadamente confuso que dejé de escuchar y seguí la cena hasta la cocina.

¿Pero qué necesidad, oh, lector hipercrítico, decidido a no creer ni un punto de esta rara aventura, hay de relatarte cómo el carnero se colocó en el asador, y se desasó lentamente; cómo las patatas se envolvieron en sus pieles, y se entregaron al jardinero para que las enterrara; cómo, cuando el carnero llegó finalmente a estar crudo, el fuego, que había pasado gradualmente de un infierno al rojo a una simple llama, se extinguió tan bruscamente que el cocinero tuvo apenas el tiempo justo para atrapar su última chispa en el extremo de una cerilla; o cómo la criada, tras haber retirado el carnero del asador, se lo llevó (caminando de espaldas, por supuesto) fuera de la casa, al encuentro del carnicero, el cual venía (también de espaldas) por el camino? Cuanto más vueltas le daba a aquella extraña aventura, más se enredaba sin solución el misterio, y supuso un verdadero alivio encontrar a Arthur en el camino y convencerlo de que me acompañara al Hall para averiguar qué noticias había traído el telégrafo. Le conté, durante el trayecto, lo que había sucedido en la estación, pero en lo que concernía a mis nuevos lances consideré que, de momento, lo mejor era guardármelos para mí.

Cuando entramos, el conde se encontraba sentado a solas.

—Me alegro de que hayan venido a hacerme compañía —dijo—. Muriel se ha acostado, la emoción de esa terrible escena fue excesiva para ella, y Eric ha marchado al hotel para hacer el equipaje, con idea de salir para Londres en el próximo tren.

—¡Entonces el telegrama ha llegado! —afirmé.

—¿No lo sabía? Oh, lo había olvidado: llegó después de abandonar usted la estación. Sí, todo ha salido bien; Eric ha recibido su ascenso y, como ya ha hablado con Muriel de sus planes, tiene asuntos en la ciudad que debe atender sin demora.

—¿A qué planes se refiere? —pregunté con el corazón abatido, pues el pensamiento de las destrozadas esperanzas de Arthur me vino a la cabeza—. ¿Acaso están prometidos?

—Llevan prometidos, en cierto modo, desde hace dos años —contestó el anciano en tono afable—; es decir, que yo había prometido darle mi consentimiento tan pronto como pudiera asegurarse una ocupación permanente y estable en la vida. Jamás sería feliz si mi hija se casara con un hombre sin un propósito por el que vivir... ¡o por el que morir, siquiera!

—Espero que sean felices —dijo una extraña voz. Su dueño se hallaba obviamente en la habitación, pero no había oído abrirse la puerta, y miré a mi alrededor con cierto asombro. El conde parecía compartir mi sorpresa.

—¿Quién ha hablado? —preguntó este último.

—He sido yo —reveló Arthur, mirándonos con un semblante extenuado y demacrado, y unos ojos en los que parecía haberse apagado de súbito la luz de la vida —. Y permita que le desee igualmente dicha a usted, querido amigo —añadió, observando al conde con expresión triste, y hablando con la misma voz cavernosa que tanto nos había sobresaltado.

—Gracias —dijo el anciano, de manera franca y llana.

A continuación se hizo el silencio; yo me levanté, con la seguridad de que Arthur querría estar a solas y deseándole buenas noches a nuestro amable anfitrión; mi amigo le estrechó la mano, pero no articuló palabra; ni tampoco lo hizo, en nuestro regreso a casa, hasta que llegamos a ella y encendimos las velas de nuestro dormitorio.

Entonces dijo, más para sí mismo que para mí:

—«El corazón conoce su propia amargura».

Jamás antes de hoy había comprendido esas palabras.

Los días siguientes transcurrieron de manera bastante fatigosa. No me sentí inclinado a realizar nuevas visitas, en solitario, al Hall; y menos aún a proponerle a Arthur que viniera conmigo; parecía mejor esperar a que el Tiempo —ese dulce sanador de nuestros más amargos pesares— lo ayudara a recuperarse de la impresión inicial de la decepción que había devastado su vida.

Unos asuntos, no obstante, requirieron al poco mi presencia en la ciudad, y tuve que anunciarle a Arthur que debía ausentarme durante una temporada.

—Pero espero visitarte de nuevo dentro un mes —añadí—. Me quedaría, si pudiera. No creo que te venga bien estar solo ahora.

—No, no puedo hacer frente a la soledad, aquí, por mucho tiempo —dijo Arthur—. Pero no te preocupes por mí. He decidido aceptar un empleo en la India que me han ofrecido. Allí, en el extranjero, supongo que encontraré un motivo por el que vivir; ahora mismo soy incapaz de ver ninguno. «Esta vida guardo, como un valioso regalo de Dios, del daño y el mal, ¡y tampoco ardo en deseos de perderla!».

—Sí —dije—, tu tocayo soportó un golpe igual de duro y se sobrepuso.

—Uno mucho más duro que el mío —reconoció Arthur—. Comprobó que la mujer que amaba le había sido infiel. Tal mancha no existe en mis recuerdos de... de... —Dejó el nombre sin pronunciar, y agregó con rapidez—. Pero tú volverás, ¿no es así?

—Sí, regresaré por una breve temporada.

—Hazlo —pidió Arthur—, y escribe con noticias de nuestros amigos. Te enviaré mi dirección en cuanto me instale.

Capítulo 24: La fiesta de cumpleaños de las ranas

Y aconteció que, justo una semana después de la primera aparición de mis amigos feéricos como niños, me vi dando un último paseo de despedida por el bosque, con la esperanza de encontrarme con ellos una vez más. Sólo tuve que tumbarme sobre la suave hierba para que la sensación de «inquietud» me invadiera enseguida.

—Si baja la oreja muy mucho —dijo Bruno— ¡le contaré un *secdeto*! Es la fiesta de cumpleaños de las *dañas*... ¡y hemos *peddido* al bebé!

—¿Qué bebé? —inquirí yo, completamente desconcertado por aquella confusa noticia.

—¡El bebé de la *deina*, naturalmente! —declaró Bruno—. El bebé de Titania. Y *nosotdos* lo sentimos muy *muchósimo*. Silvia... ¡oh, lo *sente* un montón!

—¿Cuánto lo siente exactamente? —pregunté, con picardía.

—*Tdes cuadtos* de metdo —respondió Bruno con absoluta solemnidad—. Y yo también lo sentó un poquitín —agregó, cerrando los ojos para no ver su propia sonrisa.

—¿Y qué estáis haciendo respecto bebé?

—Pues todos los soldados lo están buscando, de acá para allá, *pod* todas *padtes*.

—¿Los soldados? —exclamé.

—¡Pues claro! —asintió Bruno—. Cuando no tienen que *luchad*, los soldados hacen toda clase de *tdabajitos*, ¿sabe?

Me hizo gracia la idea de que encontrar al bebé de la reina se considerase «un trabajito».

—¿Pero cómo lo habéis perdido? —pregunté.

—Lo dejamos dentro de una flor —explicó Silvia, que acababa de unírsenos, con los ojos bañados en lágrimas—. ¡Pero no podemos recordar cuál!

—Dice que lo *ponimos* en una *flod* —interrumpió Bruno— *podque* no quiere que me castiguen a mí. Pero fui yo en *dealidad* el que lo hizo. Silvia estaba cogiendo dieleontes.

—No se dice «lo ponimos» —apuntó Silvia con gran seriedad.

—Bueno, entonces «le ponimos» —saltó su hermano—. ¡Nunca *logdo decoddad* cuándo hay que usad «lo» y cuándo «le»!

—Dejad que os ayude a buscarlo —me ofrecí.

De modo que Silvia y yo iniciamos una «expedición» entre todas las flores, pero no dimos con ningún bebé.

—¿Dónde está Bruno? —pregunté, una vez completado nuestro recorrido.

—Está ahí abajo, en esa zanja —indicó Silvia—, entreteniendo a una joven rana.

Me puse a cuatro patas para buscarlo, ya que sentía una enorme curiosidad por saber cómo se «debería» entretener a una joven rana. Tras un minuto escrutando la zanja, lo vi sentado al borde de la misma, al lado de la pequeña rana, con expresión bastante desconsolada.

—¿Cómo te va, Bruno? —dije, saludándolo con la cabeza, cuando levantó la vista.

—¡Ya no puedo *seguid entdeteniéndola* —contestó Bruno, muy afligido— *podque* no quiere *decid* qué le gustaría *haced* ahora! Ya le he enseñado todas las lentejas de agua y una *ladva* viva de *fdigánea*, ¡pero no contesta! ¿Qué... te apetece... *haced*? —chilló en el oído de la rana, pero la pequeña criatura se quedó sentada, completamente en silencio, ignorándolo—. ¡*Cdeo* que es *sodda*! —dijo Bruno, alejándose con un suspiro—. Ya es hora además de *pdeparad* el *teatdo*.

—¿Para qué público?

—Sólo *dañas* —declaró Bruno—. Pero aún no han venido. Hay que *conducidlas* hasta aquí *ariba*, como si fuesen ovejas.

—¿Ahorraría tiempo —sugerí— que yo fuera con Silvia, para guiar a las ranas hasta aquí, mientras tú preparas el teatro?

—¡Es un buen plan! —gritó Bruno—. ¿Pero dónde está Silvia?

—¡Estoy aquí! —saludó está, asomándose por el borde del terraplén—. Estaba viendo a dos ranas echar una carrera.

—¿Cuál ganó? —inquirió Bruno, entusiasmado.

Silvia no supo qué responder.

—¡Pregunta unas cosas tan difíciles...! —me confesó.

—¿Y qué tendrá lugar en el teatro? —indagué yo.

—Primero celebran su banquete de cumpleaños —explicó Silvia—; después Bruno representa unos fragmentos de Shakespeare, y luego les cuenta una historia.

—Supongo que lo que más les gusta a las ranas es el banquete, ¿me equivoco?

—Pues, por lo general, no hay muchas que coman. ¡Mantienen sus bocas tan fuertemente cerradas! Y menos mal —añadió—, porque a Bruno le gusta cocinar él mismo, y prepara unos platos muy raros. Ya están todas dentro. ¿Le importaría ayudarme a colocarlas de modo que miren todas en la dirección adecuada? No tardamos en resolver aquella parte del asunto, aunque las ranas croaban y croaban sin parar con gran descontento.

—¿Qué es lo que dicen? —le pregunté a Silvia.

—Dicen: «¡Tene-dor! ¡Tene-dor!». ¡Vaya una tontería! ¡No vais a tener tenedores! —anunció con cierta severidad—. ¡Las que quieran comida solamente tienen que abrir la boca para que Bruno se la dé! En ese momento apareció Bruno, que vestía un pequeño delantal blanco para mostrar que era cocinero, y llevaba una sopera con un líquido de aspecto muy extraño. Lo observé con atención mientras se movía entre las ranas, pero no alcancé a ver que ninguna de ellas abriera la boca para que le dieran de comer —salvo una muy joven, la cual, estoy casi seguro, lo hizo accidentalmente, en un bostezo—. No obstante, Bruno le echó de inmediato una gran cucharada de sopa en la boca, y la pobrecilla se pasó un rato tosiendo con violencia.

De manera que Silvia y yo tuvimos que compartir la sopa y fingir que nos gustaba, pues ciertamente se trataba de una receta muy rara.

Yo sólo me atreví a tomar una cucharada (Bruno la llamó la «Sopa Veraniega de Silvia»), y debo confesar con sinceridad que no estaba nada buena, y no consiguió sorprenderme que un número tan grande de invitados hubiese mantenido la boca firmemente cerrada.

—¿De qué está hecha la sopa, Bruno? —preguntó Silvia, que se había acercado a los labios una cucharada de la misma y la observaba con el gesto torcido.

La respuesta de Bruno fue de todo menos alentadora.

—¡De un poco de todo! El espectáculo concluiría con unos «fragmentos de Shakespeare», en palabras de Silvia, los cuales representaría Bruno en su totalidad mientras Silvia se ocupaba enteramente de hacer que las ranas no desviaran su atención del escenario; a continuación Bruno aparecería caracterizado de sí mismo y les contaría una historia de su propia invención.

—¿Tendrá moraleja el relato? —le pregunté a Silvia, mientras Bruno se vestía para el primer «fragmento» detrás del seto.

—Creo que sí —respondió Silvia de forma insegura—. Normalmente hay una moraleja, aunque la introduce demasiado al principio.

—¿Y recitará él todos los fragmentos de Shakespeare?

—No, sólo los interpretará —aclaró Silvia—. No se sabe prácticamente el texto de ninguno. Cuando veo cómo va vestido, tengo que decirles a las ranas de qué personaje se trata. ¡Siempre están impacientes por adi-

vinarlo! ¿No oye cómo preguntan todas? «¿Cuál? ¿Cuál?»
—Y así era: hasta que Silvia lo explicó, parecía que única-
mente croaban, pero ahora era capaz de distinguir el
«¿*Cuad*? ¿*Cuad*?» con total claridad.

—¿Pero por qué tratan de adivinarlo antes de verlo?

—No lo sé —confesó Silvia—, pero siempre lo
hacen. ¡A veces empiezan a hacer conjeturas semanas y
semanas antes del día! (Así que, en adelante, cuando
oigas a las ranas croar de un modo particularmente pensativo, no te quepa duda de que están intentando adivinar cuál será el siguiente «fragmento» de Shakespeare
que interpretará Bruno. ¿A que es interesante?).

Sin embargo, el coro especulativo fue interrumpido por Bruno, quien salió corriendo de repente de entre
bambalinas y voló de un salto hasta caer en mitad de las
ranas, para recolocarlas.

La razón era que la rana más vieja y gorda —la
cual no había sido correctamente colocada de cara al
escenario, por lo que no tenía ni idea de qué estaba pasando— se estaba poniendo nerviosa, y había molestado
a varias compañeras y dado la vuelta a otras que queda-
ron mirando en la dirección que no era. Y no tenía sentido, según Bruno, representar un «fragmento» de Shakespeare cuando no había nadie que lo viera (como ves,
no me contó a mí como alguien). De manera que se puso
manos a la obra con un palo, moviéndolas de forma muy
parecida a como uno movería el té en una taza, hasta
que la mayoría de ellas tuvo al menos un gran y estúpi-
do ojo apuntando al escenario.

—Tienes que venid a *sentadte entde* ellas, Silvia
—dijo preso de la desesperación—. He *ponido* a estas

dos juntas, mirando al mismo sitio, un montón de veces, ¡pero no hacen más que *peleadse*!

Silvia ocupó pues su lugar como «maestra de ceremonias» y Bruno desapareció otra vez entre bastidores, con objeto de vestirse para el primer «fragmento».

—¡Hamlet! —anunció de pronto la voz clara y dulce que yo tan bien conocía.

El croar cesó por completo y al instante, y yo me giré hacia el escenario, con cierta curiosidad por ver cuáles eran las ideas de Bruno respecto al comportamiento del personaje más importante de Shakespeare.

Según este eminente intérprete del drama, Hamlet vestía una corta capa negra (que empleaba principalmente para taparse el rostro, como si sufriera un fuerte dolor de muelas), y caminaba separando mucho hacia fuera las puntas de los pies.

—¡*Sed* o no *sed*! —comentó Hamlet en tono alegre, y después hizo el pino varias veces, provocando la caída de la capa en plena actuación.

Me sentí un poco decepcionado; la concepción que tenía Bruno del papel me parecía falta de solemnidad.

—¿No recitará más del soliloquio? —le susurré a Silvia.

—Creo que no —me contestó esta de igual forma—. Suele hacer el pino cuando no se sabe más partes del texto.

Bruno había resuelto entretanto la cuestión desapareciendo del escenario, y las ranas se pusieron inmediatamente a preguntar el nombre del próximo personaje.

—¡Lo sabréis cuando lo veáis! —gritó Silvia, al tiempo que recolocaba a dos o tres ranitas que se las habían arreglado para ponerse de espaldas al escenario—. ¡Macbeth! —añadió, al reaparecer Bruno.

Macbeth se había envuelto en algo que le pasaba por encima de un hombro y bajo el brazo contrario, y que se suponía que era, creo, un *plaid* escocés.

Sujetaba una espina de planta en la mano, con el brazo totalmente extendido, como si le diera un poco de miedo.

—¿Es esto una daga? —inquirió Macbeth, con tono de cierta perplejidad, y al momento las ranas elevaron un coro de respuesta: «¡No! ¡No!» (a esas alturas yo ya había aprendido a entender perfectamente su croar).

—¡Es una daga! —proclamó Silvia con voz autoritaria—. ¡Callad! —El croar cesó en el acto.

Shakespeare no nos ha dicho, hasta donde yo sé, que Macbeth presentara en su vida privada ningún hábito de tal excentricidad como hacer el pino, pero Bruno lo consideraba claramente una parte absolutamente esencial del personaje, y abandonó el escenario realizando una serie de volteretas. No obstante, regresó otra vez momentos después, con el extremo de un mechón de lana (dejado probablemente en la espina por una oveja que pasaba) bajo el mentón, el cual constituía una magnífica barba, que le llegaba prácticamente hasta los pies.

—¡Shylock! —anunció Silvia—. ¡No, disculpad! —rectificó a toda prisa —. ¡El rey Lear! No me había fijado en la corona. (Bruno se había provisto ingeniosamente de una, que le quedaba perfectamente, cortando la parte central de un diente de león a fin de dejar hueco para su cabeza).

El rey Lear se cruzó de brazos (poniendo su barba

en peligro inminente) y dijo, en un suave tono explicativo:

—¡Sí, un dey de los pies a la cabeza! —Y a continuación calló, como si se hallara considerando cuál podía ser el mejor modo de demostrar esto.

Y aquí, con todo el respeto posible a Bruno como crítico shakespeariano, debo expresar mi opinión de que no era intención del poeta que sus tres grandes héroes trágicos tuviesen unos hábitos personales tan extrañamente parecidos; al igual que tampoco creo que hubiera aceptado la facultad de hacer el pino como prueba alguna de pertenencia a una casta real. Mas, al parecer, el rey Lear, tras una profunda reflexión, fue incapaz de dar con ningún otro argumento con el que probar su realeza, y, como aquel era el último de los «fragmentos» de Shakespeare («Nunca hacemos más de tres», explicó Silvia en susurros), Bruno ofreció al público una larguísima serie de piruetas antes de retirarse por fin, dejando a las extasiadas ranas en un clamor conjunto de «¡Otro! ¡Otro!» que supongo constituía su modo de pedir un bis. Pero Bruno no resurgió en escena hasta que llegó el momento de contar la historia.

Cuando al fin apareció caracterizado de sí mismo, noté un sensible cambio en su comportamiento. No ejecutó más volteretas. Obviamente opinaba que, por muy apropiado que pudiera ser el hábito de hacer el pino para don *nadies* como Hamlet y el rey Lear, Bruno jamás sacrificaría su dignidad hasta tal punto. Pero quedaba claro de igual modo que no se sentía totalmente a gusto, a solas en el escenario, sin un disfraz, y aunque comenzó a recitar, varias veces: «Había un datón...», no cesaba de mirar arriba y abajo, y en todas direcciones, como si buscase un sitio más cómodo desde el que contar el cuento. A un lado del escenario, el cual cubría parcialmente, había una alta dedalera que, meciéndose suavemente de acá para allá con la brisa de la tarde, parecía ofrecer exactamente el tipo de acomodo que deseaba el orador. Una vez decidido el sitio, sólo le hicieron falta unos segundos para trepar a toda prisa por el tallo como una ardilla diminuta y sentarse a horcajadas sobre su arco superior, donde había una mayor acumulación de flores con forma de dedal, y desde donde podía dominar toda su audiencia a tal altura que su timidez desapareció por completo, e inició su relato en actitud jovial.

—Había una vez un *datón* y un *cocoddilo* y un *hombde* y una *cabda* y un león—. Nunca antes había escuchado introducir el *dramatis personae* en una avalancha tan temerariamente atropellada, y esta me dejó sin aliento alguno. Hasta Silvia se quedó boquiabierta, y dejó que tres de las ranas, que parecían haber empezado a cansarse del espectáculo, se metieran de un brinco en la zanja sin realizar ningún intento de detenerlas.

»Y el *datón encontdó* un zapato, y *cdeyó* que era una *tdampa* para *datones*. Así que se metió *dentdo*, y se quedó allí muchósimo tiempo.

—¿Y por qué se quedó? —preguntó Silvia. Su función parecía ser muy similar a la del coro en una obra griega: tenía que espolear al orador, y hacerlo hablar mediante una serie de preguntas inteligentes.

—*Podque cdeía* que no podía *salid* de allí —explicó Bruno—. Era un *datón* listo. ¡Sabía que no podía *escapad* de las *tdampas!*

—Pero ¿por qué entró en un principio? —insistió

Silvia.

—... y saltó y saltó —continuó Bruno, ignorando la pregunta—, y *pod* fin *logdó salid*. Entonces miró la etiqueta del zapato. Y en ella aparecía el *nombde* del *hombde, pod* lo que supo que no era su zapato.

—¿Había pensado que lo era? —atacó de nuevo Silvia.

—¿No te he dicho ya que *cdeía* que era una *tdampa* para *datones*? —replicó el indignado orador—. *Pod favod, hombde señod, ¿podería haced* que Silvia *pdestase* atención? —Esto hizo callar a su hermana, que pasó a ser toda oídos; de hecho, ella y yo habíamos pasado a ser la práctica totalidad de la audiencia, pues las ranas no paraban de marcharse dando saltos, y apenas quedaban ya allí unas pocas.

»Así que el *datón* le dio al hombde su zapato. Y el *hombde* se puso a *dad* botes, *podque* sólo tenía uno, y tenía muchas ganas de *encontdad* el *otdo*.

En ese momento aventuré una pregunta:

—¿Te refieres a botes de alegría o a que iba a la pata coja?

—A las dos cosas —dijo Bruno—. Y el *hombde* sacó a la *cabda* del saco.

—Pero no habías mencionado el saco antes», dije yo. «Ni lo volveré a *haced*» —contestó Bruno—. Y le dijo a la *cabda*: «Te quedarás *pod* aquí hasta que yo vuelva». Y el *hombde* se fue y cayó en un *pdofundo* hoyo. Y la *cabda* dio vueltas y más vueltas. Y pasó bajo el *ádbol*. Y meneó la cola. Y levantó la vista hacia el *ádbol*. Y cantó una *tdiste* cancioncilla. ¡Nunca habéis oído una igual!

—¿Puedes cantarla, Bruno? —le pedí.

—Sí, puedo —respondió Bruno en el acto—. Pero no lo haré. Haría *llorad* a Silvia...

—¡No es cierto! —lo cortó Silvia con gran indignación—. ¡Y no me creo para nada que la cabra la cantara!

—¡Sí que lo hizo! —aseguró Bruno—. La cantó entera. Yo vi cómo la cantaba con su *ladga badba*...

—No pudo cantarla con su barba —interpuse yo, esperando pillar al pequeñajo—: una barba no es una voz.

—¡Pues entonces no *poderías pasead* con Silvia! —exclamó Bruno en tono triunfal—. ¡Ella no es un pie! Decidí que lo mejor era seguir el ejemplo de Silvia y guardar silencio por un rato.

Bruno era demasiado listo para nosotros.

—Y cuando *tedminó* de *cantad* la canción, salió *coriendo* en busca del *hombde*, ya sabéis. Y el *cocoddilo* fue *detdás* de ella, para *moddedla*, ¿entendéis? Y el *datón* siguió al *cocoddilo*.

—¿No iba corriendo el *cocodrilo?* —inquirió Silvia, que luego se dirigió a mí—: Los cocodrilos corren, ¿no? Yo sugerí que lo correcto era decir que «se arrastran».

—No *coría* —aclaró Bruno— y no se *arastdaba*. Se movía con dificultad como un baúl de viaje. Y levantaba *tantósimo* la *badbilla* al *caminad*...

—¿Por qué lo hacía? —lo interrumpió Silvia nuevamente.

—¡Podque no le dolían las muelas! —espetó Bruno—. ¿Es que necesitas que lo *esplique* todo? Si le habieran dolido las muelas, naturalmente *habdta* ido con la cabeza baja, así, ¡y se la habdía envuelto en un montón de mantas calientes!

—Si hubiera tenido alguna —arguyó Silvia.

—¡Claro que tenía! —replicó su hermano—. ¿Acaso piensas que los *cocoddilos* salen a *pasead* sin mantas? Y *fdunció* el *entdecejo*. ¡Y a la *cabda* sus cejas le dieron muchósimo miedo!

—¡Yo nunca me asustaría de unas cejas! —exclamó Silvia.

—Yo *cdeo* que sí, si *tenieran* un *cocoddilo* pegado a ellas, ¡como estas! Así que el *hombde* saltó, y saltó, y finalmente consiguió *salid* del hoyo.

Silvia se quedó otra vez ligeramente boquiabierta por el asombro: aquel rápido salto de un personaje a otro de la historia la había dejado sin aliento.

—Y salió coriendo... en busca de la *cabda*, ya sabéis. Y oyó *gduñid* al león...

—Los leones no gruñen —dijo Silvia.

—Este sí —afirmó Bruno—. Y tenía la boca *gdande* como un *admario*. Y en ella cabían un montón de cosas. Y el león *pedsiguió* al *hombde*... para *comédselo*, ¿sabéis? Y el *datón coría detdás* del león.

—Pero el ratón corría tras el cocodrilo —recordé yo—; ¡no podía perseguir a los dos!

Bruno dejó escapar un suspiro ante la falta de luces de su público, pero explicó de manera muy paciente:

—Sí que *pedseguía* a los dos: ¡*podque* iban en la misma dirección! Cogió *pdimero* al *cocoddilo*, y después no alcanzó al león. Y cuando cogió al *cocoddilo*, como tenía unas tenazas en el bolsillo, ¿qué *cdeéis* que hizo?

—No se me ocurre nada —reconoció Silvia.

—¡Nadie *pedería adivinadlo*! —gritó Bruno con gran regocijo—. ¡Pues que le sacó el diente al *cocoddilo*!

—¿Qué diente? —me atreví a preguntar.

Pero no había manera de poner en apuros a Bruno.

—¡El diente con el que iba a *modded* a la *cabda*, pod supuesto!

—No podía estar seguro de que no lo iba a hacer —sostuve—, a no ser que le sacara todos los dientes.

Bruno emitió una risa jovial, y dijo medio cantando y balanceando el cuerpo adelante y atrás:

—¡Le... sacó... todos... los dientes!

—¿Y por qué se quedó esperando el cocodrilo a que se los sacaran? —planteó Silvia.

—No le quedó más *demedio* —sentenció Bruno.

Yo aventuré otra pregunta:

—¿Pero qué pasó con el hombre que dijo: «Puedes quedarte por aquí hasta que yo vuelva»?

—No dijo «puedes *quedadte*» —explicó Bruno—. Dijo «te quedarás». Igual que me dice Silvia: «Estudiarás tus *leciones* hasta las doce». ¡Oh, ojalá —añadió con un leve suspiro—. Silvia dijera: «Puedes *estudiad* tus *leciones*»!

Silvia debió de pensar seguramente que aquel era un tema de discusión peliagudo, por lo que volvió al relato:

—¿Pero qué pasó con el hombre?

—Bueno, el león se *alabanzó sobde* él. Pero *taddó* tanto en *caed* que estuvo *tdes* semanas en el aire...

—¿Y se quedó el hombre esperando todo ese tiempo? —inquirí.

—¡Claro que no! —repuso Bruno, deslizándose de cabeza por el tallo de la dedalera hasta el suelo, pues la historia se acercaba claramente a su fin—. Vendió su casa e hizo las maletas, mientdas el león caía. Y se mudó a otda ciudad. Así que el león se comió al hombde equivocado.

Aquello era obviamente la moraleja; de manera que Silvia realizó su último anuncio a las ranas:

—¡La historia ha acabado! ¡Y de veras que no sé —agregó, en un aparte hacia mí— qué es lo que hemos de aprender de ella!

Yo tampoco lo tenía del todo claro, así que no sugerí nada, pero las ranas parecían bastante contentas, con moraleja o sin ella, y se limitaron a elevar en ronco coro «¡Adiós! ¡Adiós!» mientras se alejaban dando brincos.

Capítulo 25: Mirando al este

—Hace sólo una semana —le dije, tres días más tarde, a Arthur— que nos enteramos del compromiso de *lady* Muriel. Creo que debería pasarme por su casa, de todos modos, y ofrecerle mi enhorabuena. ¿Vendrás conmigo? Mi amigo adoptó una fugaz expresión de dolor.

—¿Cuándo has de irte? —preguntó.

—El lunes, en el primer tren.

—Eh... sí, te acompañaré. Daría una impresión extraña y poco amistosa si no lo hiciera. Pero aún estamos a viernes. Dame tiempo hasta el domingo por la tarde. Me sentiré más fuerte para entonces.

Tapándose los ojos con una mano, como si se avergonzara un poco de las lágrimas que resbalaban por sus mejillas, extendió la otra hacia mí. Temblaba cuando se la estreché.

Intenté articular algunas palabras de apoyo, pero me pareció que eran frías e insuficientes, así que me las guardé.

—Buenas noches —fue mi única respuesta.

—¡Buenas noches, querido amigo! —contestó.

Noté en su tono una energía varonil que me convenció de que estaba luchando con, y triunfando sobre, el gran dolor que a punto había estado de arruinar su vida, y de que, utilizando su propio cadáver como peldaño, ¡alcanzaría sin duda metas más elevadas! Me alegré al pensar, cuando salimos el domingo por la tarde, que no había posibilidad de que nos encontráramos con Eric en el hall, ya que había regresado a la ciudad el día siguiente a que se anunciase su compromiso. Su presencia podría haber enturbiado la calma —la calma casi antinatural— con la que Arthur se reunió con la mujer que había conquistado su corazón, y con la que musitó las concisas y elegantes palabras de simpatía que exigía la ocasión.

Lady Muriel se encontraba absolutamente radiante de felicidad: a la luz de aquella sonrisa, la tristeza no podía existir, e incluso Arthur recobró el buen ánimo ante ella, y, cuando *lady* Muriel comentó: «Como ve, estoy regando mis flores, aun cuando hoy es el día del sabbat», su voz casi mostró el viejo tono de alegría en su respuesta:

—Las obras piadosas se permiten incluso en sabbat. Pero hoy no lo es. El día del sabbat ya no existe.

—Ya sé que no es sábado —repuso *lady* Muriel—, pero ¿no se dice a menudo que el domingo es «el sabbat cristiano»?

—Se llama así, según creo, en reconocimiento del

espíritu de la institución judía de que un día de cada siete debería ser de descanso. Mas yo mantengo que los cristianos están liberados del cumplimiento literal del cuarto mandamiento.

—Entonces, ¿en qué se basa nuestra observancia del descanso en domingo?

—Tenemos, en primer lugar, el hecho de que el séptimo día fue «santificado» cuando Dios descansó del trabajo de la Creación. Eso es vinculante para nosotros como teístas. En segundo lugar, tenemos el hecho de que «el Día del Señor» fue establecido por cristianos. Como tales, eso también es vinculante para nosotros.

—¿Y sus reglas prácticas serían...?

—Primero, como teístas, mantener su santidad de algún modo especial, y hacer de él, hasta donde sea razonablemente posible, un día de descanso.

Segundo, como cristianos, asistir a los servicios religiosos.

—¿Y en cuanto a las diversiones permitidas?

—Yo diría de ellas, al igual que respecto a cualquier clase de trabajo, que todo lo que no es pecaminoso entre semana, tampoco lo es en domingo, siempre y cuando no interfiera con las obligaciones del día.

—¿Entonces usted permitiría a los niños jugar en domingo?

—Sin duda. ¿Por qué convertirlo en un día fastidioso para sus naturalezas inquietas?

—Guardo por alguna parte una carta —señaló *lady* Muriel—, de una vieja amiga, en la que describe cómo pasaban el domingo cuando era joven. Se la voy a traer.

—Una niña me hizo un relato similar, *viva voce*,

hace años —dijo Arthur cuando *lady* Muriel se hubo marchado—. Resultaba realmente conmovedor notar el tono de melancolía con el que decía: «¡Los domingos no debo jugar con mi muñeca! ¡Los domingos no debo cavar en el jardín!». ¡Pobre niña! ¡Desde luego tenía abundantes motivos para odiar el domingo!

—Aquí está la carta —anunció *lady* Muriel al regresar—. Dejen que les lea un fragmento:

«Cuando, siendo niña, abría por primera vez los ojos en una mañana de domingo, una deprimente sensación de anticipación, que aparecía como muy tarde el viernes, culminaba. Sabía lo que me aguardaba, y mi deseo interior, por no decir expreso, era: «¡Ojalá fuera ya por la tarde!». No se trataba de un día de descanso, sino de lecturas, catecismos (el de Watts) y tratados sobre conversos, criadas piadosas y muertes edificantes de pecadores que salvaron su alma.

Desde primera hora debíamos aprender de memoria himnos y pasajes de las Escrituras hasta las ocho en punto, momento en que orábamos en familia, para después desayunar, de lo cual nunca me era posible disfrutar, en parte por el ayuno previo, y en parte por el terror a lo que aún me esperaba.

A las nueve comenzaba la escuela dominical, y me indignaba que me pusieran en clase con los niños del pueblo, además de preocuparme que, en caso de cometer alguna equivocación, me humillaran delante de ellos.

El servicio religioso era un verdadero desierto de Zin. Yo deambulaba por él, e instalaba el tabernáculo de mis pensamientos en el forro del cuadrado banco de la familia, los revoltosos movimientos de mis hermanos pequeños y el horror de saber que, el lunes, tendría que escribir, de memoria, una recapitulación del improvisado e inconexo sermón, el cual podía tratar de cualquier cosa menos de lo que se le suponía, y que sería juzgada por el resultado.

A continuación teníamos un almuerzo frío a la una (los criados no trabajaban ese día), escuela dominical otra vez de dos a cuatro, y oficio de tarde a las seis. Los tiempos muertos entre una cosa y otra eran quizá la prueba más dura de todas, debido a los esfuerzas que tenía que hacer para pecar menos de lo habitual, leyendo libros y sermones tan estériles como el mar Muerto. Tan sólo había un horizonte de esperanza durante todo el día, y ese era la «hora de dormir», ¡la cual nunca llegaba demasiado pronto!»

—Tales enseñanzas albergaban buenas intenciones, no cabe duda —comentó Arthur—, pero debieron de provocar en muchas de sus víctimas el total abandono de los oficios religiosos.

—Me temo que yo misma deserté esta mañana —confesó *lady* Muriel con circunspección—. Tenía que escribir a Eric. ¿Les... les importa que les cuente algo que dijo respecto a la oración? Nunca antes lo había considerado desde ese punto de vista.

—¿Qué punto de vista? —inquirió Arthur.

—El de que toda la naturaleza sigue unas leyes inmutables y ordenadas... la ciencia lo ha demostrado. De modo que pedirle a Dios que haga cualquier cosa (excepto cuando rezamos por bendiciones espirituales, por supuesto) es esperar un milagro, y no tenemos ningún derecho a hacer eso. No lo he expresado igual de bien que él, pero la conclusión era esa, y ello me ha confundido. Por favor, díganme qué pueden responder a ello.

—No pienso discutir las dificultades del capitán

Lindon —contestó Arthur con gravedad—, especialmente si no se halla presente. Pero si se trata de una dificultad de usted —su voz adquirió inconscientemente un tono de ternura—, entonces lo haré.

—La dificultad es mía —afirmó ella de manera ansiosa.

—Entonces empezaré preguntando: ¿por qué ha dejado al margen las bendiciones espirituales? ¿Acaso su mente no es parte de la naturaleza?

—Sí, pero ahí entra en juego el libre albedrío; puedo elegir esto o aquello, y Dios puede influir en mi decisión.

—¿De modo que no es usted fatalista?

—¡Oh, no! —exclamó ella con franqueza.

—¡Gracias a Dios! —dijo Arthur para sí, pero en un susurro tan bajo que sólo yo lo oí—. ¿Está de acuerdo entonces con que puedo, por un acto de libre voluntad, mover esta taza —continuó, acompañando la palabra con la acción— en esta o esta otra dirección?

—Así es.

—Bien, veamos hasta qué punto el resultado es producto de unas leyes inmutables. La taza se desplaza porque ciertas fuerzas mecánicas actúan sobre ella por medio de mi mano. Mi mano se mueve debido a que ciertas fuerzas (eléctricas, magnéticas o de cualquier tipo que la «fuerza nerviosa» pruebe ser) actúan sobre ella por medio de mi cerebro. El origen de esa fuerza nerviosa, almacenada en este órgano, podría atribuirse probablemente, en caso de que la ciencia estuviese completa, a fuerzas químicas con que la sangre provee al cerebro, y que en última instancia derivan de la comida que ingiero y del aire que respiro.

—¿Pero no sería eso fatalismo? ¿Dónde participa ahí el libre albedrío?

—En la elección de los nervios —contestó Arthur—. La fuerza nerviosa del cerebro puede fluir de forma igualmente natural por un nervio que por otro. Hace falta algo más que una ley natural inmutable para decidir qué nervio la transmitirá. Ese «algo» es el libre albedrío.

Los ojos de *lady* Muriel brillaron.

—¡Ya veo lo que quiere decir! —exclamó—. El libre albedrío del hombre es una excepción al sistema de leyes fijas. Eric dijo algo parecido. Y además creo que apuntó que Dios solamente es capaz de influir en la naturaleza a través de la voluntad humana. De modo que a lo mejor sí es razonable rezar «danos el pan nuestro de cada día», porque muchas de las causas que producen pan están bajo el control del hombre. Pero rezar para que llueva, o haga buen tiempo, sería tan poco razonable como... —interrumpió su disertación, como si temiera decir algo irreverente.

En un tono quedo y suave, trémulo por la emoción, y con la solemnidad de alguien en presencia de la muerte, Arthur contestó de manera pausada:

—«¿Instruirá al Todopoderoso quien con Él contiende?». ¿Negaremos nosotros, «el enjambre que nació al sol del mediodía», sintiendo en nuestro interior el poder de dirigir, hacia un sitio u otro, las fuerzas de la naturaleza (de la cual constituimos una parte tan insignificante), negaremos, en nuestra arrogancia sin límites, ese poder al Anciano de los Días? Diciendo a nuestro creador: «No pases de ahí. Fuiste el creador, ¡pero no puedes gobernar!».

Lady Muriel había hundido el rostro entre las manos y no levantó la mirada. Se limitó a musitar, una y otra vez:

—¡Gracias, gracias!

Nos pusimos en pie para marcharnos. Arthur dijo, con evidente esfuerzo:

—Una cosa más. Si desea conocer el poder de la oración en todo lo que el hombre puede necesitar, pruébelo. «Pide, y se te concederá». Yo... lo he comprobado. Sé con certeza que Dios responde a las plegarias.

Nuestro paseo a casa transcurrió en silencio, hasta prácticamente el momento de llegar a nuestro lugar de alojamiento; entonces Arthur murmuró (en un eco casi de mis propios pensamientos):

—«Pues ¿cómo sabes tú, mujer, si salvarás a tu marido?».

No volvimos a sacar el tema. Nos sentamos a hablar mientras consumíamos una hora tras otra, de esta nuestra última noche juntos, sin darnos cuenta. Tenía mucho que contarme acerca de la India, la nueva vida que iba a emprender y el trabajo que esperaba realizar. Y su gran y generosa alma parecía tan llena de nobles ambiciones como para no dejar espacio a ningún remordimiento vano o queja egoísta.

—¡Ven, está a punto de amanecer! —dijo Arthur finalmente; se levantó y subió las escaleras por delante de mí—. El sol saldrá en pocos minutos, y aunque te he escamoteado vilmente tu última oportunidad de disfrutar de una noche de descanso aquí, estoy seguro de que me perdonarás, pues me he visto incapaz de darte las buenas noches antes. ¡Y sabe Dios si me volverás a ver alguna vez, o a tener noticias mías!

—¡No me cabe duda de que las tendré! —contesté de manera afectuosa, y cité los versos finales de ese extraño poema titulado *Waring*: Oh, nunca una estrella se perdió aquí: ¡se alzaba en la lejanía! ¡Mira al este, donde miles más habitan! ¿Qué avatar en su tierra Visnú tendría?

—¡Sí, mira al este! —respondió Arthur con entusiasmo, deteniéndose en la ventana de la escalera, que ofrecía una hermosa vista del mar y el horizonte oriental—. El oeste es la tumba apropiada para todo el pesar y los suspiros, para todos los errores y las insensateces del pasado; ¡para todas sus esperanzas marchitas y sus amores enterrados! ¡Del este llega una fuerza, una ambición, una esperanza, una vida y un amor renovados! ¡Mira al este! ¡Sí, mira al este!

Sus últimas palabras resonaban aún en mis oídos cuando entré en mi habitación y descorrí las cortinas de la ventana, justo a tiempo de ver cómo el sol emergía esplendorosamente desde su prisión oceánica, y envolvía al mundo con la luz de un nuevo día.

«¡Que así sea para él, para mí y para todos nosotros! —cavilé.

»¡Que todo lo malvado, muerto e irreparable desaparezca con la noche que ha quedado atrás! ¡Que todo lo bueno, vivo y esperanzador surja con el alba!

»¡Que desaparezcan, con la noche, las gélidas brumas, los vapores nocivos, las densas sombras, los vientos quejumbrosos y el melancólico ulular del búho; que surjan, con el día, los penetrantes rayos del sol, la saludable brisa de la mañana, la calidez de una vida que alborea y la alocada música de la alondra! ¡Mira al este!

»¡Que desaparezcan, con la noche, los nubarrones de la ignorancia, la plaga mortal del pecado y las mudas lágrimas del pesar, y que surjan, elevándose más y más

269

alto con el día, la radiante aurora del conocimiento, el dulce aliento de la pureza y el latido extático del mundo! ¡Mira al este!

»¡Que desaparezcan, con la noche, el recuerdo de un amor difunto, las hojas marchitas de una esperanza malograda y las enfermizas tribulaciones y los sombríos remordimientos que aturden las mejores energías del alma, y que surjan, creciendo, ascendiendo como una riada viviente, la determinación viril, la voluntad tenaz y la mirada a los cielos de la fe: el fundamento de toda esperanza, la evidencia de lo invisible!

»¡Mira al este! ¡Sí, mira al este!

Libros Mablaz — Ciencia Ficción y Fantasía

http://librosmablaz.com/

Libros Mablaz CLÁSICOS de Ciencia Ficción recuperados

LM
CLÁSICOS

http://librosmablaz.com/

Libros Mablaz

Narrativa — Relatos

/www.librosmablaz.com/